El lado izquierdo del sol

CRISTIAN LAGUNAS

El lado izquierdo del sol

RANDOM HOUSE

El papel utilizado para la impresión de este libro ha sido fabricado a partir de madera procedente de bosques y plantaciones gestionadas con los más altos estándares ambientales, garantizando una explotación de los recursos sostenible con el medio ambiente y beneficiosa para las personas.

El lado izquierdo del sol

Primera edición: junio, 2023

D. R. © 2023, Cristian Lagunas

D. R. © 2023, derechos de edición mundiales en lengua castellana:
Penguin Random House Grupo Editorial, S. A. de C. V.
Blvd. Miguel de Cervantes Saavedra núm. 301, 1er piso,
colonia Granada, alcaldía Miguel Hidalgo, C. P. 11520,
Ciudad de México

penguinlibros.com

ISBN: 978-607-383-259-5

Impreso en México – *Printed in Mexico*

Eventos de la Olimpiada

I

Esgrima • Carrera de obstáculos • Saltos ornamentales
Ecuestre-Natación • Olímpica I • Retirada

II

Bombardeo • Subsuelo • Campo a través • Tiro libre
Emboscada • Tiempo récord • Desfile de las naciones

III

Ciclismo de ruta • Clasificatoria I • *Antidoping*
Clasificatoria II • Esquí • Peso muerto • Relevos
Noticias del frente • Olímpica II • Antorcha
Entrenamiento • Articulación • 100 metros
Salto de potro • *Curl* de bíceps • Casa Hiraoka • Anillas
Flexión • 200 metros • Lucha grecorromana
400 metros • Caballo con arcos • Barras asimétricas
Tenis • Viga de equilibrio • Remo • Fallo muscular
Olímpica III • Desclasificatoria

IV
Sprint

No destruyas en la belleza.
Salta en ella como a una piscina
olímpica y rómpela
desde abajo.
La superficie es belleza.
Que sangre.

TOMAŽ ŠALAMUN

De Hiraoka Kimitake (平岡公威) se dicen muchas cosas. Que tuvo otro nombre: Mishima Yukio (三島由紀夫). Que fue modelo, actor y escritor. Fisicoculturista. Japonés con pasaporte. El número del pasaporte: GM9002U44.

I

ESGRIMA

en Mérida, 1957

Siempre hay una mano dominante. Un esquiador en la mandíbula. Kimitake se afeita. Una cuchilla afilada, una cuchilla espejo. Mediodía. Otra vez ecos de la guerra, sentirse un lisiado a los treinta y dos años. Él pudo haber sido campeón olímpico, colgarse medallas, en cambio, le queda esto, nunca haber matado, deslizar la navaja con rabia. Qué hombre se puede llamar así si no ha cortado garganta ajena. Aquí, en la habitación de hotel, sigue creyéndolo: la muerte es cosa fácil. De ser posible, se iría contra una yugular con la navajita que sostiene. Sería el cuello de un muchacho campesino de la prefectura de Kanagawa, un cultivador de sandías, se imagina, alguien que sepa cargar su propio peso y esté dispuesto a morir por la patria.

Termina de quitarse la espuma y sabe que ya nadie está dispuesto a morir de esa forma.

Que cambió lo más fundamental.

Hoy podría ser el día de llenar la tina y meter la cabeza hasta el fondo, como ha visto hacer a algunos personajes en las películas. Sería él la esposa de un yakuza que, ante la repentina noticia de la muerte de su amante, sabe que va a perderlo todo. Y, sin embargo, no lo hará. Tiene una cita en quince minutos. Una joven norteamericana, especialista en literatura japonesa, lo ha seguido desde Nueva York y quiere entrevistarlo. Han quedado en el restaurante anexo al hotel. Ya debería estar listo, pero pasa la navaja de nueva cuenta, lo retiene la misma operación mental: preguntarse cómo cortaría el cuello del campesino. Concluye que, si tuviera que hacerlo, lo haría con la derecha, su mano dominante. Es dueño de la precisión para usar los dedos y, en general, toda la musculatura, eso le dicen. En el gimnasio, cuando sostiene la barra para levantarla hasta el pecho, los metacarpianos se funden contra el acero. Cuando da un puñetazo al saco de box, los otros palidecen. La mano tiene más de ciento cincuenta huesos, leyó en una revista antes del viaje, una de esas publicaciones que circulan por todos los kioscos japoneses; revistas que no dicen, sin embargo, cómo son las manos de un campesino, por qué un campesino no puede poseer, como él hace, una navaja de la más alta calidad. Se enjuaga el rostro y tensa los músculos. Cree que recordándose que su cuerpo es joven aún podrá estar listo y salir hacia el restaurante. Está equivocado.

De nuevo esa mañana se ha levantado con la necesidad de usarlo. Lo ha comprado en una tienda de la Quinta Avenida y lo ha guardado en la maleta, oculto entre los pantalones cortos. Un labial Chanel color rojo, tirando a púrpura. No pudo resistirse, él compra compulsivamente. No se lo dijo a nadie. Y ahora va desesperado en ropa interior hacia la maleta, a revolver las camisas y el resto de lo que lleva consigo. Busca, debajo de la tela, como si escarbara en el jardín, la barra de la belleza. La barra de la belleza no es de acero, es la cera con la que se pinta esos labios delgados. De izquierda a derecha, ahí está. Ha quedado igual que Shiro aquellas noches de copas. Se ha pintarrajeado con la torpeza de un infante, ha deseado estar en el carnaval de Río de Janeiro y ahora sí, ante el espejo, sonríe, de pronto se encuentra bailando frente a su imagen, ensayando el paso redoblado, con el color dispuesto a manchar el cuello de quien sea. Enseguida se pone a hacer flexiones en el suelo. Imagina el pie de alguien pisándole la espalda, obligándolo a llegar hasta abajo y subir. Ya quedó atrás el tiempo en el que no podía hacer ni una sola, pero no su curiosidad por los colores brillantes. Cinco minutos después se quita el labial con una camisa blanca; la restriega contra sí, asaltado de vergüenza. Será de nuevo el que estaba dispuesto a ser. Se viste con lo que encuentra, esconde en un cajón la camisa manchada. Ajusta el reloj, muñeca izquierda. Última sonrisa frente al espejo y entonces, una carrera.

A prisa por el corredor lleno de plantas. Un amigo de su editor norteamericano le ayudó a conseguir el hospedaje. El clima de aquella ciudad, a la que ha llegado curioso de ver los atractivos locales y, con suerte, pasar un rato en la playa, es bueno, pero más húmedo que el de Tokio los días del verano. No ha podido ver nada aún. Más tarde irá con la norteamericana a las ruinas mayas. Mientras tanto ocupa una de las sillas de mimbre del restaurante. Los meseros le traen un whisky y un agua mineral. Acomoda la postura. Treinta y cuatro grados y se olvidó de los lentes de sol, qué hacer. Un largo trago al whisky, otro breve al agua mineral. Se entretiene mirando la piscina, las hojas quietas que flotan ahí: son verdes, acá no existe el otoño. Observa el jardín más allá. Y entonces ocurre de nuevo. Se olvida de la temperatura, de la cita próxima, de que está en otra latitud y otro país: un muchacho de cabello revuelto poda los arbustos con unas largas tijeras y Kimitake se concentra en su pantalón de peto, en la tela demasiado gruesa para el clima. Es un chico joven, mucho más que él. Se agacha con dificultad para cortar las zonas que están próximas a la tierra. Se quita el sudor y exhala. De vez en vez gira la cabeza y responde a gritos alguna broma de los meseros.

Los hielos se derriten en el vaso, da lo mismo, Kimitake no le despega la vista. Lo examina. Le gusta, sobre todo, cuando se agacha. Pone los codos sobre la mesa y, bajo su camisa de manga corta, los bíceps se hinchan. Esta es su forma de seducir. Ya desea otra vez, ya está vivo. Espera que el jardinero lo note al girar la cabeza, que se impresione. Ojalá sus brazos sean suficientes para producir el contacto visual.

Algo en la técnica del jardinero —en su forma de abrir y cerrar las tijeras, tan preciso— lo atrae. O tal vez es la piscina lo que lo atrae. Intenta concentrarse en ella, no ser evidente. Si no tuviera que visitar Uxmal más tarde, se pondría el traje de baño y nadaría de un lado a otro ciento veinticinco veces para llamar su atención, pero al tomar un trago más al whisky, concluye que la piscina no es lo importante. Lo importante es que el jardinero se ha detenido y echa un vistazo a las plantas, insatisfecho como un pintor. Que tiene en la mirada la delicadeza que tendría un cultivador de fresas —o de sandías, o de té verde— ante su objeto adorado.

Kimitake desea hablarle, acercarse a él silencioso e invitarlo a su habitación. Eso funcionó en República Dominicana con los jovencitos que paseaban su esqueleto en los parques. Entonces bastaba sonreír, fingirse perdido y preguntar cualquier cosa. Invitarlos de forma casi imperceptible, jalar del hilo, saciar. Acá es difícil, es ya otra cosa, los chicos son diferentes en esta ciudad. Probablemente el jardinero no habla inglés y Kimitake no alcanzaría a decirle nada, se quedaría balbuceando como el torpe extranjero que es a veces. Nada se pierde con intentar. Toma aire y se levanta de la mesa, pero en ese momento llega Sofi, la académica.

—Disculpe la tardanza. No lleva acá mucho tiempo, ¿verdad?

Su japonés es perfecto. Es de madre japonesa, aunque ha vivido siempre en Nueva York. Se acomoda el chongo y coloca su bolso en una de las sillas de mimbre. Él le dice que no se preocupe, que no lleva mucho tiempo ahí. Le sonríe y se acomoda frente a ella, pero experimenta el fracaso del esgrimista que no llegó a quedar ni de tercero, aquel que rompe su propia espada.

Sofi quiere hacer preguntas. Ha leído su primera novela, la segunda e incluso la más reciente, todas en el idioma original. Encuentra significados hasta en el más pequeño detalle, eso la entusiasma. Conoció a Kimitake tras una función de ópera —*Rigoletto*—, se acercó con la férrea voluntad de la investigadora y le dijo quién era, de quién era amiga, estar enterada de su viaje por América —*y por Sudamérica*, especificó—. Dijo estar dispuesta a acompañarlo por México y hacer un reportaje sobre él. *Ya tengo los boletos de avión*, informó, *espero no sea molestia*.

Ahora él desea nunca haberla conocido. Aunque su relación es cordial y han establecido un amistoso vínculo, alimentado por el café y los paseos en Nueva York, en este momento desearía no tenerla enfrente. Lo ha interrumpido. Ha llegado en el momento menos adecuado. Kimitake se pregunta a veces si Sofi tendrá alguna opinión sobre su cuerpo o si pensará acerca de él. Si se dirá que aquel cuerpo no corresponde con la persona que se había imaginado antes de conocerlo, la persona de los textos. O si tendrá alguna clase de pensamiento privado al que le da vueltas buscando una ruta posible, una explicación.

Es probable que sí, pero no desperdiciará fuerzas en averiguarlo. Responde a sus preguntas con monosílabos y pide a los meseros un segundo whisky. El calor arrecia y ya precisa un trago más. Sofi ordena ginebra. Y mientras esperan, él sabe —al responderle, al contemplar el lápiz con el que anota y el cuaderno vertical de espirales metálicas— que nunca, por más que ella insista, le dará las claves de su interior. No importa cuántas preguntas haga, jamás conocerá la arqueología *dentro de él*. Su interior es una caja bien cerrada y hace tiempo él se ha tragado la llave. Ella tendría que usar un serrucho o un martillo para ver qué contiene, pero incluso así, es muy probable que no llegue a conclusión lógica alguna. Su cuerpo, por otro lado, ya tiene reservación. Y será para alguien más. Para el jardinero, de ser posible. Para alguien, concluye recibiendo el whisky, que sepa cortar plantas, eso al menos.

—Un mosquito —dice ella.

—¿Dónde?

—Ya se fue.

Aprovechando una distracción de Sofi, él observa al muchacho, pero solo un momento, lo suficiente para captar algo: el antebrazo, la tersura del cabello. Su deseo se construye a tajos y habrá que juntarlos todos.

—¿Le está gustando México, señor Mishima?

—No he podido ver mucho —responde él mirándola y chocando la copa. Llegué enfermo de Haití. México es este hotel.

—Estaba pensando en Kawabata Yasunari, sé que tienen una buena relación. ¿Cree que le gustaría estar aquí?

—Él no puede viajar. Le dan migraña los hoteles. Se cansaría mucho.

—No lo creo.

—Una vez viajamos juntos, yo tenía veintidós. Shimoda, anote. Se pasó la mitad del viaje en cama.

—¿De verdad?

Sofi habla entonces de *País de nieve* y su discurso va perdiéndose poco a poco. Escenarios tradicionales, montañas, Shimamura el protagonista. Su conocimiento en *ballet*. *Me encanta el ballet*, dice él. *A mí también*, agrega ella, *pero quiero que hablemos de la figura de la geisha*. Él no quiere hablar de la figura de la geisha ni de los inviernos pasados. Mastica los hielos con tanta fuerza que las encías le duelen. Ojalá Sofi se marchara, ojalá no tuviera que preguntar esto ahora. Así podría mirar al jardinero a su antojo, si no ahí, en otra parte. En medio de un campo de cebada. Evita mirarlo, se dice, o Sofi se dará cuenta de tu deseo, le abrirás un poco la caja que te guarda. Es ya tarde: apenas volvió a mirar al chico tuvo una erección, la tela se elevó con premura. El oído está en un sitio, la mirada busca estar en otro: en la rabia del jardinero, que corta los bambúes con pretendida agilidad. Sus brazos se tensan al abrir y cerrar las tijeras. Acciones rápidas de un lado a otro. Corte. Por encima de las hojas. Corte por detrás de las hojas. Y la erección se afirma.

El chico busca acabar con los tallos amarillentos que invaden el jardín, esa maldita plaga, pero de un momento a otro su ritmo se quiebra y las tijeras van a dar al lugar incorrecto: sus dedos. Una serie de gritos sacude al restaurante, un conjunto de actos busca revertir lo que ya no es posible; los meseros corren en su auxilio, *apriétate ahí*, dicen, *qué chingados te pasó, Julio*. El jovencito se contrae como si hubiera sido impactado por una bala de alto calibre. La servilleta blanca que le han dado se pinta de rojo, igual que la hierba, en muy poco tiempo. Nunca más será utilizada en el servicio. Lo que fue una mano quizá jamás podrá volver a ser. Kimitake conduce su propia mano a la boca y se chupa los dedos, Sofi en cambio se sujeta el corazón.

—No pasó nada —dice—. Esto es muy común, muy común…

Los meseros se llevan al herido en menos de un minuto y desaparecen para no volver. Sofi y él quedan solos, junto a la alberca, con los vasos a medio acabar.

Las tijeras brillan sobre la hierba.

—Otro mosquito —dice él.

—¿Dónde?

—En su cabeza.

Ella exhala, respira hondo. Ha sido un susto y nada más.

Él se inclina el trago.

—¿Cuál fue su última pregunta?

Sofi ríe, pasa las hojas del cuaderno. Él piensa que todo esto es una desgracia: el jardinero se ha ido. Y la oportunidad de maniatarlo, desollarlo y embestirlo en privado se ha ido para siempre también. Nunca se chocarán las espadas, no habrá combate. El tono de la sangre del muchacho, tan contundente, le recordó el tono de su labial Chanel, un objeto fetiche que de ser posible le pasaría por todo el cuerpo. Y eso es por una razón: el jardinero, a diferencia de él, ha conseguido el físico que tiene haciendo ejercicios de fuerza en el gimnasio de la vida, no en la sala de pesas, algo que siempre es más loable.

Kimitake recordará más tarde su cara, sus antebrazos y sus muslos. Su cabello agitado.

En otra parte. A solas.

Entonces Sofi, mordiendo el lápiz, pregunta:

—¿Qué consejo le daría usted a la juventud japonesa, señor Mishima?

—Les diría que deseen.

—¿Y a usted mismo, de joven?

—Soy joven.

—De mucho más joven, quiero decir.

Kimitake lo piensa un poco, la mira y dice:

—Desea más, me diría. Desea mucho más.

—¿Qué desea el señor Mishima?

—Muchas cosas. A veces deseo labiales de Chanel.

Sofi ríe, eso sería imposible. El que tiene frente a sí jamás podría desear cosa parecida.

Kimitake mira su reloj de plata y alza la mano para pedir la cuenta.

Se hace tarde, deben irse, hay mucho que hacer.

Con los codos sobre la mesa y acercándose a Sofi, dice casi en un susurro:

—También he deseado la guerra, ¿usted no?

CARRERA DE OBSTÁCULOS
del cuaderno de viaje, México, 1957

Nunca hay que desear la guerra, lo sé, e incluso así, me obsesionan las armas, los cuchillos, las batallas que terminan en muerte lenta. Un ser que se desangra poco a poco es mucho mejor que alguien con una bala en el corazón. Si alguien quiere saber de mí, tendrá que rodearme y ponerme una soga al cuello. Si quieren que diga una palabra sobre quién soy, lo haré de rodillas y amenazado. Por lo general, tengo observaciones muy concretas sobre la vida: es intransitable si uno no la estimula y si no se persiguen en ella las tareas más difíciles. Tras su fachada, la violencia se cierne. Eso pasa en las ruinas arqueológicas de distintos países. En Egipto, en Grecia y también aquí, en México, la violencia es belleza. Detrás de una hermosa pirámide como la de Uxmal, comparable por sus cualidades arquitectónicas a un moderno rascacielos, no es difícil imaginar la crueldad y el sacrificio. Hace tres semanas, en un café de Brooklyn, mi editor me dio un libro: el Popol Vuh. Historias sobre la creación del mundo y también otras sobre cabezas que se cuelgan en los árboles tras un asesinato, o suicidios entre las llamas. Un ser humano de naturaleza débil no podría soportar el peso de un gran relato, mucho menos el de una historia cruenta y llena de detalles. En mi caso, paso la existencia sin dejar de imaginar el momento en el que la peor situación irrumpe: cuando el automóvil se queda sin frenos, cuando la tormenta se asoma en la ruta de un avión o cuando, en un restaurante, uno no sospecha que el hombre de la mesa contigua va a matarse. Es inevitable, me obsesionan la fatalidad y el desastre. Debo encontrarlos antes de que se vayan.

No poseo mucho. Tengo mi propio pasado y ya no significa gran cosa. Mi primer cuerpo y mi primer nombre han quedado muy atrás, tanto que es difícil verlos. Si alguno quisiera escarbar ahí, se encontraría con el enorme agujero que me he encargado de hacer con las uñas. Tengo treinta y dos años y en esta época ya nadie cree en el poder de las palabras, el de su combinación, el de su acertijo. Antes bastaban para dejar un rastro luminoso, ya no. Voy por aquí con mi linterna, es decir, con mi voz, e intento que alguien me escuche. ¿Puedes escucharme, patria? ¿Me escuchas, padre? ¿Puede escucharme, emperador Hirohito? No, tampoco él escucha. Pero mi voz ilumina el mundo y sus rincones. Y sin embargo, ¿dónde está el mundo? He llegado a este país con una mezcla de desilusión y falta de esperanzas tras varios días en el Caribe. El mundo estuvo en un faro en La Habana y también en el Empire State. La realidad es aquello que se traza en el papel de cortesía de los hoteles. Podría perder el tiempo dando detalles inocuos, pequeñas postales turísticas sobre mi viaje, pero me preocupa algo más.

Hace dos días la fatalidad se hizo presente, la violencia salió a la superficie. Miré a un muchacho. Su piel, su cabello agitado y castaño. Un jardinero que, como en el Popol Vuh, cortaba las ramas con su magia. ¿Cómo explicar cuando la belleza muere? El muchacho se hirió con su propio instrumento de trabajo: las grandes tijeras. Sus tendones, quizá tan ágiles como los de un pianista, fueron atravesados por el filoso metal. Eyaculé bajo la tela, sin tocarme. Y deseé la guerra con mucha intensidad. Después me encontré con la pirámide, con los árboles y las explanadas de una ciudad antigua. No dejé de pensar todo el tiempo en aquel accidente. Ni cuando subí a la punta de la pirámide ni cuando aquella académica, que me acompaña muy a mi pesar, me tomó una foto desde abajo, ni tampoco cuando fuimos al centro de la ciudad y ella me dijo, tras media botella de tequila, que yo no articulaba las palabras correctamente, ni cuando hablamos de libros, de las costas japonesas o de música. ¿Cómo se cortó los dedos el jardinero? ¿Qué mal movimiento, qué error aconteció? ¿Qué falló? Si tuviera que describir la escena en uno de mis libros, no podría resolver el enigma.

Sujetado por el enorme gancho de las imágenes —los tendones rebanándose, la sangre salpicada en la hierba, el brillo del metal— anduve por las calles en solitario una vez que, al salir del bar, me despedí de la académica y le dije que regresaría al hotel por mi cuenta. Las pequeñas mercerías, cerradas. Los perros ladrándose. Alguien invocando algo al cielo. El viento caluroso, los remolinos de mi pelo, mis pasos dramáticos de esquina a esquina. ¿Cómo se cortó los dedos? ¿Qué clase de crimen aconteció? El bruxismo. De pronto las calles empezaron a parecer todas iguales y, en la oscuridad, los edificios se inclinaron, las ramas de los árboles bajaron hacia el suelo y percibí una mirada, pero no había nadie en las proximidades. Fui yo quien le cortó los dedos al jardinero, me dije, fui yo quien lo miró de más y lo produjo. Exhalé. Más pasos. Otras vueltas a izquierda y derecha. Ciudad perdida. Alguien me persigue, pensé, alguien pone sus pasos donde yo pongo mis pasos. Nadie al girar la cabeza. Fui yo, me repetí. Mi cuerpo se deslizó en la noche. Yo quien lo había provocado todo. La sensación de tener a alguien detrás, esa mano que en algún momento va a tomarte por el hombro con firmeza. Un ataque. Como los niños que me perseguían a la salida del colegio hace tantos años. Estudia, idiota, me decían. Y me arrojaban lápices. Pequeños dardos. ¿Quién anda ahí?, grité. Apunté con mi arma, la mano en forma de pistola. ¡No me siga!, vociferé. Solté una larga risa. El arma de mis dedos es hermosa. Un arma le cortó los dedos al jardinero, pronuncié. Por tanto, quien le cortó los dedos fui yo.

Encontré el portón del hotel tras media hora de búsqueda. Al abrir la reja, miré una vez más hacia ambos lados, todavía sintiendo que alguien acechaba, las tripas saliéndose de mi boca. Tranquilo, pensé. Debí dormir, ir a la habitación, pero atravesé el jardín trasero a paso rápido, en la oscuridad, entre las pequeñas farolas. No podía ir a dormir sin encontrar el arma, la prueba incriminatoria. Es natural que un asesino quiera esconderla. El arma: tijeras grandes para trozar carne, pollo, plantas. Tijeras para cortar una vida. Busqué en la oscuridad y me sentí enorme, pero no estaba solo. Me habían seguido. Antes de escuchar los gritos tras de mí, antes de que me apuntaran con su luz, hallé las tijeras. Brillo azul, fatal corte. Sonreí. Las levanté. Soy yo el asesino, me dije. Después me abatieron.

SALTOS ORNAMENTALES

en Mérida, 1957

—¡Las manos en alto!

Son dos los hombres que se acercan, llevan linterna y le apuntan.

—Las manos en alto, le digo. Contra el muro y sin preguntas.

—Ya escuchó, ¡póngase contra el muro!

Él se pone contra el muro de bambúes y se sujeta a ellos con firmeza, los aprieta tan fuerte que las hojas se agitan. Lo han descubierto, lo han perseguido hasta acá a pesar de que él creyó que no vendrían. Uno de los hombres se aproxima a él y le pregunta:

—¿Dónde escondió el arma, Hiraoka?

Él responde:

—Mi cabeza es un cohete, ya pueden rodearme con los explosivos, estoy listo.

—No se haga el que no entiende, nosotros lo vimos —dice uno.

—Su erección bajo la tela vimos, la saliva escurriendo de su boca.

—Su pasión por el whisky. Y el desprecio a la neoyorquina.

Portan metrallas. Mostacho uno, el otro cabeza al rape.

—¿Cuántas metanfetaminas son necesarias, brigadier? ¿Qué tanto hace falta? No resisto.

—Deje de guiñarnos el ojo y cállese. No va a seducirnos.

El del mostacho, teniente primero, sostiene la linterna. El brigadier requisa.

Lo palpa entero, más por protocolo que por gusto. En su voz, tabaco. Fastidio.

—¿Cuánto es suficiente, Hiraoka? Sepa usted que ya no estamos de vacaciones en el Caribe, acá es la vida real, hubo un crimen.

Se gira y dice al teniente:

—Busca el arma.

El teniente navega por los alrededores sin aliento, arroja la luz, pasa por encima de cuerpos, entre ruinas, ya nada queda en esta zona excepto ellos. El brigadier y Kimitake permanecen a oscuras, oliendo el tufo del agua estancada.

Que no huya, piensa el brigadier. *Que no corra por esta zona minada, el muy cobarde.*

—Tengo el arma, brigadier Kawabata.

El del mostacho ha encontrado las grandes tijeras y regresa a trote.

—Apúntele a la camisa, teniente Dazai. Mírele la sangre.

—El rojo Chanel.

—Ahí está —dice el brigadier—. Juntamos las pruebas, maricón, es usted culpable de cortarle los dedos al jardinero.

El teniente Dazai apaga la linterna:

—Es así, Hiraoka. Él ya se fue, no está por ningún lado, ¿o puede verlo en la oscuridad? ¿Recordar acaso la textura de su cabello, esa paja quemada?

—De verdad no resisto, señores. Mi cuerpo va en picada hacia la trinchera enemiga, se fuga. Atravieso los pinos y la cerca.

—Es usted un imbécil, Hiraoka. Todo esto para qué. Una baja del ejército con qué motivo. Un mutilado y todo para llenarse de placer, para alimentar una masturbación barata. Qué vergüenza.

—Y pensar —dice el teniente ya rabioso y con la linterna encendida de nueva cuenta— que usted pudo haberse casado como la gente normal, tener una vida como cualquiera. Hijos bellos, un hogar.

—Prefirió esto. No hay más. Ahora gírese.

El brigadier y el teniente lo llevan a punta de metralla al borde del acantilado. Se alcanza a ver la fosa desde ahí. El acusado implora, chilla, se retuerce.

—No fui yo, brigadier Kawabata. Fue alguien más quien le cortó los tendones. Un piloto como yo. Vino a estrellar su avión a las afueras.

—Basta ya, Yukio. Escúchame.

Kawabata lo sujeta por los hombros.

—Este es el día más importante de tu vida. Recuerda lo que te dije: para realizar un clavado efectivo es necesario que pongas las manos en alto primero.

—Que tomes, agrega el teniente, tu última respiración.

—Y que te lances al vacío —concluye Kawabata—. No te preocupes por el *antidoping*.

—Igual que los fukuryu, hablamos de eso en el centro deportivo de Shibuya —dice Dazai—. Los buceadores suicidas de la guerra, ¿entiendes?

—Sí, entrenadores. Dos mil kilogramos de anfetaminas, quince de explosivos y al agua.

Dazai ya no lleva linterna, ahora sostiene un silbato y lo sopla repetidas veces.

—Concéntrate, Hiraoka. No vas a dejar que el alemán te tome ventaja en la competencia. Míralo, va a la cabeza, el muy nazi. ¿Te vas a echar a la fosa por la patria japonesa, por nosotros, incluso? ¿A la memoria de la sangre del muchacho?

—Sí, ya pueden llevarme al tribunal.

—Esto no es el tribunal, idiota, son los Juegos Olímpicos —dice el brigadier—. Mira al público, ahí están las escaleras. Pronto será tu turno.

Un silbatazo.

—¿Qué es un clavado, Hiraoka?

Postura militar:

—Un clavado es enterrar el hocico en la nieve y salir con el maquillaje intacto.

—No, belleza. Un clavado es lo que estás a punto de hacer.

—Tengo miedo del agua.

—No puedes tenerlo.

—¿Cómo sabré que la fosa no va a estar vacía, señor Kawabata? ¿Cómo van a obligarme a saltar de este acantilado? Necesito más whisky.

Kimitake da la vuelta. Ya no lo siguen. Ya no escucha. La trinchera queda lejos, el complejo acuático en otra parte. Un mareo. Gira la cabeza y ve a los entrenadores a la expectativa, sus camisetas blancas cubriendo cuerpos ya no aptos para el deporte, cuerpos que pronto envejecerán. El público espera en la grada. Él sigue caminando y se da cuenta, tras respirar, de que ahí están las farolas, las mesas del restaurante vacío, el clima cálido. Ninguna grada, ningún silbato. Volver a la escena del crimen es siempre un lastre. Hay que orinar el ladrillo, estrellarse y hacer la pregunta: ¿cuánto hace falta, con el jardinero o con un chico campesino de Kanagawa, para que algo suceda verdaderamente? Algo emocionante. Morder. Darse vueltas, lamerse.

¿Cuál es la distancia entre el borde de la fosa y el fondo del agua?

En el jardín del Hotel Marqués no hay otra cosa que un turista japonés pasado de tequila y ron cubano, nada más que la quietud, los mosquitos, el ladrido de los perros a lo lejos.

Él se quita la camisa y la tira al alambrado. Cuando amanezca la encontrará hecha jirones. Busca las tijeras en el lodo, el teniente debió dejarlas por ahí. Da con ellas, por poco cae de bruces. Las levanta con ambas manos, otra vez. Aquí hay un hombre armado, atención, acabará con la península. Aunque no tiene certeza de que lo escuchen, grita de todos modos:

—¿A dónde se fue, entrenador? Estoy listo y casi desnudo. Ya puede fusilarme.

Al acercarse a la piscina está de nuevo en el complejo acuático, ahí se ven el marcador a puntos rojos, las escaleras de metal que lo llevarán a la plataforma. Se dispone a subirlas, pero antes de hacerlo, escucha por última vez a Kawabata, el brigadier que lo entrena:

—Aquí estamos para ti, Hiraoka. Ya no hay tiempo. Sube. ¿Cuáles son tus últimas palabras?

Kimitake se acerca a él y le confiesa al oído:

—Algo sé de los buceadores suicidas.

—¿Qué sabes?

—Jamás llegaron a ver los fuegos artificiales. Nunca caminaron las ruinas de la ciudad antigua, pero yo lo hice.

—No lo olvides —dice el teniente—, vas por la de oro.

Da el silbatazo final y vocifera:

—Nuestro siguiente participante es Hiraoka Kimitake, treinta y dos años, oriundo de Tokio. Realizará un clavado de dos y media vueltas. Dificultad: seis punto cinco.

Mientras Kimitake asciende no alcanza a sospechar que narrará para un programa televisivo las competencias de clavados, taekwondo y gimnasia artística varonil en los

Juegos Olímpicos de Tokio 1964. Solo mira al frente, dispuesto a acabar con todo.

A esta hora de la madrugada ni el brigadier ni el teniente ni los múltiples huéspedes del hotel llegan a ver al de la habitación catorce levantar las manos extasiado, dar una respiración final, gritar:

—¡Esto es por la patria!

Y lanzarse con todo y tijeras al fondo de la piscina, ansioso de encontrar allá abajo un sol, un pincel, una ola, el trazo rojo que precisa el acero si uno lo sabe usar como mejor conviene.

Ecuestre-Natación

en Mérida, 1957

En el crol es donde encuentra su verdadera patria, puede dividir el cuerpo en dos. El brazo derecho arriba, la mano dispuesta a hundirse en el agua y dejar atrás. El otro brazo un submarino. Ahora a la inversa. Las piernas siempre hacen lo mismo, los dedos en punta. El cuerpo es un pincel y deja un brillo en la superficie del mar.

No descuides la respiración, Yukio, aumenta la velocidad, hazlo con rabia.

Se alejó de la arena blanca de Puerto Progreso y se internó en la playa cálida. Abandonó la toalla, los lentes oscuros y el bolso bandolero con el cuaderno, las plumas y un frasco de perfume de la diseñadora Hanae Mori. Apenas lo necesario para vivir.

Dos gotas de aquel perfume son suficientes para ocultar el hedor de la resaca. Y las gafas, imprescindibles: la vanidad es fuerte y él mismo ya comienza a ver arrugas en el contorno de los ojos.

Buscó el mar abierto, pero duele su hallazgo, la cabeza ya no soporta la presión del agua, en la garganta queda el recuerdo del vómito. Rechina los dientes. *No pierdas la línea*, piensa, *ve con odio, así te enseñaste a hacer.*

En la playa, a lo lejos, dos jinetes montan a pelo y a toda velocidad, sus caballos prietos levantan la arena. Los niños buscan caracolas.

Él sigue. Quiere tomar las riendas del océano.

Nunca darse por vencido.

Y va corrigiéndose, golpéandose con la fusta: *si no avanzas por lo menos un poco más no conseguirás algo en la vida, no te encontrarás con nadie.* Cambia el estilo a dorso: la boca abierta, los brazos yendo hacia atrás. Nada por su cuenta y tiene doce años. La vez que su madre los llevó a conocer el mar. El estruendo del oleaje. Las rocas. Lo que dijo:

—¿Por qué el mar no es dulce?

Su carrera desbocada por la orilla.

¡Estira bien los brazos, que se sientan los dorsales!

La fogata. El vestido de la madre. El gorro de capitán naval que llevó puesto y perdió para siempre. Ninguna caracola. *No tocaste el agua, le temías.* Hokkaido. *Mírate ahora. Ya puedes tocar el agua, eres otro. Solo tienes que llegar un poco más allá y sacarás de ti el que fuiste.*

Durmió cuatro horas la noche anterior, ahora las encías le sangran. El mundo irradia, está sucio. Vivir en él es tragar agua con sal. *Escupe, idiota, te estás ahogando.*

Se cansa.

Pierde la coordinación.

Los pulmones, frágiles desde la infancia, no dan más de sí.

Se para de súbito.

Tiene doce años, no treinta y dos. Es el mismo. Débil. Y malo para el deporte. En la playa los caballos reposan y los jinetes se limpian el sudor: uno va con el torso desnudo y el otro lleva una camisa verde. Acarician a los animales, los aman. Él se alejó más de la cuenta y los mira a todos, lucen muy pequeños a la distancia. Desea matarlos para expulsar la frustración de no llegar a donde quiere, haría falta apuntar la metralla y disparar, pero esto no es Dunkerque. Apenas puede mantenerse a flote, es casi un náufrago, quién vendrá a rescatarlo ahora. Ningún jinete va a llegar hasta acá ni llevará su cuerpo a la arena. Nadie lo besará en consolación.

Lo mismo la noche anterior, nadie fue, despertó solo y con la lengua seca.

De un tiempo atrás es de ese modo. Hundirse en el charco de la propia condición.

El mar y la sangre saben igual, podrían confundirse. Lleva puesto el bañador rojo. Corto. Se ajusta a las piernas. Él escupe y quiere convencerse de que algo cambió: aquella tarde en Hokkaido ni siquiera se atrevió a quitarse el pantalón, no se bronceó. Ahora es más grande y va solo a todas partes, ya puede gozar de sí mismo, qué pasa entonces. Los jinetes y los niños están demasiado lejos, pero eso quería: estar solo y lo consiguió.

El bañador rojo es también de la casa Mori y la diseñadora lo hizo exclusivamente para él, ahora no sirve en lo absoluto, no le llena el vacío. Es apenas un trozo de tela bien cosida. Y pesa. Todo pesa de manera excesiva. La última vez que se subió a la báscula había aumentado novecientos gramos de músculo, de qué sirven ahora. Está solo en medio del océano y el ruido ensordecedor de Tokio viene, el eco de los bombarderos viene, la nube de gas tóxico viene. Él va. *No te pierdas, lo harás de nuevo.* Hacia la costa. Siempre se puede comenzar otra vez. Con mucha más rabia.

Dicen que el crol es el estilo de nado más fácil, les gusta a los niños que entrenan en el centro deportivo de Shibuya, él los mira a veces después de saltar la cuerda. Futuros campeones algunos. Otros no. Hay muchas reglas para el nado pero los peores alumnos olvidan la más importante: nunca recordar mientras estás en el agua.

Llega a la orilla. Nadie ve esta hazaña, ni siquiera los jinetes. Suelta el peso y camina con los pies dormidos sobre la arena. Ha renacido. La resaca ya no está, pero sí una sensación de anomalía y fastidio. Nadar hora y media era su objetivo y no lo consiguió. Se pasa la toalla con fuerza hasta enrojecer.

Va a recriminarse toda la tarde. Y al día siguiente.

En la bandolera hay también un espejo redondo. Lo extrae y se mira los dientes, las venas de los ojos hinchadas. Qué espanto. Guarda el espejo en el compartimento más oculto del bolso, hasta abajo. Nadie sabe que lleva uno consigo a donde vaya. Saca los lentes de sol y se los pone. Extiende la toalla. Es otra vez un turista, alguien que toma el sol. Echa un vistazo al muelle y se deja broncear.

En la mañana lo despertó una de las mucamas del hotel y le indicó como mejor pudo que había dejado la puerta abierta de par en par y, a lo largo del pasillo, un rastro de agua. Le entregó la camisa que usó el día anterior, hecha basura.

Siempre que tiene resaca es igual. Olvida la mitad de la noche. Después sale a correr, no importa si le duelen las piernas o si piensa que va a morir. Hoy quiso nadar, no obstante, preguntó por la playa. Quiso un viaje para ver los rascacielos, las palmeras. Para transformar algo, creyó. Si fuera así. Se siente todavía el niño que se negó a tocar el agua a los doce años y vomitó sobre las rocas. Tiene escalofríos. Aunque en esta playa el calor se filtra en todas las superficies, él se cree en Hokkaido: ahí la ventisca llega por detrás y te corta la piel, ahí el mundo es distinto. Acá la arena es fina y el paisaje, inabarcable. Es mentira cuando dicen que todas las playas se parecen. Aquí hay dos hombres morenos y caballos que en Japón estarían en el establo, bien amarrados a la cerca.

Intercambia saludos de cabeza con ellos.

Después de todo, son los únicos aquí.

Uno se acerca. Ve en Kimitake una oportunidad:

—Quince minutos en el caballo por treinta pesos, señor.

Él no entiende nada de lo que le dicen, no habla español. Solo mira desde abajo. La camisa entreabierta del jinete, su abdomen plano y bronceado. Le recuerda al jardinero del hotel. ¿Todos los muchachos en este país son iguales acaso? ¿Todos buscan dinero fácil y exhibirse? El jinete, que podría ser un cadete también, se da cuenta de que no hablan el mismo idioma y entonces usa el idioma del cuerpo. Finge montar, tira de unas riendas invisibles, da golpes contra el lomo del aire. Y simula entregar billetes, porque todo cuesta, señor, en esta vida. Porque de esto se trata negociar.

—¿Qué dice, sí o no?

—Anímese, güero —dice el otro.

Elige el caballo más grande. Lo ayudan a montar. Le dan palmadas.

—Ahí está, muy bien. Quince minutos, no se olvide.

Siente el pelaje del caballo en las piernas. Lo acaricia.

Desde su nueva altura ve a los hombres dar instrucciones. Uno de ellos jala una cuerda y pretende pasearlo como si se tratara de un poni.

Kimitake es pequeño y va a su primera clase de salto ecuestre.

—No, no —dice.

Montaré solo.

Es emperador y hay que contemplarlo desde abajo.

Sujeta la rienda. Habrá que hacerlo rápido.

Los jinetes no saben lo que piensa, ni sospechan lo que hará. No alcanzan a ver que está a punto de irse. Kimitake se ajusta al lomo magro, enseguida al ritmo que le levanta la cadera y estimula su respiración. *Qué tan rápido puede ir un caballo. Cuánto hace falta para morir los dos.* Los jinetes creen, ilusos, que él no sabe montar, que es idiota. Ahí jala la rienda. A toda velocidad, por la orilla, rápido, un poco más lejos, muy lejos. Los jóvenes intentan alcanzarlo, le gritan. Él gira la cabeza e indica con la mano que volverá. *Aquí estás, a jalar esa rienda.* Cabalga a pelo y sus nalgas se contraen. Se carcajea. Muy pronto ya pasó el muelle y sigue adelante.

Arre, caballo de la armada imperial japonesa, llévame lejos, estoy listo. No voy a rendirme esta vez. Entraremos al mar, tú y yo. Al principio va a costar trabajo, pero después, cuando dejemos que el agua se nos meta al cuerpo y perdamos la respiración, sabremos con exactitud lo que dejamos de ser, quiénes somos. Habremos llegado.

Olímpica I
14 de septiembre de 1957

Shiro:

He visto las nubes de América. He visto los pastizales arder al lado de la ruta en Puerto Príncipe. Y en Nueva York, unos zapatos deportivos. Su belleza causó en mí tal fascinación que, tras haber caminado varias cuadras en dirección a Central Park, di la vuelta, fue algo súbito: necesitaba verlos de nuevo. Llegué a la vitrina, jadeante, y los contemplé largo rato. Eran de cuero y de muy alta calidad. Los cordones, diferentes a los que hacen en Japón, quizá por elásticos o porque brillaban bajo la luz, no habían sido atados por nadie todavía.

He visto los rascacielos, también a un muchacho menor que tú hincarse frente a un contenedor de basura, en evidente desesperación. Entré a la tienda después de quince minutos. Hacerlo fue como abrir una ventana, avistar tierra firme tras varios días de naufragio. Exhibían todo tipo de indumentaria para atletas de alto y bajo rendimiento, todo tipo de accesorios. Pantalones cortos y rompevientos, incluso una piqueta para rasgar la nieve. Pedí que me mostraran los zapatos y eché un vistazo al lugar. Pensé que con ellos me bastaría: si me los pongo podré por fin pasear ligero, sentirme parte de un equipo: el equipo de los muchachos que aman correr, aquellos que veía, desde la ventana de mi hotel, pasar cada mañana con tanta convicción. Tomé una raqueta de tenis y de inmediato me sentí un tenista, rocé con los dedos un par de anillas y me dije: puedo ser un gimnasta. Las posibilidades de atuendo me emocionaron de manera profunda.

Me dieron los zapatos, me descalcé. Tuve el impulso de comprar dos pares, unos para ti y unos para mí. Podríamos ir con ellos a tantos sitios, me dije, la gente se daría cuenta de que son iguales. Modernos. Seremos la envidia de los corredores de Tokio e incluso de los no corredores. Pero al descalzarme y ajustarlos a mis pies, al anudar los cordones con la misma fuerza y la misma elegancia que se anuda la cuerda en la práctica del shibari, al momento de dar unos pasos sobre la alfombra verde, y también un par de saltos, tuve la sensación de estar fuera de lugar.

En la tienda había maniquíes espantosos, sin rostro, fotografías que mostraban la victoria, deportistas sonrientes en grandes estadios. Sus cuerpos eran mucho mejores que el mío, sus espíritus sin duda estaban mucho más llenos.

Me arranqué los zapatos a prisa y sin dar las gracias me marché. El clima refrescaba. Al seguir por la calle, que muy pronto estaría iluminada por el alumbrado público, te imaginé con alguien y le di un nombre que me resulta imposible recordar. Los imaginé a ambos en alguna calle, exhibiéndose, corriendo tras los automóviles. Ahora duermes, yo estoy sentado en la banca de una plaza, en Yucatán, al oriente de México. He visto aquí nuevos tonos de verde, he escuchado el español. Y recuerdo, también, mientras escribo —rodeado de niños que lanzan trozos de pan a las palomas— la última vez que te vi. Fue antes del viaje, te cité en aquel restaurante lujoso. De mariscos. Escribí una carta mucho más breve que esta para invitarte.

Llevábamos diez años sin vernos y no estaba seguro de si vendrías, de si estarías dispuesto a enfrentarte a mí una vez más. Me puse un saco a cuadros y una camisa blanca. Tardaste mucho en llegar. Me contuve para no pedir al mesero un par de ginebras; quise estar sobrio para ti, por lo menos. Demostrarte que algo cambia con los años.

Miré el reloj. Nunca espero de más, lo sabes, jamás llego tarde, pero ese día fui paciente. Apareciste con cuarenta minutos de retraso y atravesaste el local con una boa de plumas azules, un atuendo demasiado exótico, muy inusual desde mi perspectiva. Confieso que antes me daba vergüenza, me ponía rojo tu exuberancia, que nos vieran caminar juntos, pero entonces, cuando recorriste la silla y te pusiste frente a mí, me sentí orgulloso. Pedimos calamares, una gran porción, comiste uno tras otro. Siempre has sido un niño hambriento, Shiro. Quizá no habías comido desde la tarde anterior. No dijimos mucho, apenas lo necesario. Y cuando el mesero retiró los platos, finalmente hiciste la pregunta: *qué quieres decirme. Quiero saber*, dije yo, *si has pensado en lo que ocurrió*. Esperé la respuesta, aturdido por el cuchicheo de los comensales, las copas haciendo brindis.

No lo has hecho, afirmé tras un minuto. Y no pudiste abrir la boca, solo negaste con la cabeza avergonzado, mirando al suelo, como si quisieras decir que no, que el pasado no era importante. Entonces te dije que me iría del país muy pronto, que había conseguido un permiso especial abusando de mis contactos. *Iré a América*, anuncié. Y esa fue mi forma de enterrar en ti la bayoneta, porque supe que la frase te removería, te sembraría dudas.

¿América?

Levantaste los ojos sin creerlo.

Me resulta absurdo que nunca vayas a conocer el extranjero. Que la mayor parte de los japoneses no tenga permiso de salir del país por estos tiempos. Soy afortunado, y si estoy aquí ahora es para encontrar respuestas. Para entender lo que sucedió.

Hace rato monté a caballo a la orilla del mar. Unos muchachos de piel tostada me ofrecieron subir. Tomé uno de los caballos, había dos. Era negro y flaco, pero me gustó imaginar que se trataba de un corcel. Avancé a toda velocidad sobre la arena. Lo disfruté al principio, pero después tuve la sensación de que me perseguías detrás, montado en el segundo caballo. Tuve la pulsión de dirigirme al mar y hundirme. Ya sabes, eso me sucede con frecuencia.

Recorrí a pie más tarde el camino hasta el centro de la ciudad, fui al borde de la carretera, bajo el sol, a contraflujo de los pocos camiones y autos que hay en esta parte del mundo. Miré las señales de tránsito sin entenderlas. A pie, más de una hora.

Me pregunto si habría sido diferente. De haber comprado aquel par de zapatos deportivos en Nueva York, un camino más amable. Sobre todo, si de no haberme distraído entonces, creyendo que podríamos ir juntos con un par de zapatos iguales, podría estar gozando ahora de ellos, admirándolos, acariciándolos por las noches, en secreto, en la habitación de hotel. Ahora están lejos, tienda y zapatos. El arrepentimiento me carcome.

De un tiempo atrás, Shiro, tengo ganas de hacer una sola cosa: rozar algo con los dedos.

Algo hermoso.

Mientras tanto hago lo que puedo: salto la cuerda, me entrego a las abdominales, me lavo la cara, voy a restaurantes y respondo preguntas, hablo y finjo emoción.

Pretendo vivir, pero no siento nada.

Quizá he pasado una parte fundamental de mi vida recordando. Y nada más que eso.

La guerra. La posguerra.

He visto a un chico podar bambúes y después cortarse los dedos.

El fondo de una piscina.

Anoche soñé con el hombre con quien debes estar ahora, tu compañero. Tú y yo lo echábamos contra el piso y lo pateábamos. Él eyaculaba rápidamente —esto sería censurado por el ejército de ocupación, qué importa—. Un poco más tarde en el mismo sueño mi padre me enviaba un telegrama a tu casa. Decía que quería tener conmigo *una conversación seria*. Yo lo supe: iba a reprocharme mi comportamiento.

Mañana tomaré otro avión. Si todo se pone mal voy a ejecutar por fin, en la capital de México, el plan del que te hablé entonces, en aquella cena.

He visto una pirámide maya, ¿la imaginas?

-Yukio

P.S. La escribo un poco más tarde. Tengo la certeza de que, si fueras deportista, serías un gran gimnasta.

Retirada

en Mérida, 1957

Gimnastas, saltadores ecuestres y jugadores de softbol llegan a la villa olímpica cada cuatro años. Así ocurre desde el inicio de los Juegos Olímpicos modernos, en 1896. Los atletas se emocionan. Algunos están por primera vez en una ciudad extranjera. Se familiarizan pronto con la cama que ocuparán los días previos y los posteriores a sus competencias. También, con atletas de todas partes del mundo. Se cruzan en los comedores y se dan palmadas en la espalda. *Buena suerte mañana. Gracias.* La ciudad anfitriona se llena de cuerpos musculosos y elásticos durante algún tiempo. Se respira paz excepto cuando los atletas se encuentran en la cancha, en el estadio, o en el campo de pruebas. Ahí están dispuestos a todo. Nadie les quitará lo que por derecho han trabajado, algunos desde niños. Hay lágrimas, hay exasperación. Casi siempre es así, excepto los años de combate —el dieciséis y, de forma más reciente, el cuarenta, también el cuarenta y cuatro—. Avanzan los cañones y los atletas deben cumplir con deberes más importantes, en los búnkeres o las granjas. Otros en el frente, por desgracia. En el deporte, como en el combate, se intercambian seres humanos a velocidad frenética, se sustituye a prisa lo que ha muerto o ya no sirve. Además, se trabaja en equipo.

Es la mañana del quince de septiembre y Kimitake escribe en la habitación de hotel. Ocupa su propio sitio y se distrae. Clasificó por su cuenta al mundo, seguirá de ese modo. La escritura nunca va en equipo, es siempre una prueba individual. Siente un mareo. *Alcohol nunca más*, se promete, pero la mentira surge fácil. Apura el café y se mete un cigarro a la boca.

A medida que viaja va tomando notas. Fragmentos del viaje. Quizá pueda publicarlos en algún sitio en formato de bolsillo o en gran formato. Anota lo que pasó los días pasados, lo que puede, pero siempre algo permanece en blanco, sucede a menudo la imposibilidad de recordar: qué hizo hace dos noches, a dónde fue, dónde orinó. Persigue su vida a oscuras y recorre, con sus tijeras, los malos pasadizos de la mente.

Debe hacerlo rápido, antes de empacar. Necesita saber qué sucedió o no podrá estar tranquilo. La vida acontece mejor en la página y por eso quiere dar en el blanco, pero entre más lo intenta, más lejos se encuentra.

Le llevaron desayuno a la habitación, Sofi dejó un telegrama: *nos vemos en Mexico City, recuerde que yo tomo el segundo vuelo del día y usted el primero.* Él lo hizo trizas de inmediato, lo echó a la basura.

Se mete a la regadera y se masturba bajo el chorro helado. La energía debe expulsarse de alguna forma. Piensa en los muchachos de la plaza el día anterior. La manera en que los miró al cruzarse con ellos y sus novias. El gesto de las novias al notarlo, defensivas, sujetando a los muchachos del brazo. En un par de ocasiones consiguió hacer contacto visual directo con los novios, pero de inmediato ellas los jalaron hacia sí. Y lo miraron con desprecio. Les hizo falta darse cuenta.

Poco después dobla las camisas y el bañador. Continúa con los pantalones, se toma el tiempo. Los objetos lo son todo y elige el atuendo que usará para volar. Un saco de tela ligera. Entonces, mientras empaca, encuentra la carta que escribió. La puso en el buró y se había olvidado de ella. La dobló en cuatro.

Leer la carta es vivir por segunda vez. Es fácil reproducir en el cuerpo una batalla campal, sentirla después de mucho tiempo. Así como el esquiador tiene el vértigo de la montaña tras haberla deslizado. O como el soldado de bajo rango vuelve al pueblo y se queda mudo, incapaz de describir lo que le aconteció.

El cabello le escurre, el agua desdibuja las palabras.

Qué fue lo que aconteció, se pregunta, *por qué le escribiste si te habías prometido el silencio.*

Más tarde, un taxi lo lleva al aeropuerto. El viento entra por la ventanilla y él mira la ciudad. Las casas pintadas de blanco. Las señoras barriendo con escobas o fregando la banqueta con lejía. Un atleta búlgaro besa el suelo de la villa olímpica después de perder todas sus competencias. Otro, un kazajo de la halterofilia, lo ve alejarse. Se ha enamorado secretamente de él, pero no lo verá de nuevo. El búlgaro no llegará a saberlo nunca.

Mientras Kimitake se aleja, piensa que romperá en llanto. Espera que el conductor no lo note y abraza su portafolios. Recuerda lo que sucedió hace menos de quince minutos, cuando terminó de hacer el equipaje.

Fue primero a revisar los armarios y los cajones en busca de objetos faltantes.

Ahí, al fondo de un cajón, encontró el labial Chanel. Frente al espejo, lo destapó. No se pintó con él, hizo algo distinto: lo acercó al espejo y escribió los kanjis para buceador de la armada imperial japonesa: 伏龍.

Un recuerdo de sí para el siguiente huésped.

Antes de subir al taxi tuvo el impulso de correr al restaurante de atrás. Para entonces llevaba ya bien guardado el labial en el bolsillo interior del saco.

Corrió y echó un vistazo. Lo vio al fondo: el jardinero con la mano vendada.

Podaba las flores. Kimitake se dijo: *ahora o nunca.* Tomó la dirección del bambú y se puso frente a él. Lo rememora desde el taxi. Saca la cabeza por la ventanilla y ríe, pero solo para evitar que le gane la emoción. Así es ganar. Su objeto de deseo. Su muchacho de Kanagawa. Se plantó frente a él y el jardinero levantó la mirada. Se quitó los guantes y dijo: *¿busca algo, patrón?* Algo que Kimitake no podrá descifrar.

Tuvo un impulso. Sacó la carta del bolsillo, extendió el brazo y se la dio. Al interior del sobre estaba también la foto instantánea que sacó en la pirámide. El muchacho tomó el sobre y quiso leer la carta de inmediato. No pudo hacerlo. Quizá nunca podrá leerla, pero entonces, en ese momento, hubo una comunicación silenciosa, un absurdo, cierta exageración. Se miraron y empezaron a reír sin saber qué decirse. El muchacho tuvo, quizá, las ganas de arrancar una flor para dar también algo. No lo hizo.

Kimitake imagina ahora una rosa blanca en el bolsillo del saco.

La ciudad queda atrás y el taxi se interna en la ruta. Hubo algo breve, en ese encuentro, que lo hizo sentirse vivo.

Quién lo diría. Atravesar una ciudad a la velocidad de un cometa.

La mañana corre y él se aleja para no volver.

El jardinero seguirá haciendo lo mismo todos los días, su vida nunca cambiará.

Conservará la carta, piensa Kimitake. *Tendrá un recuerdo.*

Un japonés clavadista se dio la vuelta después de encontrarse con él y fue a toda prisa hacia el taxi. Un japonés clavadista sabe que de los amantes siempre hay que despedirse.

Subió al auto, dio un portazo.

—Muy bien, vamos ya.

II

BOMBARDEO
en Tokio, 1944

Ya viene y apagará las luces. Ordenará el repliegue. Si Kimitake no se apresura, el padre lo fusilará. El padre es superior en armamento, velocidad y blindaje. Kimitake es un árbol mal crecido, un insomne. Su padre desea hacer de él burócrata, economista, abogado, pero Kimitake desea entregarse por completo a la pista de carreras de la imaginación. Aprovecha que el padre salió a dar un paseo. Con el poco dinero que ha cobrado por publicar uno de sus relatos en una revista local, Kimitake se ha hecho del papel más barato y algunos instrumentos de escritura, también mediocres. En la casa hay una cantidad considerable de papel, pero debe utilizarse para hacer cuentas y capturar otro tipo de información. El hijo busca medios propios. Se arrincona en la pequeña ratonera que puede llamar su propio cuarto y escribe el final de un relato nuevo: la historia de un antiguo mártir del periodo Muromachi que viajó a pie por toda la isla y al llegar al extremo norte se prendió fuego. A Kimitake le interesa el fuego, pero no lo entiende. Se atasca en la escena de la inmolación sin encontrar las palabras precisas para describir la muerte, la forma en que las llamas consumen un cuerpo, acaban con los órganos y dejan, en poco tiempo, de lo que fue un ser humano, una ruina, como sucede también con ciertos edificios, que a esa hora son bombardeados. Quizá más tarde, durante la madrugada, Kimitake tenga oportunidad de ir a la cocina, encender la estufa y poner el antebrazo ahí, aunque sea un poco, lo suficiente para no hacerse daño y conocer el fuego; sería difícil, el padre lo encontraría. Habría preguntas. *Qué estás haciendo a esta hora, por qué no duermes.* Kimitake no podría dar explicaciones, el padre lo conduciría de nuevo al cuarto. *Al futón, hijo, a dormir precioso. No es bueno tocar el fuego, ser un débil mental.* Lo cubriría. Y nada más que hacer.

Kimitake tiene diecinueve años y a menudo escribe sobre asuntos de los que no tiene idea: los acantilados, las batallas campales y por supuesto, la asfixia. Debe conformarse con lo que tiene. Apresurarse. Está cada vez más cerca del final. El mártir llega a la playa de Hokkaido y se oculta tras las rocas. Ejecutará por fin su plan: morir a los treinta y dos años. Muy pronto el padre llegará a casa y ejecutará también su propio plan: abrir la puerta de la habitación del hijo y supervisar que esté ocupado estudiando, porque Kimitake está en una etapa de la vida en la que es necesario tomar decisiones importantes, que determinan el rumbo de las próximas décadas. No debe distraerse, ni con el teatro, ni con la vida de los animales. Se acerca cada vez más, marcha por la calle. Kimitake junta los papeles con torpeza. Con el tiempo ha encontrado escondites hábiles para mantener al padre a raya y ocultarlos. Bajo el futón. O dentro de las camisas dobladas. Pero también, con el tiempo, el padre suele encontrarlos todos. Y la escritura del hijo termina hecha trizas.

Hoy no es la excepción. Se abre la puerta y el padre entra rápidamente. Pregunta a Kimitake qué ha estado haciendo. *Ojalá ejercitándote,* dice. O leyendo aquellos libros sobre nazis que suele comprar y traer a casa, *esas sí que son historias verdaderas.* Kimitake se paraliza. *Estudio cálculo.* El padre le arrebata los papeles y comprueba que no es así. *Hemos hablado de esto.* Lo que Kimitake ha trabajado dos semanas queda en un minuto destruido. El padre se llevará los papeles consigo, porque el hijo es capaz de juntarlos como si fueran un rompecabezas. Nada que hacer. Habrá que escribirlo todo otra vez desde el principio. El padre informa que compró carne de paso y que pronto la colocarán sobre la estufa. Están en guerra y hay que aprovechar, son una familia. Y deben estar juntos. Tienen suerte de no estar buscando en los basureros. *Pronto Japón va a ganar la batalla, hijo, no te desesperes. Así es nuestra vida. De verdad, te lo digo, nunca es bueno fantasear.*

Subsuelo

en Tokio, 1944

La alarma suena. Nakamura es el primero que la escucha, después Kobayashi, luego Jujo. A Watanabe le tiembla el ojo. Se rompe un cristal. Se traga saliva. Son veinticinco y todos quieren salir al mismo tiempo. *Hasta aquí llegamos, señores*, dice Kobayashi. Alguien tropieza. Otro está a punto del llanto. *¡En orden!*, grita el profesor Koda. Nadie va en orden. ¿Qué podrían hacer veinticinco muchachos de la zona metropolitana contra la fuerza de un bombardero? Sacos de lino, corbatas. A diferencia de los soldados, ninguno de ellos va bien vestido para morir. Nakamura piensa: llegaré primero. El refugio antiaéreo queda tan solo a cien metros de la sala de clases, haría falta salir uno por uno, pero es imposible. Los estudiantes son torpes, se arremolinan, forcejean cercanos a la puerta. Uno pierde un zapato, otro mira al cielo. *No es una broma, Sakamoto*, grita el profesor, *deje de reírse*. Al profesor le dan náuseas.

El día es soleado, la ciudad se tiñe de cerezos, quién diría que precisamente hoy, la mañana del examen de Cálculo, sucedería. Que vendrían a confirmar lo que el profesor les dijo muchas veces: *no habrá tiempo, si ocurre iremos en orden, estaremos codo a codo en el refugio*. Y sobre todo: *no tendremos miedo, los japoneses nunca tenemos miedo*. Nada de eso importa ya.

El profesor, deber mediante, será el último en salir. Primero que se salven los jóvenes, los que tienen veinte, diecinueve años. Salen a prisa del aula como caballos recién liberados y corren por el pastizal en llamas. Son chivos. Ganado. Aquí cualquiera es carne de cañón. A menos de cinco kilómetros una bomba acaba con el ala oeste de un sector destinado al comercio. Y con la fachada de un hospital. Se escucha un estruendo. El profesor Koda se lleva las manos a la cabeza. Nadie grita, pero algunos estudiantes se tiran al patio, como si el gesto, de un falso heroísmo, pudiera salvarlos. Otros continúan. Kobayashi por ejemplo. Nakamura detrás. Solo aquellos con mejor instinto podrán llegar al refugio. Los que deseen sobrevivir.

Una segunda detonación acaba con el hospital y los vidrios de la escuela se quiebran por la onda expansiva. Si Koda no sale, tendrá un destino similar. Allá va. Hace viento esta mañana y el humo ha comenzado a invadir el patio, se cuela en los salones de clase, los muchachos tosen, no sospechan que ya murieron setenta y cinco personas y otras catorce agonizan en algún sitio. No conocen la gangrena, ni las llamas, pero existen, invaden una cuadra entera e incluso así, de todos ellos, hay uno solo que permanece sentado y se concentra en el examen todavía.

Uno solo busca resolver la pregunta final.

El profesor Koda se le acerca a trompicones, maldice, cómo fue que no lo vio. *Vamos, Hiraoka, qué no escuchó la alarma.* Lo jala del brazo. *Es una orden*, le digo, pero el chico no se inmuta. Es más, Koda reconoce en él cierta fascinación, un éxtasis, una mueca turbia. Lo está disfrutando, piensa. Y siente horror. *¡Yo no puedo salir si usted no sale!* Y los aviones se acercan. Y el buen alumno abre la boca para decir: *déjeme terminar el examen*, pero Koda ya no está dispuesto a escuchar. *Si no viene conmigo haré que lo expulsen.* No hay respuesta. *Allá usted.* Sale corriendo, atraviesa el patio, escucha el grito del buen alumno detrás: *¡no me deje, profesor!* Hiraoka lo alcanza a toda prisa. *Terminé el examen,* dice sonriente. El profesor lo ignora.

Llegan al búnker y aseguran las puertas. El refugio antiaéreo fue cavado por los mismos alumnos del colegio, un poco cada tarde a lo largo de seis semanas. Tres focos de baja potencia son toda la luz disponible. Hay poco aire y podrían asfixiarse. El ganado corrió al matadero sin darse cuenta. Se escucha el llanto de un cobarde, alguien dice en voz aguda que le va a dar un ataque cardiaco, quizá Watanabe, pero es difícil de asegurar. *Silencio,* pide un profesor de otro curso, *silencio que ya va a pasar.* Huele a sudor. A madera húmeda. Los chicos pueden sentir el calor de otros cuerpos, se apretujan en el poco espacio disponible. Un antebrazo ajeno roza el vientre de uno. Dos más han quedado frente a frente. Las nalgas de Kobayashi están inevitablemente cercanas a unas piernas que desconoce. Cuarto oscuro, jadeos, los focos se apagan. *De verdad creo que me va a dar un ataque cardiaco,* dice la voz. Sí es Watanabe. Arriba los aviones. Arriba el emperador. Que viva el emperador, piensa Hiraoka. Que muera Kobayashi, también Jujo. Lo ataca la risa; al país, los Estados Unidos.

Hiraoka es una oveja descarriada. Quién va a decirle que se detenga, que no está bien reírse en situaciones así. El profesor que pidió silencio no será, él ya se resignó. Kimitake cierra los ojos e imagina que una bomba cae pesada al refugio y estalla con toda su fuerza, que los compañeros arden, mueren, sus cuerpos negros de pólvora, Kobayashi con la boca abierta, Watanabe sujetándose el corazón; atacados, pero todavía enteros por suerte algunos, todavía reconocible la belleza de sus mandíbulas. Y luego, la ciudad destruida, la estación de trenes partida en dos, el camino a casa una lluvia de fuego, la casa una fosa, qué placer. *¡Hiraoka!,* dice una voz. *¡Hiraoka!,* se repite.

—¿Terminó el examen?

Es el profesor Koda. Están en la sala de clases.

—El tiempo se terminó, deme la hoja.

Kimitake se palpa el saco y mira al profesor, sus contornos se desdibujan. No es posible, él ya había terminado el examen, hace muy poco estaban en el refugio, podría asegurarlo, la alarma todavía se escucha en alguna parte, el sector comercial está destruido, él es testigo, podría describirlo todo, desde el *hasta aquí llegamos* de Kobayashi hasta Watanabe con la mano en el corazón. Están en la sala de clases, sin embargo —ahí la pizarra, las lámparas, los pupitres— y el profesor exige, mueve el pie arriba abajo. Impaciente, pregunta:

—¿Qué pasa?

—Discúlpeme, profesor Koda.

—No se distraiga, Hiraoka —el profesor se retira los lentes—, ya se lo he dicho. Mire, todos terminaron antes que usted. Deme el examen de una vez y vaya de paseo, coma algo, no se preocupe.

Kimitake echa un vistazo a la prueba de Cálculo.

—¿Puedo responder la última pregunta?

—No, no puede.

Afuera el parloteo de los estudiantes, sus risas, el viento que mueve la arboleda del colegio.

—¿Informará de esto a mi padre?

—No.

Kimitake toma sus cosas avergonzado, de forma semejante al que riega monedas en la carnicería o por accidente en un cruce peatonal. Se desanuda la corbata y la echa al bolso, arroja el lápiz también. Le duele el cuerpo, las manos presentan un inusual tono pálido. El profesor lo ha descubierto, lo ha visto —quién sabe por cuánto tiempo— en un estado de abstracción peculiar que hasta entonces solo había reservado para sí. Ahora pensará mal, se dice al levantarse del pupitre, informará a la dirección, pedirá que alguien me examine buscando anemia, parásitos. Peor aún: calificará la prueba con el triple de rigor.

Reprobar es lo más factible; despedirse breve, lo más necesario.

—Excelente día, profesor.

Deja el examen sobre el escritorio, gira la cabeza y dice:

—He dormido mal, es eso.

Sale al patio y sigue sin creer que está vivo, que los bombarderos no hicieron aparición. Lo primero que hace es comprobar que los edificios escolares siguen intactos. Avanza por el ala principal mirando la pintura color arena, los techos, brillantes hoy como hace varios años. Las ventanas fregadas por el personal de intendencia.

Imposible.

El viento le agita las mangas del saco, el saco es demasiado grande para su escuálida figura. Llega al refugio y roza con los dedos las puertas metálicas sin poder creerlo: siguen ahí, las asegura una cuerda.

Ninguna bomba cayó.

Más tarde merodea por el patio sur, donde algunos practican el salto de altura y otros se persiguen con camisas remangadas, se montan en los hombros ajenos. Kimitake va solo, sin energía, echa a andar de un lado a otro en estado de letargo, buscando las esquirlas del artefacto explosivo, tienen que estar en alguna parte, él lo sabe. Si tuvo la certeza de la muerte de Kobayashi y vio a Watanabe en la tumba es por algo: en menos de tres meses los estudiantes abandonarán el colegio y se matricularán en la universidad para ser hombres de negocios, políticos. Y en menos de tres meses, también, la dirección del colegio anunciará en una ceremonia pública el nombre del estudiante más sobresaliente del curso. Kimitake tiene un objetivo: ser él. El promedio más alto le dará acceso a algo con lo que ha estado soñando: conocer al emperador. Algo se corre a voces: Hirohito entregará un obsequio al estudiante que sobresalga. Y nadie más que *él* tendría derecho a serlo. Los alumnos del colegio han entrado en una carrera de conocimientos, más por vanidad que otra cosa, pero a diferencia de ellos, Kimitake ha cultivado en su interior la figura de Hirohito —su traje con insignias, su bigote mal crecido, su mirada desafiante— y requiere, más que nada en el mundo, conocer el poder. Por eso estudia Geografía, Historia, Cálculo. Por eso va al acecho.

Qué poco saben estos compañeros, juguetean como si el mundo no fuera una olla a presión, como si los nazis no avanzaran firmes más allá de las colinas. Lo imaginó todo, ahora no hay nada que hacer, no verá nunca más la hoja de aquel examen.

Unos minutos después, a la salida del colegio, Kobayashi le pregunta:

—¿Qué tal te fue?

Kimitake lo barre con los ojos.

—Pésimo, pero a ti te irá excelente, eres el mejor en Cálculo.

El rostro de Kobayashi se ilumina. Por supuesto, Kimitake ha dicho una mentira, ha alimentado los deseos del lobezno para darle un poco de aliento. Kobayashi es estúpido. Su existencia física no importa. Se sorprenderá cuando Kimitake le tome ventaja en unos meses, ya verá. Se aproximan Watanabe y Jujo, que quieren saber lo mismo: *cómo te fue*. Comparan respuestas. Jujo le pregunta a Kobayashi si alcanzó a copiarle, Kobayashi se pone rojo de vergüenza; Kimitake no debía saber eso, él no es parte del grupo de amigos, no conocía el plan.

Kimitake sonríe.

—No le diré al profesor.

Los compañeros son animales salvajes, se nutren con lo más elemental, nada aprenden por su cuenta. Qué mal que vayan a ser padres de familia en el futuro. Lagartos de piel seca, búfalos siempre en manada.

Se ponen de acuerdo.

Irán a tomar algo a casa de Watanabe.

—¿Quieres venir con nosotros?

Kimitake sospecha de inmediato. Qué trampa desean tenderle. Por qué lo invitan si hasta entonces sus intercambios se habían reducido al saludo. Es muy probable que más tarde los amigos se reúnan en cierta habitación oscura y se masturben en grupo, pasándose de mano en mano la revista de papel barato que uno de ellos consiguió en el mercado negro, llena de piernas, caderas y cuellos femeninos. Eso desde luego sería hermoso, no por lo que contiene la revista sino porque Kimitake tendría acceso, vista panorámica al safari, enfocaría sus binoculares directo a las manos que agitan, rojas de tanta fricción. Pero no acepta, no puede, nada sentiría con esas revistas, podría fracasar, los compañeros sospecharían de él, lo excluirían todavía más. Nunca se reúne con ellos en el campo de deportes, ¿por qué lo haría ahora? Además, debe volver a casa, porque de todos los días del año, hoy es el más desgraciado. Cumpleaños del padre.

Hay que cumplir el papel del hijo, abrazar, soplar vida. Kimitake debe pasar por el sector comercial que está a medio camino entre el colegio y la casa en busca de un regalo apropiado. Se despide, dice que está cansado. A media cuadra de distancia se arrepiente, pero ya no es posible volver, sería extraño. Se convence de que es mejor así. Siempre se corre el riesgo de que la intimidad de los compañeros no sea nada interesante o no tenga el tamaño justo. Camina ojeroso. A esta hora el calor arrecia, el viento se fue. Se quita el saco y remanga la camisa, preciso, pero no queda conforme; desdobla las mangas y vuelve a hacerlo, esta vez sin prolijidad, esta vez salvaje como los compañeros que se montaban unos a otros y saltaban hacia el cielo. Tal vez de ese modo pueda parecérseles, emular su energía, cierta gracia. No lo consigue.

La gente pasa a su lado y lo deja atrás. Los perros de la calle buscan algo en la basura. Ciudad cada vez más pobre, los nazis avanzan, en efecto, por las colinas; los bombarderos de los Estados Unidos van a llegar un día de estos y entonces sí, todo dejará de importar. Al doblar en la esquina, Kimitake nota que una mujer de voluminoso pelo le echa una mirada de desprecio. Lo ha examinado. Lo ha juzgado. La mujer se aleja conteniendo la risa. Kimitake se pone el saco de nueva cuenta y cierra todos los botones. Nadie verá sus brazos delgados, sin vello. Va a condenarse al calor y la asfixia. Más tarde, en privado, ya llegará el tiempo de desnudarse.

Las sirvientas, las amas de casa y los choferes compran pescado, espinacas. Los dementes las roban. Un despachador de fruta persigue con todo su ímpetu a uno que acaba de robarle un melón. Levanta el puño y dice que llamará a la guardia imperial. La guardia imperial no viene. Kimitake toma una mandarina y se la echa al bolsillo, nadie sospechará de él. Él es un estudiante con ropa de lino, no un criminal. Qué comprar, es la pregunta, cómo demostrar al padre un afecto que no siente, es la otra. Y cómo convencerse de que no es demente si esta cuadra fue la que bombardearon.

Muchos locales ya están cerrados hasta nuevo aviso. La gente teme, se resguarda.

En una esquina, Kimitake descubre una tienda que nunca había visto. Sobre el asfalto exhiben macetas, lavanda y plantas de interior. Las frutas pueden ofrecerse de la manera más vulgar, pudrirse de a poco, pero las flores aguardan un comprador de buen gusto, que les dé aprecio. Crisantemos, violetas, hojas amarillas, Kimitake se acerca por curiosidad. Llevará un ramo, decide, o un arreglo en maceta. No para dar gusto al padre, más bien para tener en casa un poco de luz. Requiere una valentía precisa comprar flores en tiempos de guerra. Kimitake escucha a veces las noticias en la radio: bombardeo en la prefectura de tal, la armada avanza al suroeste, hay desplazamiento de personas, el hambre, el Tercer Reich, el señor Hitler —*que viva el señor Hitler* dice el padre cada vez que escucha el nombre, hace el saludo fascista—, el emperador Hirohito ha tomado la decisión de... Pocas certezas, reporte del clima: sol, ventiscas por la tarde, chubascos. Kimitake escucha a veces la música y más allá, en otras partes, el mundo cae a pedazos.

Cómo es posible que estas flores se exhiban tan quietas en esta parte de la ciudad, de dónde vienen y quién es el responsable de traerlas. Cada día, desde hace meses, al interior de la tienda hay dos personas: el dueño, de treinta años. Y su ayudante, de veinte. Apuestan en tiempos difíciles por el negocio de las flores. Junio. País de hierba. El dueño y el chico hacen lo mismo cada tarde. Julio, el dueño pierde el cabello sin darse cuenta. Hoy el ayudante rocía las plantas con un atomizador.

—Menos agua —dice el dueño.

El chico se disculpa.

—¿Un poco más a los crisantemos?

—Sí, Hideki —responde el otro con voz dulce—. Pero no mucha, ya sabes.

Hay días en los que, hasta su pequeño rincón jardinero, llega un cliente. Kimitake atraviesa el portal como una abeja y de inmediato se siente perdido. Algo le impide navegar la tienda como cualquier otro: nada sabe de flores, nunca las ha comprado. El dueño y su ayudante lo miran, pero es solo el dueño el que se acerca curioso, porque ya pasó un minuto y Kimitake no se mueve, tal vez necesite ayuda, un poco de agua, ese muchacho va a desfallecer. Se pone frente a él y se quita los guantes, mueve la mano de un lado a otro, *¿estás ahí?* Hace preguntas. Kimitake vuelve de a poco en sí mismo y para entonces es ya tarde, no podrá salir de la tienda sin causar una mala impresión, es una mosca atrapada en las hojas de una planta carnívora. Alza la vista y se encuentra con los ojos brillantes del dueño, que repite la pregunta:

—¿Necesitas algo?

Es difícil despegarse de las pupilas dilatadas, de la mirada que lo recorre como si buscara atravesarlo. El florista le sostiene la mirada un largo rato y escarba en su interior con una pala ávida, averigua quién es, qué quiere. Nadie hace eso, piensa Kimitake, nadie lo mira nunca de esa forma. Él es un estudiante con ropa de lino y nada más, ningún atractivo tiene, *¿qué lleva a este hombre a mirarme así?* Kimitake dice que busca un arreglo en maceta o algo parecido. El florista asiente, lo conduce por la tienda. *Este negocio tiene un poco de todo*, explica, *plantas de interior y plantas de exterior.* Muestra las gerberas, los arreglos, pero Kimitake no escucha, no desea saber nada al respecto. Se propone algo: interceptará la mirada del comerciante por segunda vez y a toda costa. Porque un ataque requiere un contraataque. Mirar a los ojos es poco elegante, pero no resulta difícil: el dueño muestra interés en él y le pasa las manos por el hombro. *Anímate, elige algo.* Igual que si se conocieran desde hace tiempo.

—Nunca he comprado flores, confiesa el recién llegado.

El otro reacciona de inmediato y acrecienta la emoción, muy pronto navegan terreno común, hacen bromas. Kimitake dice que desea ser un florista él mismo, *siempre he soñado con tener un negocio de flores.* El dueño pregunta:

—¿En serio?

Ambos ríen. Encuentran sus ojos una vez más.

—¿Para quién son las flores, muchacho, para tu amada?

—Son para la tumba de mi padre —revira Kimitake.

El florista no dice nada.

—Estoy mintiendo. Son para mi novia.

Los dos se carcajean. El florista propone armar un ramo para esa novia. Violetas, quizá, algo sutil. Kimitake lo mira hacer: las manos cuidadas, la atención precisa a cada ángulo que proyectan los tallos. Este hombre calvo a los treinta años tiene aún las manos impecables y las uñas a raya. Qué impresión.

—¿Cómo te llamas, chico?

—Kobayashi.

—Podemos hacerte un descuento —informa liberando un botón de su camisa—. Qué calor.

Kimitake no alcanza a responder. Hay un estruendo, viene del cuarto de atrás: un hermoso florero de cerámica ha impactado contra el suelo ahí. Su destrucción se acompaña de una serie de lamentaciones a todo volumen, vocablos torcidos que Kimitake ha escuchado a su hermano decir, fuera del radar de los padres, cuando la fortuna no le sonríe. En reacción, el dueño deja el ramo a medias, *ahora vuelvo*. Dentro de poco se ve frente a frente con Hideki. El ayudante lo acusa de haber mirado *a ese muchacho* más de la cuenta, lo tacha de haber ejecutado el hábil acto de la seducción. El dueño niega todo, pero el menor arremete: ha permanecido en silencio durante toda la visita de *aquel escuálido*, ha regado las plantas igual que siempre, ¿por qué merecería este trato? Hideki reclama: *eres demasiado viejo para conseguir a alguien más, Kosei, ¿creíste que no me daría cuenta de lo que has hecho?*

En soledad, Kimitake mira el ramo. Piensa que ha quedado mal dispuesto y que no le gustará al padre. No importa. Podría tomar el ramo y huir, pero camina sigiloso hacia el cuarto trasero. Provocó algo sin darse cuenta y lo hizo tan solo por el hecho de existir. Ni el florista ni su ayudante se percatan de él, el espía oculto tras las hojas. Una bofetada impacta contra el rostro del muchacho y para en seco su berrinche. De la impresión, Kimitake se sujeta a los tallos de crisantemo. Enseguida el florista agarra al chico del pelo, cierra el puño y levanta su cabeza con determinación. Hideki adopta un gesto sumiso que bien conoce. *Tú eres mío*, dice el florista, *¿no lo entiendes?* Hideki asiente con la boca abierta. Su cuerpo busca hincarse, pero el superior continúa sujetando ese pelo con fuerza. *Ni una palabra más, quiero que te calles.* Hideki hace una mueca infantil. *Sí, Kosei.* El florista lleva su mano libre a las nalgas del muchacho y las aprieta, el muchacho suelta un gemido. Kimitake aprieta a su vez las flores del crisantemo: lo sabía, lo había intuido. Ninguna mirada es banal.

El florista se acerca al rostro del muchacho y saca la lengua.

—Pídeme perdón.

Hideki extiende su propia lengua.

El florista tira de él. Se aproximan.

Kimitake suelta las flores y sale de la tienda a toda prisa, confundido. No sabe si vio las lenguas hacer contacto, es muy probable que sí. El ramo quedó a medias, los crisantemos regados en el suelo. La ciudad brilla y pulsa. Bastó la mano del florista apretando el pelo, el mentón del chico hacia arriba, los dientes húmedos. Cómo se aprende a mirar así, piensa él, cómo se cruzan el miedo y el deseo. Nunca había visto a dos hacer eso. A uno apretar las nalgas de otro. Ojalá pudiera dar órdenes con tal firmeza. Va a hacerlo, se dice, solo tiene que esperar un poco más.

Mucho después pensará que ver a esos dos fue igual que mirarse al espejo. Al fin de la guerra pasará por esa cuadra otra vez. Y no encontrará nada. La tienda de flores ya no estará. Se detiene cuando no puede más con el propio aliento, se quita el saco de lino y remanga la camisa. Algo cambió, es salvaje ahora. Sus brazos son suficientes para cavar una tumba. Y para sembrar flores. No tenía dinero para pagar el ramo de todas formas, no terminó el examen. Ni Kosei ni su amante sabrán que él va a pensar una y otra vez en aquella tarde. Que tras su visita a la tienda, en la calle, peló con urgencia la mandarina que robó, mordió los gajos, tragó las semillas. *Que algo germine*, pidió soltando todo el aire. *Por favor*, limpiándose el jugo con el antebrazo, *que algo crezca en mí*.

Campo a través
en Tokio, 1944

Kobayashi y su padre corren de vez en cuando en el parque Arisugawa-no-miya. Hacen estiramientos, Kobayashi se toca las puntas de los pies. Aunque le gustaría hacer lo mismo, el padre perdió flexibilidad hace tiempo y debe conformarse con levantar los brazos lo más posible. A continuación, torsiones de cadera, treinta repeticiones. Levantamiento de rodillas por lo menos un minuto.

—Más alto, papá —anima Kobayashi.

El clima es fresco, corren siempre por la mañana antes de que llegue el sol. El papá lleva una banda azul en el cráneo para sostener el poco cabello que le queda y para parecer un auténtico deportista. Kobayashi experimenta la satisfacción de quien tiene piernas jóvenes y puede exhibirlas en pantalones muy cortos.

—¡Hop! —exclama el padre.

Con frecuencia padre e hijo se desvían del sendero principal y corren a través de la zona boscosa, esquivando troncos y malezas.

—¡Hop! —imita Kobayashi.

Es mejor para ambos correr por aquí. Que los cobardes vayan por los sitios designados.

Casi siempre es Kobayashi quien toma la delantera, pero atormentado por la culpa suele detenerse y esperar al papá; un día será incapaz de valerse por sí mismo y hay que aprovechar estos momentos. Al terminar la carrera, Kobayashi siempre lo felicita. El padre lo felicita a él.

—Muy bien, hijo, corres cada vez mejor.

A trescientos kilómetros de distancia, un grupo de soldados pobres de la edad de Kobayashi termina una carrera y aprende sobre el pilotaje de aviones y su mecánica. Las hélices giran a toda velocidad. Cada soldado recibe por la noche una dosis pequeña de una sustancia tóxica: el hidrocloruro de metanfetamina. Muy pronto ya resisten el hambre, la lluvia y levantan trozos de hierro en el pastizal. Se desquician concentrados en un objetivo: impactarse deliberadamente contra un barco enemigo, a mitad del océano.

El padre de Jujo quiere algo: conseguir la cabeza de un ciervo. Este pequeño ciervo puede encontrarse por todo el norte de Asia y, por supuesto, en Japón. El señor Jujo es aficionado a la caza y la taxidermia decorativa, pero son tiempos duros y no puede realizar las exploraciones pertinentes. Ningún viaje. Estrella su propia cabeza contra un muro, invadido por la frustración. Esta mañana se pasea por el jardín trasero con una escopeta. Lo acompaña su hijo, que desde la infancia sabe de fusiles y ahora estudia para una de las pruebas finales del colegio: geografía continental.

—Recuerda en qué prefecturas habita el ciervo —dice el papá sobre la hierba.

Jujo no lo sabe, pero le arrebata el arma y apunta contra el muro.

Ambos sienten euforia, se miran cómplices.

—Tira ya —dice el padre—, a ver si así te acuerdas.

Jujo dispara.

Pasando las colinas hay una pequeña fábrica de municiones y artillería. Hombres y mujeres de mediana edad salen del turno de noche con las manos y los ojos hinchados. Fabrican armas de alto calibre, morteros. Ciento cincuenta fusiles Arisaka tipo 38.

—Un día tomaré uno de estos —dice un muchacho tuerto que no pudo ser soldado—. Y te volaré la cabeza.

—Si te atreves, hazlo —responde el aludido—. No tengo miedo.

El señor Watanabe dice:

—Hazlo ya, córtate el pelo de una buena vez, cómo pretendes conocer al emperador con ese estilo y ese atuendo. Hay que conseguirte un buen kimono, párate derecho. Pasa la navaja ya.

Watanabe hijo no se atreve. No quiere confesar que de todos los alumnos del colegio él es probablemente el peor. Se mira al espejo, la mano le tiembla. El padre no aguanta más, se exaspera como suele hacer desde la tierna infancia de su vástago. Toma la navaja y lo rapa él mismo, pasa la navaja diez veces. El hijo siente dolor porque le ha costado mucho crecer su propio pelo, pero *así está mejor*, dice el padre. *Sí, así está mejor, papá.* Sonríen. Ahora llevan el mismo corte.

Un padre y un hijo han de parecerse.

El señor Watanabe conoce al padre de Jujo y suele decir de él:

—Es un demente. Mata animales.

Watanabe está de acuerdo.

En el parque Arisugawa-no-miya dos figuras van a toda prisa entre los árboles.

Amanece.

—Todo el mundo está perdiendo la cabeza, hijo, todo el mundo está al borde de la locura, no entiendo, la guerra los enferma, hay que tener cuidado, cualquiera puede perder el control, qué infamia, ¿eso era un ciervo?

—No, papá.

El señor Hiraoka ha querido dar un paseo.

Conoce muy poco estos parajes, pero insistió en venir.

—Bueno, tal vez era un perro, da igual, siempre es mejor una experiencia lo más natural posible, ¿no? Respira el aire fresco, hazme caso. Te ayudará con el estudio.

Kimitake se asfixia bajo el peso del abrigo. Es innecesario para esta época del año: julio, las hojas no caen todavía. El padre quiere subir a los árboles y recuperar un poco de la juventud perdida.

Invita al hijo a hacerlo. El hijo se niega.

—Bueno, allá tú.

El padre busca una zona privada para repasar con él todos los libros de texto que llevan consigo. Hay que hacer de él un acorazado, un campeón, nadie más que Kimitake llegará al Palacio Imperial. Entre los volúmenes que el hijo lleva están los favoritos del padre: libros sobre nazis. Eje Berlín-Roma-Tokio. De un tiempo atrás, el padre sabe todo sobre Hitler y todo lo relacionado con Hitler. Incluso estuvo en Berlín durante su juventud en un viaje de negocios. Ahora admira el liderazgo del Führer. Un padre debería hacer lo mismo: educar con pasión y mano firme.

—¿Sabías, Kimitake, que un soldado nazi puede resistir la lluvia, el hambre y el sol durante trece días seguidos, incluso más? Alguien me lo contó.

—No.

El señor Hiraoka va al acecho, mira de un lado a otro. Esta es una experiencia distinta a todas las que suele tener. El bosque está en silencio, el interior del hijo está en silencio. Una quietud inusual.

Se sientan por fin. Han encontrado el espacio apropiado para los libros y el saber.

El padre tiene una pipa y la enciende.

—Muy bien, te veré estudiar.

Kimitake no alcanza ni a leer la primera página. Dos figuras más aparecen en las cercanías y corren directo hacia ellos.

—¡Hop, Kobayashi!

El señor Hiraoka se lleva una mano al corazón, tose, pudo haber muerto del susto, *esta gente loca*. Dos galgos vienen, brillantes, dispuestos a estrellarse. El señor Hiraoka pregunta:

—¿Son los Kobayashi?

Padres e hijos van uniformados: los Kobayashi como atletas, los Hiraoka con gorros de nieve, igual que si estuvieran en un bosque germano a principios de enero.

—Vamos a saludarlos.

El señor Hiraoka hace aspavientos. Se encuentran.

Kobayashi detiene la marcha y pregunta a Kimitake cómo está.

Kimitake dice:

—Estudiando.

Tal intercambio no debió ocurrir. Se quita el gorro. No quiere que su compañero lo vea con él puesto. Los padres también se saludan. El señor Hiraoka se dirige cordial al señor Kobayashi, fuma y habla con él de economía, de las fuerzas armadas y sobre todo, acerca de lo importante que es ejercitar el cuerpo. Kimitake no escucha esta conversación, algo le atrae: la figura de Kobayashi: es cada vez más delgado y fornido, sin duda las carreras le han sentado bien; sigue siendo estúpido, pero ahora presume de atributos mucho mejores que la inteligencia. Es un corredor. Y levanta las rodillas. Kobayashi le pregunta si está nervioso, Kimitake responde que no. Kobayashi dice que él muere de nervios, porque *falta una semana para la prueba de Lengua japonesa y después se acaba el colegio, ¿quién lo diría?*

Kimitake suspira. Insiste en que *eres un muy buen estudiante, Kobayashi.*

Y con buen estudiante quiere decir, tal vez, buen atleta, excelente para saltar troncos y sujetarlos. La energía de este galgo aviva en Kimitake todo lo que el padre ha insistido en matar. De nada sirve memorizar párrafos enteros si no puede acercarse ni siquiera un poco al colega, rozar esos pantalones cortos o incluso llevarlos puestos. Cierta insatisfacción crece. Debió aceptar la invitación a casa de Watanabe semanas atrás, masturbarse ahí, fingir deseo con la imagen de algún cuerpo ajeno, acercarse a Kobayashi, entablar amistad con él, formar un nexo oscuro, visceral, talar árboles, un nexo tan cercano como el que un padre puede tener con un hijo, algo indisoluble, dormir en el mismo futón tras unos meses, mirarlo dormir, aprender a correr, hacerlo cada mañana, con él. Ahora es muy tarde: esta fibra de deseo no prevista debe machacarse, Kimitake se encargará. Debe pensar en sus libros y en ninguna otra cosa. Así lo quiere el emperador, Kimitake no olvida: el muchacho frente a sí es también su competencia. Lo mira con desdén.

Cualquier amistad posible es aplastada por el ánimo de la competencia, el aire que se respira. El señor Hiraoka y el señor Kobayashi también pudieron ser amigos, tener un intercambio amable en este bosque de coníferas; en cambio levantan la voz, discuten, se declaran la batalla el uno al otro.

Hablan de los hijos. Es decir, de política.

El señor Kobayashi dice que el suyo fue ya cuatro veces campeón de atletismo.

El señor Hiraoka dice que Kimitake y él han estado preparándose con mucha determinación para esa prueba final, el ensayo de Lengua japonesa.

El otro responde que él y Kobayashi también han estado haciéndolo, sin duda, mucho mejor y *con la mayor excelencia posible*. Enseguida pregunta por qué el señor Hiraoka lleva puesto ese abrigo tan extraño.

—Es la moda alemana.

El otro suelta una risa: ¡es verano!

—¿Y usted? ¿Es apropiado a su edad ir corriendo de ese modo? Podría lesionarse.

Kimitake se avergüenza, ¿no pudieron dar un paseo tranquilo y leer en silencio? Tenía que suceder de este modo. Mira a Kobayashi, pero Kobayashi ya no lo toma en cuenta, han insultado a su padre, el mejor corredor de Tokio. Y habrá consecuencias. Kobayashi se planta frente al señor Hiraoka, le dice que no insulte, que a él nadie le ha faltado al respeto, adopta la postura de un carnero enfurecido y menciona que su padre y él han corrido juntos los últimos meses porque *ejercitar el cuerpo es lo más importante*, quizá más importante que la escuela misma, que el emperador y la nación. El deporte es el futuro. *Es, en serio, lo más fundamental.*

—Hay algo que mi hijo tiene y el suyo no —apunta el señor Kobayashi—: un cuerpo saludable.

El señor Hiraoka se sujeta el gorro, expulsa el humo de la pipa, el comentario lo ha herido. Es un ciervo atravesado por una flecha. En qué parte de la cabeza podrá encontrar un atributo bueno para Kimitake si el señor Kobayashi tiene razón: su hijo es un fantasma, un ente débil. Cuántas veces no lo ha visto con una décima de fiebre, desmayado, aletargado entre la cocina y la diminuta habitación. A oscuras. No es posible. Kimitake debe tener alguna, aunque sea una sola fortaleza. Nadie los humillará. Quisiera disparar un fusil Arisaka directo a las piernas de este señor y su hijo.

Levanta el mentón, da pasos firmes.

Le cuesta admitirlo, no quiere enunciarlo, se niega, pero finalmente, quizá por orgullo, o porque debe haber alguna razón para que el hijo tenga siempre una décima de fiebre, lo suelta con la boca torcida:

—Mi hijo escribe historias, va al teatro, a la biblioteca, mire, tenemos todos estos libros, poesía clásica, libros de cuentos, mi hijo escribe poemas y yo los he leído todos, es el más patriota de los patriotas, ¿por qué correr sería mejor que eso? Sabe alemán, yo le enseño, y también el japonés muy bien. No se confíe. Correr no es mejor que escribir.

—Pero correr es mejor que fumar —responde el señor Kobayashi—, ¿nos vamos, hijo?

Los Kobayashi no se despiden. Se alejan diciendo:

—¡Hop! ¡Hop!

El señor Hiraoka los mira perderse en el bosque, con los ojos entrecerrados.

Avienta la pipa contra un árbol, enfurecido.

—No sabe correr el señor. Míralo. Qué mala técnica.

—Son unos imbéciles —responde Kimitake a su lado.

Ahí donde el padre pudo causar vergüenza, hay otra cosa, un cambio. El poco deseo que pudo haber llegado a sentir por Kobayashi se esfumó apenas el padre admitió algo: él escribe. Es la primera vez que lo dice. Y es la primera vez que Kimitake siente por él algo parecido al orgullo. El sentimiento tal vez será fugaz, pero de cualquier forma, el padre lo ha dicho. Y no importa otra cosa. Es una mañana de verano en el parque Arusigawa-no-miya, los Hiraoka se miran el uno al otro y cultivan algo: una cólera común, el deseo de perder el control y ametrallar.

—El único que verá a Hirohito eres tú —concluye el padre—. Vamos a preparar ese examen.

Mucho después, una noche de copas, Kimitake dirá:

—Mi padre era un soldado alemán de alto rango. Un estratega.

Los días corren entre fiebre. Salvajes. El emperador Hirohito está cerca, Kimitake lo puede ver. Ha obtenido resultados sobresalientes en las pruebas de Geografía Continental, Estudios Biológicos y, por fortuna, Cálculo, ¿será suficiente? Kimitake alucina un cañón, un fusil de alto calibre, bebe té en grandes cantidades. Muy pronto soporta el hambre, el sonido de la lluvia y lee un libro tras otro. No duerme. La mañana de la prueba de Lengua japonesa llega muy temprano al colegio, nadie está ahí. Se pasea primero por el patio sur y observa la escuela, no siente pena de dejarla. Se repite las palabras que ha memorizado para el ensayo final y, sin darse cuenta, empieza a correr. Se repite: *el día que nuestro soberano emperador declaró la guerra, todo quedó en silencio, el océano levantó sus olas, el sonido de dos mil cañones entró a la boca del enemigo.* Sigue corriendo, necesita demostrarse que puede. Quizá el padre no tenía razón cuando dijo que correr no era un acto superior a escribir. En realidad, se dice, correr es escribir, quedarse sin aliento es escribir.

Llega a la sala de clases y termina el ensayo antes que todos.

Patear árboles, tomar la ciudad por asalto. Va del colegio al Palacio Imperial y lo observa jadeante tras las vallas. Si pudiera, compraría todas las flores del país y las depositaría en la entrada. Hermoso es el emperador que declara la guerra, bello el kimono que tiene preparado en el cajón de su ratonera, lo vestirá cuando le anuncien que él ha sido el ganador.

Lo ha calculado, es casi un hecho: promedió los resultados de sus pruebas.

Al día siguiente el padre de Jujo se dispara por accidente, un campo de cultivo arde, el tuerto asesina por fin a su compañero de la fábrica, los días adoptan una euforia rápida, llueve a torrentes.

En la casa de Shibuya, sobre el futón, Kimitake se muerde las uñas.

Una semana más tarde, el director del colegio llama a todos los alumnos del último curso. Ahí están Kobayashi, Jujo y los otros. A la ceremonia también asiste el profesor Koda, que pregunta por la salud del padre de Jujo. *Está bien. Sobrevivió.* Se presenta también el resto de la planta académica. Kimitake se sienta en la última fila con sus zapatos bien boleados. El director tarda mucho en aparecer y ocupar el estrado, lleva un papel entre las manos. Todo el mundo permanece en silencio, los estudiantes se mantienen rectos en sus sillas. El director del colegio desdobla la hoja, Kimitake es un cohete, un soldado ahogado en metanfetamina. El director carraspea, Kimitake se sacude, ¡que se apure de una vez, el lagarto anciano!

Se anuncia por fin que Nakamura Takashi es el alumno con el promedio más alto. Y por tanto el ganador. Un error debe haber, Kimitake debió escuchar mal. No es así. Nakamura alza los brazos en señal de victoria. Algunos aplauden, otros lo abrazan. La mayoría se olvida pronto de esta competencia escolar que ningún impacto tendrá sobre sus vidas.

A algunos de ellos en realidad ni siquiera llegó a interesarles.

Un grupo de alumnos se va a tomar cerveza a un local cercano, el resto continúa como si nada, van a sus hogares, ya habrá después cosas mucho más interesantes que perseguir. Los asientos quedan vacíos poco a poco. En la última fila, Kimitake permanece en silencio. Todavía espera que el director regrese y diga su nombre. El profesor Koda se acerca a preguntar si está bien. *No*, responde Kimitake y se marcha de la escuela. Sabe a dónde irá a continuación: a casa. A medio camino lo ataca el germen de la criminalidad juvenil: patea las flores, escupe las fachadas y raya automóviles con una moneda.

Entra a casa de un portazo.

—¿Dónde está papá?

El hermano lo mira.

—Te espera en tu cuarto.

—¿Necesitas que llamemos al doctor? —dice la madre.

Kimitake cierra la puerta de su diminuta habitación y se encuentra, una vez más, con el padre. Ahora es él quien ha entrado sin previo aviso. El señor Hiraoka aguarda la noticia. Kimitake no dice nada al principio, pero después niega con la cabeza y lo suelta:

—No fui el mejor.

—¿Quién lo fue? —indaga el padre.

—Nakamura.

El padre suelta todo el aire, injuria. Desgraciado el día que nació ese Nakamura cerdo. Toma al hijo por los hombros y enseña los dientes. El hijo muestra también sus dientes. Molares, caninos, incisivos. El padre gruñe, sostiene la cabeza del hijo y le entierra las uñas, lo sacude con rabia y ambos dan vueltas en las afiladas hélices del rencor.

Tanta fuerza en esas uñas, tanta indignación.

—Esto no se va a quedar así, lo prometo, vamos a hacer lo que un nazi haría. Prepara las armas…

Kimitake sonríe. Él también sujeta la cabeza del padre. El padre dice:

—Vamos a disparar.

Tiro libre
en Tokio, 1944

Señor Kentaro Oda,
director de la venerable Escuela de Pares Gakushuin
1-5-1, Mejiro, Toshima-ku, Tokio, 171-8588

Nos dirigimos a usted con el mayor respeto y esperamos que goce de buena salud. Esta mañana nos hemos reunido cuatro alumnos y cuatro padres de familia con la voluntad de discutir un asunto que, dada su sensible y polémica naturaleza, no podemos comunicar a usted sino por este medio. De antemano debe disculparnos por no agendar una reunión y por guardar el anonimato. Como usted sabrá, es mejor siempre cultivar el honor propio. Y sobre todo la cordura. Tenemos la certeza de que, de informarle en persona lo que con tanta urgencia requerimos informar, el asunto no habría sido tratado con el orden, la claridad y la discreción que merece.

Nuestros hijos cursan el último año y muy pronto abandonarán el colegio. Dos de ellos serán abogados, uno matemático y el otro estudiará Economía. Creemos que sin la rigurosa formación que confiamos desde su edad temprana a su exigente ojo en materia educativa, señor Oda, no estarían en camino a convertirse en hombres de provecho, dignos de servir a la nación, al imperio y a la sociedad japonesa. Que así sea.

Es difícil creer que nuestros hijos se gradúan, pero resulta mucho más sorprendente pensar que por los pasillos del colegio y por sus aulas han pasado el emperador Taisho, el emperador Showa, el príncipe Takahito y el príncipe Yasuhito, sus familias, el teniente Yi Un y otras figuras de gran inteligencia. Nadie más que usted sabrá que tanto ellos como nuestros hijos debieron apegarse a las estrictas normas y códigos de honor del colegio. Venerar al imperio es uno de ellos. Caminar por el mismo sendero de los grandes sabios es otro.

Y también este, señor Oda, quizá lo recuerde: ¿qué puede hacer aquel que no aprendió las doctrinas sagradas? ¿Cómo puede gobernarse a sí mismo? Nuestros hijos nos han comunicado, entre el asombro y la tristeza, ciertos acontecimientos que desde nuestra perspectiva violan este código de la manera más abyecta, que ocurrieron frente a nuestra vista y que, pensamos, debe saber de inmediato.

Tenemos pruebas firmes de que dos de los integrantes de la planta del colegio han realizado conductas indebidas: un alumno y un profesor. Verá: uno de nuestros hijos paseaba hace tres meses en las inmediaciones del parque Arisugawa-no-miya a la caída de la tarde. Al pasar junto a la vitrina de un restaurante vio a este alumno y a este profesor tomar algo. De inmediato se alarmó: también compartían un postre. No tenían un postre para cada uno, sino el mismo para los dos. Esto en sí no tiene nada de extraño, un adulto y un muchacho de menos de veinte pueden entablar una amistad honesta e incluso duradera. Este alumno y este profesor no se percataron de la presencia de uno de nuestros hijos pues, según nos contó él, estaban tan abstraídos en su propia conversación que poco se daban cuenta del mundo en torno suyo.

Poco después, el hijo del que le hablamos se dirigió al parque Arisugawa-no-miya sin dejar de pensar en las razones por las que su profesor y su compañero de clases podrían haberse reunido. Nuestros hijos coinciden en que durante sus años de estudio ninguno de los profesores había entablado conversación alguna con ellos. Y con conversación queremos decir *acercamiento personal*. ¿Por qué tendría que ser distinto ahora? Nuestro muchacho, decíamos, estaba en el parque y le dio vueltas a los senderos designados, pero distraído, por accidente y un poco afectado por el encuentro, fue internándose en la zona boscosa, en el ala oeste del complejo. Esta zona, señor director, es excelente para correr. Quien escribe y su hijo suelen trotar ahí por las mañanas, antes de que salga el sol. De verdad esperamos que goce de buena salud. Y si no, le recomendamos el bosque. Porque el deporte es el futuro.

En fin, proseguimos. Queremos contar esto con mucha precisión… Fue quizá coincidencia, pero a aquella hora, justo cuando el sol va ocultándose y el bosque queda casi en penumbra, nuestro muchacho, según dijo, se halló perdido y no encontró el camino de vuelta. Comenzó a inquietarse. Usted sabrá que los soldados suelen practicar a veces el tiro libre en los parques de la ciudad, precisamente a esa hora. A lo lejos, nuestro muchacho escuchó las detonaciones y avanzó a prisa, temió que una bala lo alcanzara. Muy pronto escuchó ruido y avistó dos figuras a la vera de un roble. Creyó que eran soldados, pero no. Reproducimos aquí sus palabras:

Eran el profesor Koda y Nakamura, estaban muy próximos el uno al otro, yo lo vi, discutían. Nakamura forcejeaba y el profesor lo tomaba por los hombros. Me acerqué con cuidado, no quería que me vieran, me refugié tras un árbol y escuché. Creo que Nakamura estaba llorando. *Por qué lo viste de esa manera, Masaru,* dijo. De inmediato pensé en la rareza de aquel nombre, Masaru. Y en el hecho de que Nakamura hubiera llamado por su nombre de pila a un superior. *De qué estás hablando, Takashi,* respondió el profesor Koda. Él también llamó a Nakamura por su nombre de pila. Nakamura dijo: *te gustó el mesero, yo lo vi, ¿creíste que no me daría cuenta?*

Nos cuesta ponernos de acuerdo sobre cómo aportarle, estimado director, la información más clara. Quizá usted, mientras lee, comparta con nosotros las mismas preguntas: ¿por qué un profesor y un alumno van al bosque al ocultarse el sol? ¿Por qué discuten?

Es necesario, sin embargo, decirlo todo. Nuestro muchacho se paralizó al escuchar las palabras de Nakamura, pero alcanzó entre escalofríos a sacar un poco la cabeza y divisar las figuras del profesor y el compañero. Vio a Nakamura Takashi enterrar las uñas en la espalda del señor Koda Masaru, decirle *ya no te reconozco.* Al profesor Koda darle una bofetada al alumno para, enseguida, acariciarle los hombros y después —es una desgracia, pero también hay que decirlo— sujetar con firmeza una parte sensible de su anatomía: los glúteos.

Y decir la siguiente frase: *tú eres mío, ¿no lo entiendes?* Esa es toda la información que disponemos.

Nuestro muchacho echó a correr en dirección contraria, presa del pánico.

A lo lejos, escuchó el tiro libre de los soldados. Por fortuna encontró la salida.

¿Cómo explicarse eso, señor director? ¿Cómo no discutir el horror? Podría tratarse de un abuso. Podría ser que en contra suya, Koda Masaru haya llevado al estudiante con engaños, prometiéndole la nota más alta del examen, pero no, lo hablamos largamente, llegamos a conclusiones:

el vínculo entre ellos es premeditado, vil y sucio. Son invertidos.

No buscamos difamar, queremos justicia. Y tenemos más pruebas.

Otro de nuestros hijos recordó una anécdota que ocurrió el año pasado mientras, dirigidos por usted, los alumnos cavaban el refugio antiaéreo que, buen viento se acerque, permitirá a los estudiantes actuales y aun a los futuros protegerse de los ataques enemigos. Para realizar esta actividad, los muchachos estaban obligados a quitarse la camisa y trabajar con el torso desnudo, usted lo sabe. El muchacho nos dijo que cierta mañana, al hacerlo, percibió una mirada: provenía del compañero Nakamura. Una mirada lasciva, refirió, que lo recorrió desde el cuello hasta la entrepierna y que lo hizo sentir incómodo.

Los padres tragamos saliva al enterarnos. Es inconcebible que estos actos estén tan cerca y que usted no los haya visto. Ese profesor estuvo cerca de nuestros muchachos, les enseñó Geometría y Cálculo Diferencial, ¿cómo no pensar que están expuestos a un mundo cada vez más despreciable? ¿No es suficiente con la guerra que atravesamos, señor Oda? Los soldados deberían disparar cartuchos con mayor énfasis y a ciegas en los parques. Seguro Nakamura Takashi y el señor profesor no son los únicos invertidos que se juntan por ahí.

Apenas supimos la anécdota anterior, otro de nuestros hijos tomó la palabra y dijo que él también había percibido esa mirada, tanto en el campo de deportes como en el vestidor. De inmediato decidimos escribirle. La opinión de uno puede ser sesgada, pero la de tres se considera irrefutable.

Estos testimonios toman un peso más amplio en el contexto que atravesamos y tras el reciente anuncio: Nakamura Takashi resultó ser el alumno con mejor promedio del curso y por tanto, la próxima semana realizará una visita al Palacio Imperial, conocerá al emperador y será condecorado.

¿Es esto justo? ¿Es superior la inteligencia de un muchacho con esa naturaleza a la de cualquier otro, a la de un adolescente normal? ¿Es este el comportamiento apropiado para un alumno que, como todos nuestros hijos, empezó su educación en el colegio a los siete años? Y, sobre todo, ¿es la sociedad japonesa que estamos cultivando la que verdaderamente merecemos? Creemos que debe saber todo esto y responder a nuestras preguntas con acciones concretas.

Escribimos con alarma. Y esperamos justicia. Si algo necesita la patria es justicia.

De verdad esperamos que goce de buena salud, señor Oda. Agradecemos sus atenciones a lo largo de todos estos años. Gracias a usted nuestros hijos serán grandes hombres.

Firman cuatro padres de familia y cuatro alumnos.

EMBOSCADA
en Tokio, 1944

Oculto entre los árboles del Kokyo Gaien, Kimitake ace-
cha. Tomó los viejos binoculares del padre y salió de casa,
subió al tranvía, ruta oriente. No se dirigió al café Hanami,
donde sus compañeros de curso se reúnen para celebrar
el paso a la universidad y desearse lo mejor. Fue justo en
dirección opuesta, tenía otra cosa que hacer. El transporte
iba casi vacío y por fortuna no fue necesario abrirse paso
entre nadie. Con su bolso a cuestas, descendió en una parada inusual, un sitio al que la gente no se molesta en ir, una
zona de la ciudad demasiado alejada del bullicio, sin casas,
templos o salones de belleza. Los meses previos Kimitake
ha tomado varias veces el tranvía a la salida del colegio, la
misma ruta, y caminado con el mayor sigilo alrededor del
amplio complejo que alberga el Palacio Imperial, la residencia privada del emperador, el archivo nacional, algunos
salones y diversas oficinas de la administración pública. Ha
observado el perímetro con sus ojos de lince e identificado
un punto ciego para los guardias que merodean de vez
en cuando por ahí, un sitio específico para saltar la reja y
adentrarse al bosque.

Apenas se infiltró, al momento de caer sin un rasguño
al otro lado de la cerca, echó a correr entre los árboles en

dirección al Kokyo Gaien y, por tanto, a la fosa con patos, a los dos puentes que preceden la residencia de Hirohito, con muralla defensiva, techos inclinados y pequeñas ventanas. La mira por primera vez. Se ha puesto de rodillas y exhala. Esta es una misión privada, única en su tipo. Es una exploración del territorio aliado.

Con los binoculares enfoca primero la fosa, su agua verde, enseguida desplaza la mirada y avista los dos puentes de media luna: dos guardias se han plantado ahí, pero se distraen conversando entre ellos y están quizá demasiado lejos para identificarlo. Es entonces que mira la residencia imperial, no puede creer su suerte: el sol la ilumina directo. Los techos inclinados y el muro defensivo no le importan, se concentra en las ventanas, las únicas partes del edificio que le darán acceso a lo que quiere: un poco de información, un fragmento de vida privada. Ahí duerme Hirohito, respira y cuenta chistes. Y mirando por esas ventanas, tal vez, contempla sus jardines, medita sobre las batallas en curso. A pesar de que Kimitake quisiera presenciar un momento único, pasa un buen rato. En las ventanas no hay gran cosa. Su limpieza no revela secretos.

Quizá, se dice, tendrá acceso si se acerca un poco más, si consigue, ajeno a la mirada de los guardias, aproximarse a los puentes y enfocar desde ahí, pero es demasiado riesgoso. Su mirada va de los guardias a la casa, de la casa a los guardias, ojos magnificados, cortesía de una tienda anticuaria, qué buena compra del padre. Debe ser paciente. Se muerde los labios y espera, pero un ruido sordo se cuela en sus oídos, algo se agita en las cercanías y lo obliga a recoger el cuerpo rápidamente. Posición de defensa, ¡ya! Tira los binoculares al lodo y sus labios tiemblan, un hilo ácido sube a la garganta. Tranquilo, se dice, fueron tan solo dos aves y una rama que cayó.

Reemprende la misión.

En alguna parte de este complejo, en un lujoso salón, acontecerá muy pronto la ceremonia de honor al estudiante más destacado. Kimitake no sabe aún si será él, pero ha tomado las acciones necesarias, porque la política es un juego sucio y visceral, es un riesgo. Ha enviado una carta apócrifa al señor Oda, la escribió por la noche —sin ayuda del padre, por supuesto—, fingió otra caligrafía y un tono serio, aunque no lo suficiente. Ha lanzado una bomba y ahora debe esperar a que caiga en el punto indicado: el honor de Koda, el porvenir de Nakamura. Paciencia, se dice, ya sucederá.

Limpia el lodo de los binoculares con su ligero abrigo de chubasco y se pone pecho tierra esta vez. De nuevo la ventana izquierda, el poder que resguarda. Se queda mucho tiempo en la misma postura y respira hondo, tanto tiempo que los brazos y la mandíbula comienzan a hormiguear. Quizá desista, abandone el Kokyo Gaien, regrese por la misma ruta, salte la reja a la calle, tome el tranvía y se olvide de todo, pero no. En ese momento aparece un brazo en la ventana, ¡alguien está de espaldas ahí! Es algo breve, un hombre en saco militar toma el poco sol disponible, ¿será él? ¿Será Hirohito? Kimitake saca la lengua. Nunca llegará a saberlo, no alcanzó a verlo bien, se aprieta los binoculares contra el rostro como si sirviera de algo. De lo bueno poco, pero suficiente.

Se restriega sucio contra la tierra, gime y enfoca de nuevo a los guardias, la casa. Quisiera hundirse ahí, que encontraran su cuerpo. A veces, por las noches, Kimitake suele frotarse con la misma urgencia contra su pequeño futón moviendo la cadera de arriba a abajo, pero siempre sin hacer ruido. Ahora no puede contenerse: *nadie más que él* tiene esto. La ropa entera se mancha de lodo y muy pronto va a mancharse de algo más. Ahí dentro el emperador duerme, salta. Ahí dentro se decide todo. Tira los binoculares y continúa en lo suyo, tan extasiado el pequeño espía del poder, perdido como siempre en sí mismo, hasta que cortan cartucho.

—¡Las manos en alto! —grita uno.

—¡Levántese de ahí! —dice el otro.

Lo rodean, le apuntan y lo miran de frente. Lo ponen de pie.

Dos guardias del palacio imperial.

—Soy un estudiante de la Escuela de Pares Gakushuin —balbucea Kimitake.

Uno de los guardias lleva mostacho y lo requisa.

—Recoge eso —indica al otro.

El segundo guardia toma los binoculares y los examina como si hubiera encontrado un arma extranjera de novedosa factura.

—Soy un estudiante... —repite el infiltrado—. Estoy perdido, iba camino a casa...

El segundo guardia se le acerca y le da una bofetada.

—¿Qué estabas mirando con esto?

—Soy tan solo un estudiante, quería ver al emperador.

—Que te lo crea quien quiera —dice el del mostacho—. Está prohibido ver al emperador, ni yo mismo he visto al emperador.

—Te vamos a hundir en la fosa —dice el otro.

—Mi padre es importante —dice Kimitake—. Es un alto funcionario del gobierno. Si me ponen un dedo encima, ¡se las verán con él!

Otra bofetada.

—No nos importa quién sea tu padre, podríamos fusilarte ahora mismo, dónde quieres el tiro, ¿eh? ¿Aquí en el pecho o prefieres en la cabeza?

Kimitake no responde.

Los guardias lo arrastran bosque adentro, lo llevan a punta de pistola.

La tarde amenaza lluvia, el poco sol disponible se ha ido, los relámpagos hacen su aparición y se acercan con peligrosidad a las ramas.

—Sujétalo bien —dice el del bigote.

Lo llevan a una zona mucho más oscura, ahí donde los árboles apenas dejan un espacio angosto entre ellos. Lo empujan contra un tronco, le quitan chaqueta, camisa y zapatos. Le dan la vuelta y lo aprisionan, pellizcan y humillan. Se burlan de su cuerpo. Le apuntan, sobre todo.

—Nadie se va a enterar de esto —dice uno sujetándose la entrepierna con determinación.

—¿Ya decidiste dónde quieres el tiro? —pregunta el otro.

—Lo quiere ahí, por detrás, se le nota.

No lo miran a los ojos. Cortaron cartucho.

—¡Contra el tronco, te digo!

Kimitake se resiste, pero el guardia del mostacho se encarga de dominarlo. Al paredón del fusilamiento y sin chistar. Si tan solo hubiera ido con los compañeros al café Hanami o a mirar los escaparates. *Aquí,* dice finalmente, *en el cuello.* El guardia del bigote avanza en su dirección y lo embiste, le coloca el cañón en la yugular, *¿aquí, dices?* Kimitake había imaginado que el contacto de un arma sería distinto, un poco más cálido. Lo cálido lo siente un poco más abajo. Le preguntan sus últimas palabras. *Ninguna,* responde el estudiante. *Muy bien.* Kimitake piensa en una sola cosa: el brazo que vio.

Tal vez sí era el emperador.

Le piden que cuente hasta tres muy despacio. Cuando ya va por el dos y medio, el guardia del mostacho le indica ponerse la ropa. Lo tilda de maricón, de enfermo y descarriado. Le quita las pocas monedas que posee y también los binoculares. Los guardias estallan a carcajadas y echan un tiro al aire cada uno. Kimitake sale disparado como un caballo de carreras hacia la cerca. No puede sacarse las risas de encima, ni cuando vomita en la parada del tranvía ni cuando llega a casa, hora y media después, con la ropa sucia y los pies deshechos.

Un fragmento de vida privada, una misión de nadie más.

Y la fortuna cambia pronto. Dos días más tarde llega un telegrama de urgencia, viene del colegio. Informan de manera escueta que la dirección ha tomado en una junta privada la decisión de designar a Hiraoka Kimitake el alumno más sobresaliente del curso debido a sus altas notas. Informan también que es necesario que se presente junto con su familia en la entrada del complejo imperial el próximo martes en punto de las nueve horas, atuendo serio. Mandan saludos, firma el señor Oda. Anexan la invitación con membrete.

—Te lo dije —suelta el padre y busca de inmediato el licor—. Ganaste. Lo sabía.

Kimitake lee el telegrama tres veces y se encierra en la habitación.

La bomba cayó en el sitio preciso.

Muerde la almohada con fuerza hasta mancharla de sangre, hasta quedarse dormido.

Del profesor Koda no volverá a saber nada, el profesor Koda será despedido y se marchará a la costa del norte, donde las aguas lo recibirán. Mediocre pescador.

A Nakamura lo volverá a ver como empleado de una carnicería años después.

Será un día soleado, Kimitake comprará carne magra. Lo más nutritivo, proteína pura para el cuerpo y el crecimiento. Pedirá dos kilos y reconocerá al compañero, pero fingirá no saber quién es. Nakamura no se atreverá a mirarlo a los ojos; para entonces, ya habrá escuchado de él gracias a los periódicos y los programas de la radio. Un escritor, ese Hiraoka. Le dará los filetes muy bien envueltos en papel brillante y asegurados con una fina cuerda. Será un empleado de bajo sueldo y el resto de sus días estará condenado a una existencia general.

—Buena tarde, señor —va a decirle.

—Buena tarde —responderá Kimitake—. Que tenga buen día.

TIEMPO RÉCORD
en Tokio, 1945

Vas a subir sin respirar, se dice. Mira el reloj de pulso, toma aire y escala.

Por allá el descampado, el polvo, el alambrado eléctrico, el humo turbio de una fogata. Sin respirar y empieza por el camino más fácil, las tablas, los montículos de tierra. Toma impulso y se sujeta de ladrillos, del antiguo marco de una ventana, las ruinas ofrecen mucho para un alpinista como él. Las ruinas, como las montañas, tienen rutas de peligro, picos de niebla, producen vértigo. Recién supo que Heinrich Schröder, un antiguo miembro del Partido Nacional Socialista, se tiró a un glaciar en los Alpes, pero antes dejó una nota: *perder la guerra equivale a no existir, pero escalar, domar la naturaleza, eso es un triunfo para las sociedades humanas.* Antes de morir clavó la bandera nazi en la nieve.

Kimitake está de acuerdo con él y sube entre fierro torcido, madera, zapatos y lo que resta de un futón. Por encima de cadáveres quizá, alguien vivió aquí abajo, luego llegaron las estrellas fugaces. Cae la tarde y no respira. Extiende los brazos y se agarra de lo que puede, determinado en llegar a la cima. Tuvo más temprano el deseo de escalar otra vez por aquí y hacerlo en menos tiempo que la vez anterior. Poco a poco va soltando el aire que guarda en los pulmones, su única reserva. Esto que sube fue una casa de té, también un edificio de viviendas. El país es otro, la ciudad ya es otra, él mismo ha cambiado un poco también, tiene veinte años y quedó huérfano de patria. El Japón que conoció ya no existe. Escala y da un salto, pero cae en una zona frágil, pierde el equilibrio a poca distancia de la cima y se sujeta con las uñas al borde del precipicio. Ha de luchar todo lo posible, no flaquear.

Consigue ponerse de pie y hace el resto de la subida a trompicones.

Al llegar a la punta mira el reloj, *su reloj*. Y hace el cálculo.

—Tres minutos y cuarenta y dos segundos.

Toma todo el aire que puede. Lo consiguió, la vez pasada le tomó trece segundos más. Pronto llegarán el frío y el año próximo, él volverá a subir por aquí y será todavía más difícil. Deportes de invierno. Siempre que sube contiene la respiración, porque hacerlo indica pulmones sanos y permite imaginar la experiencia de un alpinista desfalleciendo en la nieve; pulmones en buen estado a pesar del aire turbio de la ciudad, del tabaco que ya consume en parques, reuniones y aulas universitarias.

En el horizonte una parte de la ciudad se mira destruida, así son las guerras. Tres minutos y cuarenta y dos segundos, no puede creerlo, ¡se ganó a sí mismo!

—¡Bájate de ahí, niño, te vas a caer!

Él no escucha a la señora, las ruinas son su lugar privado, a Heinrich Schröder nadie llegó a impedirle la muerte, lárguese de una vez. Kimitake tiene su propio pico de nieve y desde aquí lo mira todo: las calles, el humo, el alambrado y los edificios. También su reloj, el Seiko de plata de alta manufactura, el crisantemo de quince pétalos grabado en la caja.

El reloj que le dio *Él*.

Cada vez que lo mira, recuerda a Hirohito. La mañana del encuentro, cuando se lo obsequió.

Eso fue el año pasado, ahora Japón perdió la guerra, dos meses han transcurrido desde entonces. Ochenta y siete mil seiscientos minutos. El mundo sigue a velocidad frenética y poco a poco se reinstalan los negocios, crecen nuevas flores, la radio cambia su programación y los periódicos prefieren publicar alentadoras noticias. El tiempo, sin embargo, no cambia nunca, ese continúa y siempre hay alguien dispuesto a medirlo.

Cada vez que alguien le pide la hora, Kimitake recuerda el día: atravesó con su familia los puentes anexos al Kokyo Gaien y después tuvo acceso a la salita de premiación. Su kimono era negro. Es muy posible que la salita y el Kokyo Gaien estén destruidos también, como lo está la ruina donde se posa, porque las bombas alcanzaron el complejo y sembraron el pánico entre la población general. Son ruinas ya, pero entonces, la mañana del tres de octubre del año vigésimo de la era Showa, no lo eran.

En casa, cuando la madre pone pollo o vegetales a cocer, le pregunta:

—¿Puedes avisarme cuando pasen veinticinco minutos?

Él dice que sí y espera. Lleva puesto el reloj hasta cuando duerme, un objeto propio y hermoso que le da a su existencia un valor particular. Si le cortaran el brazo, valdría muchísimo al mercado. Cada vez que puede le echa una mirada, se lo quita y vuelve a ponérselo, lo examina con los ojos del comercio, ¿cuánto da usted por el brazo de Hiraoka Kimitake, señora? ¿Con reloj o sin reloj?, pregunta la señora. Con reloj, por supuesto, porque sin reloj no valgo nada de nada. Mientras el agua burbujea, Kimitake recuerda la decepción que tuvo al ver en la misma sala a chicos de Chubu, Kioto y Kansai que, como él, también serían premiados por su excelencia académica.

Sentado en el suelo de la casa, revive la decepción.

La amargura de compartir lo que creyó merecer para él solo.

Al pasar los veinticinco minutos, Kimitake no avisa a la madre y espera más. Que la madre cuente su propio tiempo si así lo desea, él ya tiene el suyo y no va a compartirlo.

Recuerda entonces la voz del padre susurrándole al oído:

—Siéntate derecho.

El padre estaba esa mañana en la fila de asientos contigua.

Piensa en los candelabros, las alfombras y los ventanales de aquella construcción. Y en lo que hizo: antes de que la ceremonia empezara se levantó de la silla y volteó a ver al padre para decirle que buscaría un baño, dejó atrás al grupo de estudiantes y salió del recinto. Se dirigió sin ser visto a las escaleras; creía entonces todavía que Japón ganaría la guerra; ingenuo, creyó que en la parte superior del edificio podría encontrar un mapa, algún documento, información importante y confidencial. Incluso al emperador en persona.

Necesitaba correr el riesgo.

Consiguió subir a la segunda planta, nadie se dio cuenta.

Entró a una habitación.

O quizá no fue así, se dice ahora en la cima de su propia montaña, *quizá solo llegué al pasillo*.

Lo cierto fue que alguien lo detuvo, otro guardia pero no el mismo que lo había amenazado de muerte en el bosque. El guardia le indicó de la manera más amable que no podía estar ahí, lo tomó del brazo y lo llevó de vuelta a la silla.

Cuando la madre se da cuenta de que el pollo o los vegetales se pasaron de cocción, le dice a Kimitake que su reloj es una porquería y que mide mal el tiempo. Él da un portazo, sale de casa y va a la biblioteca de la universidad, donde se pone un límite de lectura: hora y media. Otros muchachos y profesores pasan detrás y lo miran tembleque en la silla, bajo la lámpara, como un tuberculoso. No saben que Kimitake busca en su mente el momento preciso en el que algo en él se sacudió. Que ese momento fue, quizá, cuando indicaron a los estudiantes de la ceremonia:

—Formen fila.

O cuando el emperador entró por la puerta izquierda y se plantó al frente.

Kimitake cierra el libro en la biblioteca y se pregunta si el momento exacto fue *cuando el emperador leyó su discurso y yo lo vi.*

—O si en cambio fue —se dice en voz muy baja—, cuando llamaron mi nombre:

—De la Escuela de Pares Gakushuin, en Tokio, Hiraoka Kimitake.

No, concluye ahora en la parte más alta de la ruina, *fue cuando avancé sin sentir el cuerpo hacia él y quise decirle*:

—Emperador, me pongo a sus pies, le lamo los pies, después me apuñalo.

Y también, se dice al mirar la ciudad y el precipicio, *cuando llegué frente a él y no se atrevió a mirarme a los ojos porque yo era demasiado mínimo, porque llevaba un kimono mal confeccionado.*

Un año ya. Poco más de un año ya.

—Extiende el brazo —pidió Hirohito cuando notó que Kimitake estaba paralizado.

Que sentía una granada explotar dentro de sí.

—Extiende el brazo —susurró alguien detrás.

Y él extendió el brazo izquierdo para dejar que el emperador colocara ese reloj en su muñeca, lo asegurara y entonces iniciara el Gran Tiempo.

Un reloj Seiko de plata. Un regalo.

Es momento de bajar de nuevo por ladrillos, marcos de ventana y tablas; de sujetarse a las cuerdas. Hay que regresar a tierra firme y no hacer más del alpinista. La mente debe esquivar los malos caminos, no esquiarlos, pero él insiste. Ahora no puede creer que ese emperador, entonces tan jovial y de gran porte, sea el mismo que llevó a Japón al fracaso.

Un cobarde.

Una persona que lleva reloj es muy distinta de aquella que no lo lleva. Un reloj de buena manufactura oculta los defectos, la gente se concentra en él y no te mira el rostro. Todo en un reloj es útil, las manecillas sirven para cualquier tipo de situaciones. Mucho más tarde, al calcular el tiempo de descanso entre las series con mancuernas y abdominales, dirá:

—Menos de un minuto. No puedes descansar más de un minuto.

Al tomar un tren o un avión, dirá:

—Partimos en diez, hay que abordar.

Pero ahora, mientras desciende y tiene vértigo, mientras abandona lo que fue una casa de té y un edificio de viviendas, no importa que el reloj avance, él sigue recordando. Al padre, por ejemplo. El paseo con él después de la ceremonia a orillas de la estación Shinjuku.

—Déjame verlo —insistió.

Kimitake apresuró el paso.

El padre lo alcanzó por detrás, forcejeó con él y le dijo:

—Eres demasiado joven para tener ese reloj, qué importa que te lo hayas ganado.

Lo sujetó por la muñeca y se lo quitó. Después lo puso en su propia muñeca.

Como si se tratara de un juego, dijo:

—¿Policías o ladrones?

Kimitake giró la cabeza y vio los trenes arribar a la estación.

—Ninguno —respondió.

Al caminar de vuelta a casa, Kimitake dijo:

—¿Sabe, padre? Un día de estos voy a tomar un tren y me iré lejos de Tokio, incluso un avión, muy lejos, así será.

—Atrévete —dijo el padre.

Y soltó una risa.

Desfile de las naciones
en Ciudad de México, 1957

¿Qué hiciste, hijo mío? ¿Dónde está tu cabeza? Nunca es bueno jugar con cuchillos, te lo dije, los cuchillos son para cortar lo que ya ha muerto, no para buscar algo en tu interior. Ahora nadie vendrá a limpiar el desastre. Cómo fue que se te ocurrió explorar el otro lado de ti, atravesarlo con la espada. Y pensar que hace poco todavía tenía esperanzas de sacar algo bueno de todo esto. Una crianza por lo demás agonizante. Y la advertencia: es imposible exigir del mundo cosas que no son. Si hubiera prohibido que entrenaras box con un veterano de la guerra, que tu cuerpo creciera, ligamentos, músculos, otra cosa sería. Que te fueras corriendo a la estación de trenes una y otra vez. Ahora dime, ¿dónde quedó tu cabeza? El escenario es rojo carmesí y el atentado llegó a buen término. Tripas, estómago, la tela rota de tanto deseo. Quise impedirlo, pero así fue: te abotonaste el saco militar, siete broches de un lado y siete broches del otro, te cortaste el cabello en un gesto entre decadente y desquiciado, luego acomodaste esa banda en tu cabeza, listo para el maratón. *Ahora vuelvo*, dijiste, *cruzaré el océano*. Y saliste de casa, la espada a cuestas. Quién va a perdonarte si eres asesino. Una total escoria. Viajas de un país a otro con tus zapatos de cuero y entierras la espada a quien se cruce, a los chicos neoyorquinos, a los haitianos, a los meseros de la República Dominicana, a los pájaros de Cuba, a los jardineros de Yucatán. Exhalas al terminar, dejas todo limpio.

Mírate ahora. Si hubieras aprendido a escucharme un poquito más. Mírate y dime:

—¿Qué has hecho, hijo mío?

Kimitake habla solo. Contempla su reflejo en el vidrio de una cafetería. La calle es Bolívar, una zona muy transitada del centro de la ciudad.

—Eres el descabezado, tu cuerpo creció, sí, tu cuerpo creció... —dice con voz infantil.

Es una marioneta movida por los invisibles hilos de la autoafirmación.

—Eras tan pequeño antes, luego saliste con tu espada al mundo, saliste con tu revólver...

Extiende un brazo, cierra el puño, levanta el pulgar y se apunta con el índice.

—Saliste con tu revólver, sí...

Se dispara. Mira su reflejo y se dispara. El impacto da directo al pecho.

Soy un herido de guerra, auxilio, por favor.

No hay tiempo que perder. El escenario es nuevo y es preciso recorrerlo. Muy pronto la pirámide y la playa quedan en el recuerdo, esto es otra cosa. De la Ciudad de México le han dicho que es una ciudad en ruinas, que un terremoto la destruyó en julio y mató a setecientas personas, pero no consiguió destruir el rascacielos, *el único de la ciudad*, según Sofi, una torre justo en el centro. Algo llamó su atención mientras el vuelo descendía quieto y miró por la ventanilla: un avión en desuso, el cadáver de lo que fue un vehículo militar, quizá un bombardero medio de los Estados Unidos, sin llantas y en estado de oxidación. Estaba en el descampado.

Una ciudad hostil de inmediato, todavía ovejas sucias en las calles cercanas al aeropuerto, maíz creciendo, niños ahorcándose, el clima nublado amenazando lluvia, pero incluso así, al tomar el taxi en dirección al hotel, echó la cabeza hacia atrás, exhaló y miró las calles al revés, con sus lentes oscuros y en completa excitación. Eso lo conmovió un poco, llegar a un sitio nuevo, saberse lejos de lo que creyó ser.

Al dejar la maleta en el hotel, dio la vuelta rápido hacia la salida. Poco le interesaron el balcón, el alfombrado y la regadera, fue por el pasillo y bajó a la calle, ya dispuesto a domar el territorio, hambriento de un cuerpo nuevo, ese es el propósito del viaje, estar con tantos cuerpos diferentes como sea necesario, hacerlo contra todo pronóstico, destruir en otros lo que Shiro destruyó en él, atizar en otros lo que Shiro dejó a medias, el deseo, el carbón de una fogata; abrirse paso lejos del padre, los editores y sus imprentas. Y del señor Kawabata, otro padre, y de sus galletas. Y de la necesidad de ser una figura pública, eso lo irrita. Lo ama, pero a veces lo irrita. Hacer durante el viaje todo lo que pudo hacer con él y no fue: comer un algodón de azúcar, escuchar ópera en el viejo teatro de Nueva York, *Norma*, Maria Callas —*qué desgracia, una cantante demasiado vulgar, mala técnica, Renata Tebaldi habría sido mucho mejor*—; salió del teatro con ganas de vomitar, luego se fue al gimnasio, más tarde a Haití en un vuelo nocturno; hacer eso, dejarse llevar por el ánimo del viaje, comprar cosas, mojarse en la lluvia. La vida real, finalmente.

¿Y aquí? Mirar los edificios con grietas, escuchar el ruido ensordecedor de la gente que habla casi a gritos, *no me contestes, chamaco grosero, te va a llevar la bruja, billete de lotería, compre su billete de lotería, diez pesos la boleada, lleve su banderita de México a quince pesos, para dar el grito, para el niño, para la niña, señor, disculpe, tiene una moneda para el teléfono, no traigo más, disculpe, señora, una moneda, apúrate, que tenemos que comprar los listones, quieres un esquite, deme dos, por favor,* pero él no entiende nada, no es su idioma. Y no entender es una forma de estar.

La gente camina en dirección contraria y hace que se sienta vivo. Él se dejará llevar con ligereza por la multitud, pero antes, un trago, el necesario trago. *Prometiste que nunca más, Kimitake, dice el padre al fondo de la cabeza, ¿cuántas veces más? Te destruyes el cerebro, eres nocivo, no puedes andar por la calle así.*

No te preocupes, papá, responde él girando en la esquina con 5 de Mayo, *solo será una, te lo prometo.* Y va riéndose. Apresura el paso mirando en todas direcciones, pero no encuentra ningún sitio donde beber, todo está cerrado igual que en los años de guerra tokiotas. Listones de color verde, blanco y rojo adornan el alumbrado público y el cableado, se mueven frenéticos con el viento.

Pronto la calle ensombrece y él se toma un momento, se coloca contra un muro y se desabrocha los botones de la camisa para mostrar el pecho bronceado.

Así empieza siempre. Hay que exhibirse con toda naturalidad.

Continúa por la avenida 5 de Mayo y se concentra en la multitud, olfatea igual que los perros, entre toda esta gente debe haber un muchacho, alguien que pueda llevar al hotel. De los mexicanos le gusta el bigote y el porte, parecido al de los marchistas, los clavadistas y los boxeadores; los neoyorquinos, en cambio, eran espigados, ciclistas y nadadores; los dominicanos: aguas bravas, futbol; y los haitianos, qué piernas, buenos corredores. En fin, todo un catálogo.

En menos de cinco minutos percibe una mirada lasciva que lo invita a perderse en un callejón. Ojos color miel. Kimitake sigue al tipo, no lo dejará escapar. Da pasos largos con sus zapatos italianos. El tipo se ha dado cuenta del juego de la persecución y gira la cabeza de vez en vez, invitando, atrayendo como un imán. Kimitake se propone seducirlo, esquiva a los transeúntes a codazos. El centro de la ciudad está lleno de pequeños y estrechos callejones oscuros, el tipo entra a uno, pero Kimitake siente una mano en el hombro.

—Ahí está, señor Mishima, acabo de llegar, ¿por qué salió del hotel?

El sujeto se pierde a lo lejos, Sofi arruinó la experiencia. Ahora le pregunta qué está haciendo, si le gustan las banderitas de México, *no encontraban la llave de mi cuarto, se tardaron veinte minutos*. Sofi dice que quiere continuar la entrevista y lo invita a tomar un trago, *yo sé a dónde*. Dice también que es muy probable que Nelson, un amigo suyo, los acompañe más tarde. Kimitake se resigna, el sujeto que vio quizá ya dio vuelta en la calle. Sofi mira el mapa y lo toma del brazo: cruzan las calles por la mitad, esquivan los Packard azules, los taxis. La gente les grita: *pinches gringos, háganse a un lado*. A veces, en compañía de Sofi, Kimitake siente atisbos de aquello que podría sentir si su compañero de viaje fuera un amante suyo. Algo espontáneo, las horas corriendo una tras otra, pero son solo atisbos: aunque Sofi pueda ser divertida, insiste en saber de él a través de las preguntas ya anotadas y con un amante sucede de otro modo: no hay guion, no hay instrucciones.

Terminan en la terraza de un viejo hotel con vista hacia el Zócalo, la plaza principal. *Reservé la mesa la semana pasada*, dice ella. Es así. En vez de hallar un sitio en el camino, ella insiste en tenerlo todo planeado, encorsetado, un paso sucede a otro paso, un paso jamás se desvía del sendero. Abajo, en la plaza, la gente empieza a formar grupo y camina a gran velocidad. El eco de sus voces se escucha en la terraza y mueve el agua de los vasos. Un sonido inquietante, una urgencia. Sofi mira desde arriba como si estuviera en un safari. La gente la inquieta, los grandes sonidos la sacan de sí. Pregunta a los meseros qué ocurre, si eso es normal, si *es peligroso para nosotros*.

—No —responde el capitán de meseros—, es el Día de la Independencia.

—Una copa de vino de la casa. Blanco.

—Dos, por favor —dice Kimitake en pobre español.

Qué poco sabe Sofi del mundo, piensa él, se asusta con nada, ha pasado demasiado tiempo con sus notas al pie, nunca le han apuntado con un arma, tampoco ha estado a punto de caer al precipicio. Con sus labios pintados de rojo y la chaquetita de sastre azul, pretende domar el universo del texto y las palabras. Dice que esta vez grabará su voz. La cinta habrá de registrarlo todo. *Así es mejor*.

—En su novela más reciente, *El pabellón de oro*, el protagonista quema un viejo monasterio, ¿por qué? ¿Qué es lo que odia?

Kimitake no responde.

—No puedo dejar de pensar en Mizoguchi, él siempre imagina lo trágico. Es tartamudo. Leí la novela tres veces y no llego a entender por qué quema el monasterio, ¿qué lo lleva ahí, señor Mishima? ¿Por qué la destrucción?

—No tiene que entenderlo.

Sofi se lleva la mano a la mejilla, decepcionada.

—Cómo tarda el vino —dice él—. Hay que beber ahí donde se va, ¿no?

Sofi suelta una risa. Podría beberse con él una botella entera, siete de ser necesario, pero solo con una condición: él habrá de revelarle quién es, ella habrá de configurar vida y obra en una masa uniforme y compacta para la posteridad. Ella meterá las manos al lodo y formará esa gran escultura. Sofi mira hacia otro lado cuando él le dice:

—*El pabellón de oro* es una novela sobre la obsesión y el poder.

Ella responde:

—El poder de quemar cosas.

Él asiente.

—Ser criminal —agrega la neoyorquina.

—Dos vinos blancos —interrumpe el mesero.

—No, no es sobre lo criminal.

Él se bebe media copa de un trago.

—¿El señor Mishima cometería un crimen?

La cinta no registra nada.

—Otra pregunta, es sobre *El color prohibido*. En esta novela el protagonista es un escritor mayor, ¿es una proyección para el futuro?

—¿Por qué insiste en la lectura literal, Sofi? Yo no soy mayor, es probable que ni siquiera sea un escritor. Relájese, tome su vino, ¿no es el clima hermoso aquí?

—Insisto porque es importante. Usted es un autor importante. Me llaman la atención los kanjis que titulan la obra. Uno significa prohibición, el otro mezcla los conceptos de color y amor erótico, ¿cuál es su color favorito?

Kimitake se dobla en una carcajada.

—Mi color favorito —dice—, es el color de su labial. Ahí está el color del título.

Sofi baja la vista en señal de vergüenza. Extrae de su bolso el pequeño cuadernito y pasa las páginas, nerviosa. Sus dedos tiemblan como los de una anciana. Sabe que el japonés la examina, que la juzga y espera a que cometa un error, pero no va a flaquear, no le dará el gusto. De todas las preguntas que ha anotado, hay una que dará en el blanco y le enterrará al señor Mishima una hermosa espada. Sofi da un trago a su vino y entonces, mirándolo a los ojos, lo dice:

—En *El color prohibido* hay descripciones muy precisas sobre un bar de Tokio y sobre lo que ocurre en él, descripciones sobre el ambiente homosexual. La naturalidad de este ambiente, de este… tipo de vida… está también en *Confesiones de una máscara*.

Sofi retiene la grabadora con la mano, sobre la mesa. No dejará que él la tome, que evada el momento.

—¿Qué tanto hay de autobiográfico ahí, señor?

—Yo no soy homosexual —dice Kimitake burlón antes de apurar su copa—. Le dije que no hay que tomarse la vida de un escritor tan en serio. Un escritor homosexual no es el único que puede escribir sobre lo homosexual. Un japonés puede ser neoyorquino. En la literatura se puede todo.

Abajo, en la plaza, la gente ya celebra.

—Entiendo —dice ella.

Tocan trompetas, ríen.

Kimitake niega con la cabeza.

—Prepare mejores preguntas la próxima vez.

Camino al baño, siente un mareo. Por supuesto que el bar de la novela existe, pero nunca se lo dirá. Cuántas veces no salió a trompicones, borracho, a carcajadas. Cuántos billetes no puso en la barra. Le da la impresión de que al salir del baño, esa pista de baile estará ahí.

Que Shiro estará esperándolo y dirá:

—Te tardaste mucho, te pedí otra copa.

No es así. Regresa a la mesa con los ojos hinchados.

—Y bueno, ¿dónde está su amigo?

Sofi dice que el amigo no vendrá. La ha llamado por teléfono al restaurante para excusarse y también para invitarlos a verse mañana.

—El protagonista de *El pabellón de oro* quema el monasterio porque quemar es un lenguaje. Él es un disidente. Ahí está su respuesta.

Sofi apaga la grabadora.

—¿Dónde conoció a su amigo? —pregunta él para cambiar la conversación.

—En Coney Island.

—¿Siente la energía, Sofi? La gente de abajo nos está llamando.

—No, señor Mishima. Están gritando y hacen escándalo.

—¿Y no tiene usted ganas de gritar a veces?

Sofi prefiere el silencio.

Un par de horas más tarde salen del restaurante tras tomarse cinco copas cada uno. Sofi le ha contado de su madre, de la inmigración y los pequeños listones. Han reído. Él no le contó nada de su infancia. La calle está repleta, todos van en la misma dirección: la plaza. Kimitake insiste a Sofi que la acompañe, pero ella se niega, presa del terror. Se ajusta la chaquetita y busca el mapa. Irá al hotel, no a otro sitio. En el rechazo, Kimitake encuentra una excusa para hacer lo que desde hace rato ha querido.

—Deme la cinta con la que grabó —exige alzando la barbilla.

Sofi no entiende.

—Repetiremos las preguntas mañana.

Aunque Sofi se arrepentirá después, en ese momento sus manos se deslizan hacia el bolso y le entrega la grabadora. Él saca la cinta de inmediato.

—Esto no es personal, es para cuidar la imagen.

Sofi quisiera escupirle, abofetearlo, decirle que no puede tratarla así, ni a ella ni a nadie que intente hacer algo por él. Pero solo atina a despedirse con la cabeza, mordiéndose los labios.

A lo lejos, alguien sale de un balcón y grita:

—¡Viva México!

Y la gente responde:

—¡Viva!

Con los brazos cruzados, Sofi se aleja por la calle.

Antes de que se pierda, Kimitake alcanza a gritarle:

—¿Entonces mañana nos vemos con su amigo?

Pero ella no responde, no escucha en medio del estruendo.

Un poco más tarde, Kimitake vuelve a recrear la voz paterna. Al internarse en la plaza, la voz le dice que tenga cuidado, él la ignora. Nada como abrirse paso entre la gente, en medio de hombres que alzan las manos, por encima de niños cuya hora de dormir ya se fue. Extasiado, Kimitake cierra los ojos y se deja arrastrar por el enérgico torrente. Solo él podrá vivir esta experiencia. La de ser tocado por múltiples personas sin nombre. La pirotecnia estalla en el cielo e ilumina su ropa. Sus dientes, que brillan bajo la luz, dibujan un gesto de felicidad torcida. Alguien da vueltas como una pirinola, otro dice:

—¡Viva México, que viva, chingada madre!

Es natural que un padre quiera cuidar a su vástago frente a una manifestación de auténtica violencia. La pirotecnia podría quemarlo, el humo podría afectar sus pulmones, podrían romperle un brazo o una costilla, *te lo dije, no salgas de casa.* Y un hijo ha de mantenerse íntegro, obediente. Lo que el padre no sabe es que es el hijo quien enciende pequeños fósforos a lo largo del camino, que quema casas, palabras, frases enteras. Que tras de sí deja un rastro luminoso dispuesto a envenenar.

Quieres hacer que todo estalle, le dice en la cabeza.

Kimitake avanza entre la multitud, a carcajadas.

Sí, padre, haré que todo estalle.

Quieres morir.

Sí.

Bueno, pues muy bien. Da saltos, grita, toma la plaza por asalto, anda, ve. Marchas como un soldado de bajo rango, ¿no te bastó con el jardinero?

No, padre. No basta con uno.

Él busca entre la gente. Él siempre está buscando entre la gente.

Enterrarás la espada otra vez, hijo.

Sí. Otra vez. En Nueva York ahorqué a Richard en su departamento del SoHo y más tarde me bañé en su regadera. Lo conocí en el gimnasio.

Qué asco.

En República Dominicana paseé de noche y me acerqué a una ventana iluminada, había un hombre ahí, lo miré. Al terminar, reímos largamente.

Ese no es el hijo que yo crié.

No, no fue el hijo que criaste. En Haití, el muchacho que fue conmigo a la habitación había cumplido recién los dieciocho y me pidió dinero, negó irse si no se lo daba. Tuve que correrlo a golpes.

A veces me pregunto si sueñas de más, Kimitake, si algo hice mal.

Sí, he soñado de más. He deseado de más.

Te abotonaste el saco militar, siete botones de un lado y siete botones del otro.

—Y saliste con tu espada por el mundo, antes eras tan pequeño —dice el hijo con voz infantil.

Sin sospecharlo, Kimitake encuentra de nuevo al hombre de ojos miel que vio más temprano. Se identifican entre el gentío. Kimitake le indica con la cabeza que lo siga y camina varias cuadras hasta encontrar un callejón oscuro. El hombre lo hace, no permitirá que se pierda otra vez. Kimitake se pone contra el muro y exhala.

Así empieza siempre, poniéndose contra un muro.

Exhibiéndose.

El hombre de los ojos miel lleva un saco gris y se acerca.

—¿Me puede decir su hora, por favor? —dice en inglés con marcado acento.

Y Kimitake baja la mirada hacia su reloj de plata, pero el reloj ya no está.

La piel desnuda.

El reloj lo llevaba puesto en el restaurante y lo miró también en la plaza, pero ya no está.

Arriba, explotan los fuegos artificiales.

El hombre de ojos miel se sujeta la entrepierna con una mano.

Se acerca a él para besarlo.

Kimitake lo empuja y se va corriendo.

El reloj no está. El reloj estaba ahí.

Si no hubieras cruzado el océano, hijo. Si no hubieras crecido.

Ahora estalla, vamos.

Hazte el asesino.

III

CICLISMO DE RUTA
en Tokio, 1945

Hiraoka en el carril izquierdo, allá va, doscientos treinta y cuatro kilómetros lleva, la tarde soleada, el monte Fuji de por medio, se acerca, pasa de largo a los contrincantes, los deja, los deja, más de seis horas de recorrido, y lo que falta; impresionante demostración la que da este ciclista, qué manera de avanzar; un momento maravilloso: la recta es larga, los competidores desesperan atrás, quieren alcanzarlo pero no pueden; aquí, en este escenario, Japón va delante, va a cambiar la historia del ciclismo mundial: al oro o a nada. Este joven que empezó practicando en una bicicleta oxidada ahora lleva la delantera... arranca, se acomoda, es el momento preciso, el corazón a cien, a ciento cincuenta, ya ve la meta, señores, va a ser, será, levanta los brazos, seis horas diez minutos y veintiséis segundos... el último impulso lo da con todo, se va, se va, es el oro, el oro, ¡el oro! No. Es la sangre, el fondo, es pirueta, lesión, muerte súbita. Adiós, ya fue. ¿Respira? Parece que respira. ¿Y la pierna? La pierna bien, gracias.

Lo primero que hace es revisar el estado de la bicicleta, porque ese vehículo es un anexo de él, una prótesis de su personalidad. El impacto los ha separado y ahora la bicicleta agoniza. Su rueda trasera gira aún, pero no por mucho tiempo, pronto se detendrá y de la mina de oro no habrá quedado nada. Él, que estuvo cavando en esa mina durante todo el recorrido creyendo ver la meta, se vino a caer aquí, en la zona de las muchachas que llevan maquillaje barato, labiales rojos, pantalones de mezclilla, algo nuevo para él. Aquí se vino a dar, al rincón de los sin hogar y de los toxicómanos, los que ansían un hueso de pollo o un poco de arroz pero no van a conseguirlo. Qué suerte tener una casa a la que nunca le cayó la bomba, grandioso tener dos piernas. Él ha sobrevivido, la bicicleta no. El furgón repartidor de pan que se le atravesó en el momento más preciso —cuando el corazón, calcula él, ya le iba a más de ciento cincuenta— dio vuelta en la esquina y es demasiado tarde para alcanzarlo. Ese furgón quiso acabar con él, triturarlo, Kimitake está convencido de que el conductor era un asesino, quizá uno de esos soldados que regresaron del frente y se las ven, tras la derrota, con los escupitajos, los insultos y el desprecio común.

Tenía que sucederle el día que estaba destinado a *conocer* al más grande escritor de la patria. Al que llena el país de nieve. La bicicleta está muerta. Él tarde, como siempre, va a llegar. Nadie se acerca, ni pregunta de lejos si está bien. Antes de la guerra habría sido distinto, estas personas habrían formado un círculo a su alrededor, lo habrían cargado. Hoy ya no. Podría estar dándole una contusión cerebral, un derrame interno, nadie levanta un dedo. Como bien dice su padre, el país está *deshumanizado*, a saber dónde habrá aprendido esa palabra, pero vaya que tiene razón. Ni las muchachas, que se carcajean en la esquina exhibiendo sus uñas largas, se inmutan. Él mismo no se inmuta a pesar de la sangre que le colorea la boca, las mejillas y una parte del atuendo. Es más, la sangre le da ánimo, porque ahora se parece a esas muchachas, ya puede competir con ellas en el concurso de la belleza callejera. Él también tiene unos labios rojos que alguien debería estar dispuesto a besar. Apenas entraron al país los polvos de todas las gamas disponibles y los esmaltes de California, no piensa en otra cosa. Quizá por eso le gusta pasar por aquí y ver la exhibición de moda nueva, occidental, temporada otoño invierno. Es un panorama demasiado exótico y él quiere también serlo, pero a los hombres el maquillaje les resulta inaccesible. En el kabuki se permite, en la vida real no. Y la vida no es el teatro. Avanza con la bicicleta hasta el fin de la cuadra sin sentir su propio dolor. Si pudiera tener una de esas barritas con las que las muchachas se untan frente a un espejo muy pequeño, qué sería; él, que es joven, debería tener una, pero no es así. Tantas cosas podría ser: campeón de ciclismo, actor, equilibrista. No es ninguna.

La existencia no da tregua.

Se dirige al hogar de Kazu, igual que cada jueves. De todos los lugares disponibles, Kazu vive acá. Su departamento tiene calefacción, incluso alfombras, pero le gusta aparentar pobreza, codearse con los hambrientos, porque *solo así tengo ganas de vivir*, eso dice. Si pudiera, remodelaría la zona con el dinero de su padre, pagaría módicas cantidades a los adictos —*márchense, váyanse lejos*— y montaría el negocio inmobiliario. Sin embargo, prefiere ser escritor, igual que Kimitake. Kimitake, además de escritor, es también estudiante de Derecho de la Universidad de Tokio, la vida hay que repartirla. Atraviesa a prisa la puerta del edificio y sube las escaleras cargando la bicicleta con gran dificultad. Las ruedas chocan contra los muros al dar vuelta y transitar por cada piso. Los pasillos son estrechos. De vez en vez tiene que detenerse y tragar un poco de la sangre que todavía le emana de la boca. Cómo va a llegar así. Cómo presentarse así ante *él*. En el último piso escucha la carcajada de Kazu y el resto de los compañeros del taller. Para Kimitake esos compañeros, que van de los veintinueve a los treinta y cinco años, son una fauna de trasnochados que sufre ante la realidad, que no conoce la realidad. Los abandonará una vez que consiga su objetivo: presentarse ante el gran escritor nacional, hacerse *su amigo*. Fue Kazu quien lo invitó a hacerles compañía esta tarde utilizando sus contactos. Y Kimitake no dejará pasar la oportunidad de ser leído, admirado por él.

Trajo su relato más reciente, su pequeña bola de oro bien pulida.

Y va a mostrarla como es debido.

Toca la puerta de Kazu desesperado, es probable que Kawabata ya esté ahí. Lo hace tres veces con el puño. *Ábranme, por favor.* Kazu no atiende, sigue entre risas. Toca otra vez como uno de esos adictos que se quedaron sin dosis y van a conseguirla en medio de la noche. Y qué dirá Kawabata al verlo así, ¿se asustará? ¿Cuál es la primera impresión que da alguien que se presenta con la cara sucia y adolorido? Si no ha llegado, si por alguna razón viene con retraso, aprovechará para limpiarse lo más posible. Ahora mismo se peina un poco, lo más que pueda por si ya está dentro. Traga saliva, toca fuerte, quiere destruir la puerta, no abren, hace rabietas, después se calma, respira hondo, saca del bolsillo las hojas de papel que albergan su historia dorada, esas hojas son lo más importante: sus dedos las manchan un poco.

La primera reacción de Kazu al abrir la puerta después de varios minutos es el horror. Echa un vistazo a la cara de su amigo, a la ropa y las hojas que sostiene, se sorprende ante sus dientes apretados, mostrándose.

Y escucha a Kimitake decir con aliento corto, la voz seca:

—¿Está aquí? ¿Ya llegó?

Kazu no responde.

—¿Nunca has visto sangre o qué?

Kazu informa que Kawabata no ha llegado, que no está ahí. Que la sangre sí la ha visto. Que, en efecto, la está viendo.

—¿Qué te pasó, Hiraoka? —pregunta Ishida, el de treinta y cinco años.

—La guerra me pasó.

Deja la bicicleta contra una de las paredes y corre al baño. Desde ahí grita:

—¡El furgón de pan se me atravesó! La gente no debería andar por ahí suelta a toda velocidad, es irresponsable.

En el baño se enjuaga con la palangana. Se frota las mejillas, hace gárgaras y espera que *él* no llegue en ese momento, que le dé al menos el espacio de corregirse, ajustarse la cara, ser el niño bueno de veinte años que escribe historias que a nadie le importan. Podría pedir a Kazu una camisa prestada, pero no lo hará. Cuando lee sus textos en voz alta le gusta usar siempre una camisa verde o negra y este día no será la excepción. La camisa es verde hoy, es nueva y fue comprada con mucho sacrificio. Ahora su cuello está rojo y será difícil devolverla a su estado original, la oportunidad de lucirla se ha esfumado y nunca volverá a acontecer.

No ha llegado. Una alfombra persa sustituye al tradicional tapete de bambú tejido y ahí se sientan los cuatro en silencio. Debería haber un quinto, pero no está ahí. Kimitake ni siquiera sabe cómo es, nunca lo ha visto en retrato. Es probable que Kazu, Taro e Ishida sí. Ellos tres. Tan iguales y salidos de idéntico cascarón, la misma escritura sosa. Y sin buenos atributos. Y los tres quieren saberlo todo acerca de los escritores mayores, tienen el dato de dónde nacieron, cuántos hermanos tienen, dónde viven, con quién se casaron y con quién no, qué desayunan, qué tipo de zapatos se ponen; a Kimitake no le interesa nada de eso, la colectividad se le resbala. Acerca de Kimitake los compañeros no saben nada, Kimitake les ha dicho que su padre murió en un bombardeo y que comparte con la madre viuda una casita alquilada en Shibuya: la vida de un escritor es siempre ficción. No ha llegado, no llega. Él mira la puerta atento, porque podría hacerlo en cualquier momento y cuando eso ocurra, se levantará.

Kimitake:

—¿Estás seguro de que viene?

Kazu:

—Sí, Hiraoka, me lo dijo en un telegrama.

—Ya se tardó —dice Taro.

—No importa, hay que empezar ya —responde el anfitrión, fastidiado.

Para decidir quién lee primero lanzan una moneda. Ishida lo hace, echa al aire el yen que guardan para la ocasión. Hoy deben leer Kimitake y Kazu, pero quién primero. El tiempo breve que tarda en caer una moneda puede determinar el futuro. Hoy, para Kimitake, marca una diferencia: Kawabata va a escucharlo leer o no lo hará. Desea que le toque al último. Esos instantes, cuando la moneda gira —plateada, ligera— Kimitake siente otra vez el sabor de la sangre en la boca. Y cierra los ojos hasta que escucha, de la boca de alguno de los compañeros —no sabe cuál— el nombre elegido:

—Kazu.

Sonríe con los ojos cerrados. Hay tiempo todavía.

Kazu se acomoda espigado en la alfombra, con su suéter negro.

—Este es el mejor que he hecho —dice.

Una joven llamada Chieko y un joven llamado Kenzo se conocen una tarde en la estación de tren. Chieko es costurera, pobre.

—Este personaje está inspirado en una chica de por aquí —se interrumpe Kazu.

—No nos importa, sigue.

Chieko tiene una dificultad: desde hace meses no entabla ninguna relación con nadie, ni amistosa ni afectiva. Y tiene un gran dolor: su mejor amiga murió en un bombardeo. Esa amiga, también costurera como ella, era tan cercana que ambas habían creado un idioma propio que solo podían hablar entre sí, pero que ahora es lengua muerta.

No llega, no toca la puerta.

Tras su deceso, Chieko se pasa las tardes en el taller de costura y de vez en vez sale a fumar. Su vida cambia cuando conoce a Kenzo. Kenzo es atractivo, burócrata, y si se acerca a Chieko es porque algo en su rostro le parece familiar.

No viene, algo debió pasarle.

—A Chieko algo en el rostro de Kenzo también la parece familiar. Kenzo parece ser una persona que guarda un gran secreto, o uno de esos grandes misterios del alma humana. Se miran bajo la luz de la estación de tren a mitad de la tarde. Las abejas zumban.

Quizá no venga. Se quedará con sus hojas y su camisa verde nueva.

Chieko y Kenzo comienzan a salir, sobre todo por las noches. Muy pronto Chieko descubre algo: Kenzo y su amiga fueron compañeros de escuela durante los primeros años, o al menos es lo que le cuenta él. Eso le da a Chieko la sensación de que nada es casual y que debe conocer detalles íntimos de su amiga que no conocía hasta entonces, averiguar su infancia, pero en el camino termina, vaya sorpresa, enamorada perdidamente de Kenzo, un hombre encantador.

Quizá toque la puerta ahora, en un segundo.

No es así.

Kimitake escucha la voz de Kazu, pero nada sabe, no le interesa lo que lee; ante cada rama quebrándose afuera, ante cada ruido imprevisto de un motor, gira la cabeza hacia la puerta; venga ya, señor Kawabata; ante cada *no te vayas lejos, Hiroko-san*, que se alcanza a percibir hasta el último piso, él levanta los ojos. Es imposible estarse quieto, cruzar las piernas, mantener la postura. De todos los sonidos, nunca es el sonido de la nieve el que arrecia, nunca es ese autor, el que Kazu prometió que vendría, el que aparece.

—¿Me dejarás cuando te lo diga todo, Chieko? Chieko baja la mirada.

Ishida enciende un cigarro.

Es entonces que se escuchan golpes en la puerta y Kimitake se levanta, reacciona de inmediato.

El corazón a cien, a ciento cincuenta, saliéndose por la boca.

—Ahí está Kawabata —dice Kazu frotándose las manos—. Prepárense, amigos. Les advierto que voy a empezar a leer otra vez, todo desde el principio.

Pero no es Kawabata quien tocó. Es un vecino flaco y de piel sucia. Se queja:

—Las escaleras están llenas de lodo, señor, vimos a su amigo entrar, va a tener que limpiarlas.

Que se vaya lejos. Kazu le cierra en la cara.

—¿Qué se cree este perdido, que lo voy a hacer?

—Dame un cigarro, Ishida —pide Kimitake.

Se pone a fumar, ansioso. Y no le resta sino escuchar con atención lo que queda del relato, ya convencido de que Kawabata no aparecerá, de que no serán amigos nunca. El lunes siguiente tomará de nuevo su clase de Derecho Elemental y otra de Historia de las Leyes; más tarde, piensa, tirará la camisa verde a la basura, escribirá un relato nuevo. Pasan varios minutos y la tarde se agota, en el asfalto se escuchan las carcajadas delirantes de uno que sí encontró un hueso de pollo, hoy tendrá cena; el rostro de Kazu se conmueve a medida que lee el final: es Chieko quien, tras descubrir que Kenzo nunca conoció a su amiga muerta, que todo fue una mentira para conocerla y abusar de su confianza, quien lo abandona a él después de tres años; se miran por última vez en el lugar donde se conocieron: la estación de tren. Chieko sube al tren. El tren avanza. Kenzo se queda en la plataforma y espera que ella gire la cabeza para despedirse, pero Chieko no lo hace, mira al frente. Hay algo que Kenzo no alcanza a ver: ella corta con unas tijeras la parte inferior de su suéter, lo destruye, lo regresa a su estado original: largas hebras. El suéter era de su amiga.

Vaya porquería. De eso no se tratan la vida ni la pasión. Si es eso el amor, piensa Kimitake, *que me maten de una buena vez. Ojalá me hubiera arrastrado el furgón por toda la cuadra.* Pero cuando Ishida y Taro comienzan a aplaudir y dicen *magnífico*, los dos al mismo tiempo, cuando le preguntan a Kazu de dónde se ha inspirado para encontrar esa imagen tan original, la del suéter siendo cortado, Kimitake piensa que Ishida tiene una novia desde hace varios años y que Taro también, que ellos quizá sí conocen el amor y que él, por otra parte, no lo conoce. *Pero sí que amo*, se dice. *Amo mi reloj de plata y amo lustrar mis zapatos en silencio a las tres de la mañana y amo la lluvia de fuego y también la nieve, pero, ¿a una persona, cuándo?*

¿Cuándo una persona me ha amado a mí?

Nunca.

Y se enciende otro cigarro.

Más tarde lee su relato con voz endeble, sin ánimos. Sigue sin llegar. Quizá Kazu le mintió, nunca conoció a Kawabata y todo se trató de una broma para hacerlo sentir novato. Una costilla le duele, pero se ha contenido desde que subió las escaleras. La sesión de lectura termina y fueron cuatro, no cinco. Kimitake se acerca a la ventana y mira hacia abajo, escupe al vacío. Sostiene su cigarro entre el índice y el dedo medio y se da la vuelta, deja su cuerpo bien recargado en el alféizar. Mira concentrado la alfombra. Los últimos rayos de la tarde hacen que su figura se aprecie a contraluz. Si alguien tomara una fotografía ahora, esa fotografía atestiguaría el momento en el que el joven Hiraoka pensó dos cosas: una: no voy a conocerlo hoy; la otra: quizá habría sido él la primera persona que llegara a amar en serio.

El teléfono suena.

Kazu, que vive en el barrio de las chicas maquilladas y los sin hogar, tiene uno.

—¿En el Barrio Latino?

Hace una seña para que le pasen algo con que anotar.

—Sí, vamos cuatro.

Al colgar el teléfono se frota las manos de nueva cuenta.

—Kawabata viene, pero no aquí. Estará en una fiesta en el Barrio Latino. Y nos invita.

Kimitake echa su cigarro a la calle y se apresura a tomar la bicicleta. Los otros recogen sus cosas.

—¿Está bien si la llevo?

—No, la bicicleta déjala —dice Kazu—, qué imagen vas a dar. Te presto una camisa. Y límpiate bien la cara. Ya es suficiente vergüenza escribir como tú.

CLASIFICATORIA I

Tarjeta postal de Hiraoka Kimitake al señor Kawabata Yasunari
Nikaido 325, Kamakura, Tokio
17 de octubre de 1945

Estimado señor:

No nos conocemos todavía, pero un amigo en común, Kazu se llama, me hizo el favor de proporcionarme su dirección. Quería agradecerle los generosos comentarios que hizo a mi relato "El guerrero del periodo Muromachi". Leerlos en el *Bungei Bunka* fue una grata sorpresa para mí. Tan grata que mi corazón explotó como explotan los cerezos de esta ciudad durante la primavera, con toda su frescura. Usted entendió a la perfección mis intenciones de traer una historia de lucha a la realidad tan desoladora que atravesamos, el relato de aflicción de un mártir de las épocas pasadas. Me tomó casi dos años terminar ese cuento. Soy un escritor joven y ser leído por una de las —me atrevo a decirlo, señor— ya grandes figuras de nuestra literatura nacional es algo que me atraviesa y está por encima de mi ser. Me gustaría seguir conversando, ¿me permite invitarlo a tomar un té? Algo en mi interior me dice que usted y yo estamos destinados a ser grandes amigos. Anoto mi dirección enseguida y le envío un atento saludo.

HIRAOKA KIMITAKE

No hay respuesta.

ANTIDOPING
en Tokio, 1945

La fiesta acontece en un jardín de Ochanomizu, al norte de la ciudad. Faltan algunos años para que esta zona se convierta en un rincón de músicos y de tiendas de instrumentos, pero ya se respira ese aire. Los árboles se mueven al ritmo del viento, aunque no son palmeras ni araucarias. De un tiempo atrás a este sitio le llaman el Barrio Latino, nada de latino hay. Ningún mariachi se tira al suelo, flautas de Bolivia no se ven. La denominación responde a la mera necesidad de exotismo, al ánimo de los pintores, los escultores, los novelistas y también de algunos hijos de padres adinerados, como Kazu, que ningún talento tienen, pero encuentran estimulante juntarse con quienes sí. Ese tipo de personas acude a la fiesta a la que ellos llegan. Por supuesto, a Kimitake y los otros dos nadie los conoce, apenas hacen su debut. A Kazu sí. Se habla de importantes músicos, también de alguien que terminó en África como traficante de armas. La gente no tiene otro tema de conversación, el arte es su vida, pero su vida no es arte. En casa, todos ellos llevan las rutinas más mundanas y se aburren de su propia existencia. Para revertir dicho estado, recurren al alcohol de todas las graduaciones. El alcohol lleva a los que no tienen talento a pensar que sí lo tienen; a quienes lo tienen, los lleva a desperdiciarlo.

Por eso él se niega. Por más que le insisten, no tomará ni un trago del sake, tampoco de la única botella de ginebra disponible que alguien abandonó en una de las mesas del jardín. Qué poco sabe. Todavía cree que no lo necesitará, que al mundo hay que verlo en estado puro y sobrio. Kazu le extiende la copa y él dice que *no, muchas gracias*. Se acerca a un grupo y los escucha hablar de Oscar Wilde. Él ama a Wilde y por eso asiente ante todo lo que se dice, pero no participa en la conversación, no encuentra el momento justo de hacer su entrada. En el grupo todos ya se conocen entre sí y él no forma parte. Se queda unos momentos más y después va a otro grupo, luego a otro, como una mosca que inserta sus patitas en los postres exhibidos, pero no alcanza a probarlos. La fiesta se desmigaja, las botellas van vaciándose, poco a poco llegan nuevas personas y otras se van. Ninguna es Kawabata.

Recargado en la puerta corrediza que divide el jardín y la casona donde acontece el encuentro, Kimitake imagina la conversación que van a tener dentro de poco, cuando él llegue, se miren de lejos y crean reconocer en el otro algo familiar. Kawabata le preguntará, al ver su rengueo por el pasto y su mano sujetándose el abdomen, qué le ha ocurrido. Kimitake le contará todo: el furgón de pan, la caída. Kawabata reconocerá su dolor. Kimitake piensa que eso lo convertirá de inmediato en un artista verdadero, alguien que sufre. Kawabata dirá que él ama el pan y que también ha sentido algunas veces un dolor parecido en la costilla izquierda, una fisura existencial. Asentirán, van a reírse. Kimitake le dirá todo lo que le ha querido decir. El otro le dirá a él todo lo que le dice a quienes desean conocerlo o lo conocen por primera vez, pero será distinto, porque ahora sí, piensa Kimitake, el otro habrá encontrado en alguien más joven a un verdadero compañero, un leal perro de caza.

Fabrica muchas versiones de esta conversación hasta que el ánimo de la fiesta lo distrae: las risas son cada vez más altas. Mira todo desde el margen. Nunca creyó estar en una fiesta privada en esta zona de la ciudad. El cielo es azul oscuro y una nueva brecha se abre ante él: está rodeado, como nunca antes había estado, de personas que tienen intereses parecidos a los suyos. En casa, su familia espera creyendo que está en un grupo de estudio del Derecho romano, pero en este momento es, más que un futuro abogado, alguien que ha publicado cuentos en algunas revistas y tiene la ambición de seguir haciéndolo.

El aire es cálido y en el bolsillo lleva, todavía, las hojas que mostrará a Kawabata.

Se entretiene contando las copas que han quedado medio vacías, todo el desperdicio de vida humana. Ha visto a su padre en estado eufórico después de tomar siete vasos de licor de arroz dulce, también a algunos soldados, por la calle, con la mirada perdida. Son más de treinta los vasos que cuenta. Y la impaciencia atiza. Sobre la hierba los chicos bailan o hacen vueltas de carro. Uno ayuda a otro que tuvo ganas de vomitar después de su acrobacia. Las chicas quieren lanzar al aire globos de papel y recortan con prolijidad. La fiesta ha alcanzado un estado delirante, como si las últimas oleadas del verano llegaran al jardín, con todo su calor.

Kawabata debe ser frío como la punta del Fuji. Kimitake busca a Kazu para preguntarle una vez más si llegará pronto. Lo encuentra al fondo del jardín, enredado con una chica. Kazu y la chica aproximan sus cuerpos sin ninguna consideración, sin notar la presencia de Kimitake. Kazu le pasa la mano por la cintura y ella entierra las uñas en la camisa de él. Kimitake los mira ensalivarse, no siente nada, examina sus movimientos con indiferencia. Cuando terminan, la chica dice que va a buscar un trago más y se aleja. Kazu gira la cabeza y nota a su amigo ahí. En su rostro hay una frescura nueva, algo de presunción. Muchas veces Kazu le ha preguntado por qué él no seduce a alguna chica de su barrio o de los alrededores de la universidad. *Ya ves, Kazu, soy demasiado exigente. Y una persona muy ocupada.*

Kimitake pregunta a Kazu por qué Kawabata no está. Confronta. Lo llama mentiroso.

—¿Es en serio que lo conoces o te lo inventaste? Llevamos más de dos horas aquí.

Kazu responde que pare de joderlo, que ya aparecerá. Le da un empujón.

—¿Por qué no te diviertes, Hiraoka? No sabes hacerlo, nunca estás bien. Ya van a lanzar los globos, mira…

Kazu se aproxima a la multitud que se ha formado en la hierba. A la gente le emociona ver los globos ascender iluminados. Globos de papel de China. Kimitake permanece contra el muro y escucha sus expresiones de asombro sin que le importe el espectáculo. Es ahí, en la zona oscura, en la última parte del jardín, que tiene de súbito la impresión de que un cuchillo lo atraviesa, una espada muy liviana. Alguien lo está mirando. Es una chica, también apartada de la multitud. Él no sabe qué hacer. La mirada lo recorre de arriba abajo y no se despega de él. La chica alza la copa, risueña. Kimitake siente asco.

Quisiera huir. Decide integrarse a la multitud, perderse, pero ella sigue mirándolo. Cuando él gira la cabeza, ella está detrás, con su blusa negra. La muchacha no lo dejará ir, tiene el deseo de conocerlo, en una fiesta todos se conocen. Lo ha examinado desde que llegó y ahora, tras unas copas de más, ejecutará su plan. Se aproxima a él con discreción, también se interna entre la gente y se abre paso hasta quedar a su lado, como si tirara de una caña de pescar que le traerá un secreto marino. Se planta ahí. Finge, como él hace, mirar los globos. Tras un minuto lo decide:

hará contacto. Extiende la pierna —una pierna delgada, envuelta en una media negra— y alcanza la pantorrilla de él. Empieza a mover la pierna en diferentes direcciones. Nadie se da cuenta de este intercambio. Ella sigue mirando hacia arriba como si nada ocurriera, pero de vez en vez busca los ojos de Kimitake, su reacción. Kimitake no la interpela en ningún momento; es más, permite que ella siga haciéndolo, que insista. Él cede sin saber por qué. La chica pregunta:

—¿A dónde crees que lleguen los globos?

Y él responde:

—A ningún lado.

Se da la vuelta entre náuseas y corre al interior de la casona, se extravía entre los muebles y los adornos florales; pasa pronto el salón principal, casi tropieza; va por las escaleras hasta el segundo piso, está mareado; esta casona se parece a la mansión del emperador Hirohito, tan elegante, sin duda laberíntica, quizá es la misma, quizá él nunca ha salido de ahí; sube las escaleras, pero ella viene detrás y su mirada es un alambre que lo atraviesa por la mitad, su pelo asimétrico se agita a cada paso; ella quiere interactuar con él y sabe que este es el momento; ella confunde el gesto de él con una invitación a perderse en cualquiera de las habitaciones, no importa cuál; él suda, en el pasillo de la planta alta abre una puerta, luego otra, pretende encerrarse en el baño, no lo encuentra; la casa es un safari y él es un ciervo pequeño; ella primero ha guardado su distancia, pero ahora lo alcanza, justo en el momento en que él encuentra el baño. Se quedan frente a frente. Ella jadea. Él increpa:

—¡Deja de seguirme!

—Solo estaba buscando el baño —responde la chica—. Lo encontraste.

Y saca de su bolso un labial.

Ese labial es un anzuelo de pesca, un gesto inesperado. Es de suponerse que un muchacho japonés de veinte años y en plena posguerra no sepa nada de maquillaje. Ni que conozca la forma de una barra de labios o de un rizador de pestañas. Él sí. Él es único. Por eso no despega la vista del artefacto, ocho centímetros de belleza pura. Ella le quita la tapa. La cera es de color magenta.

Ella pregunta:

—¿Quieres pasar primero?

Él dice que no.

Entonces la chica entra, pero no cierra la puerta tras de sí. Se baja el atuendo y orina largamente sobre la cerámica, en cuclillas, sin inmutarse de que él esté ahí, mirando. Despega las piernas un poco, pero no lo suficiente como para que él tenga acceso. Es una mera sugerencia, un destello. Él no se mueve, la mira hacer. La chica desea que él entre al baño, cierre la puerta y le ponga el seguro. Él desea arrebatarle el labial, eso es lo único que le importa. *Entrégamelo*, quiere decir, *tu atrevimiento debe retribuirme alguna cosa*. Y ella sigue sosteniendo la barra, su punta hacia arriba, como un faro.

Nadie sube hasta acá, todos se emboban con las constelaciones y el sake a temperatura ambiente. Pasa un rato y la chica se acomoda la ropa con cuidado.

Enseguida va al espejo. Se dará un retoque.

Es demasiado. Él entra al baño y cierra la puerta. Ella ríe. Kimitake se le acerca y, entre carraspeos, pregunta:

—¿Dónde conseguiste *eso*?

Señalando el labial con un movimiento de cabeza, jadeante.

—¿Te gusta? En el mercado negro, doscientos yenes.

Se gira al espejo y se pone un poco más.

—¿Puedo probarlo? —pregunta él.

—Claro que puedes probarlo.

A ella no le sorprende la pregunta, si se lo pone, todo sería más divertido. Kimitake extiende la mano y, con voz firme, quizá más grave de lo habitual, afirma:

—Quiero probarlo.

La chica se desconcierta. El muchacho frente a sí es quizá una de esas personas que tienen fetiches muy específicos, alguien raro, pero eso también resulta divertido. Le extiende el labial, gira su rosca para que salga un poquito más de cera y él lo toma con la derecha. Se gira hacia el espejo, se contempla: por un momento imagina cómo será sentir ese color invadiéndolo y qué tan exacta debe ser la presión que uno hace para aplicar la cantidad necesaria; lo imagina y el baño desaparece, la chica desaparece, la casona y el jardín desaparecen, la cuadra, la ciudad entera, el océano Pacífico: queda él, nada más, con un labial entre los dedos.

No se lo pondrá en la cara. En vez, se sube una de las mangas de la camisa, la dobla con cuidado y muestra su antebrazo pálido. Traza una línea magenta sobre su piel, no sonríe, la dicha se la guardará para sí. Más tarde acomoda la manga en la posición previa, devuelve el labial y dice:

—El color es espantoso, pero gracias.

Y sale del baño. Detrás, la chica no puede creer lo que acaba de ocurrir, ha sido extraño, ese color es el mejor de todos y el tipo, un insolente. Le grita que es un raro, un imbécil y un tramposo, pero Kimitake ya está lejos. Para él, volver al jardín es como regresar a la playa después de nadar muy dentro en un mar agitado. Es un alivio estar con los bañistas sobre la arena, en la brisa cálida. La fiesta sigue su curso y prefiere olvidar la escena previa. Ahora lleva un tatuaje y lo mirará más tarde. Ishida y Taro conversan en una de las mesas, se les une. Ellos son los únicos con quienes puede conversar. En ese momento un hombre de mediana estatura se integra al banquete y las personas empiezan a mirarlo, a cuchichear. Por la reacción, tan desmedida, Kimitake piensa: *es él, ha llegado.* De inmediato un muchacho se le va encima a ese hombre, luego otro, lo saludan con efusividad. Kimitake no creyó que Kawabata sería así, lo imaginaba un poco mayor. Ni que sería tan jovial. El señor pide que le sirvan una copa y son dos los que compiten para entregársela: uno le lleva sake y el otro ginebra. Él acepta las dos. Se las bebe de inmediato.

—Voy a hablar con Kawabata —dice Kimitake a Taro.

—Ese no es Kawabata —dice Ishida—, es Osamu Dazai.

Sobre lo que aconteció después hay diferentes versiones. Ishida, a los cuarenta y cinco años, confesará que, al ver a Osamu Dazai, Kimitake vomitó; que Kimitake nunca pudo soportar a Dazai y que, al verlo aparecer, el estómago se le deshizo. Taro no va a estar de acuerdo. Taro dirá, también años después, que lo que Kimitake hizo fue quedarse con ellos durante un rato, sin atreverse a ir con Dazai, a pesar de que, *varias veces me lo dijo,* dirá a la prensa, *él también tenía el deseo de conocer a Dazai, así como tenía el deseo de conocer a Kawabata y a tantos otros, porque a sus veinte, Kimitake ya tenía la suficiente visión de que esa era la única forma de llevar a cabo sus deseos, vinculándose con las personas más apasionadas y desechándolas más tarde, una vez que se cansara de ellas.*

Kazu dirá: *así hizo con nosotros, dejó de hablarnos de un día para otro, dejó de asistir los jueves.*

Y el que vomitó fue Ishida, dirá Taro, *cuando llegó Dazai a la fiesta fue Ishida el que, quizá por su emoción, se hincó sobre la hierba y expulsó un líquido verde.*

Los tres adorábamos a Dazai, dirá Kazu, *Kimitake no.*

Los amigos coincidirán en lo siguiente: Kimitake les dijo varias veces que los cuentos de Dazai no le gustaban, que su escritura era demasiado incómoda y no iba con los valores de la época. Que eso lo había dicho pateando la bicicleta o aventando un cigarro a medio encender por la ventana o marchándose a casa, sin terminar la cena.

También recordarán, de esa noche, a Dazai beber una copa tras otra, a Kimitake fumarse un cigarro tras otro y observarlo bailar, dar una vuelta de carro, ponerse sobre un pie y guardar el equilibrio, navegar de grupo en grupo, balancearse para que no se le cayera el trago, negar con la cabeza.

Pero en la fiesta, a finales de octubre del cuarenta y cinco —año vigésimo de la era Showa—, ninguno de los tres alcanza a penetrar en la mente de Hiraoka, ni saben lo que piensa: el cabello de Dazai está perfectamente peinado. Y, si Kawabata es la nieve, piensa, Dazai es el ácido sulfúrico.

Quizá son los nervios, o la necesidad de ponerse al *ring* y alzar los puños, o el disgusto que le dio ese encuentro con la chica, o una nueva fuerza que nace recién al ver a alguien ser el centro de atención, lo que lo anima. Se inclina una de las copas a medio vaciar y se enjuaga la boca con el sake, limpiándose las heridas que no han cerrado, recordando su accidente. Arde. No traga el líquido, lo escupe. Y después va directamente, todavía con la boca quemada, a presentarse con Dazai.

Al principio Dazai y él hablan de cualquier cosa, de música y de las noticias, como todos los demás. De Wilde. Para entonces, Dazai ya desvaría. Se deja rodear de personas que acuden a él y le tocan los brazos, esperando que les transmita algo por ósmosis. Dazai no desea transmitir nada, solo escucha a medias lo que Kimitake dice: que la posguerra no es tiempo de escribir historias como las que él hace y peor aún, publica. Que su escritura no le gusta y que cada vez que mira su nombre aparecer entre las páginas de alguna revista le dan ganas de destruir la revista y quemar cada trocito de papel por separado. Que es un embustero y un mal escritor. Que él va a combatir con su espada esa mala práctica. Y que tenga cuidado.

Dazai revuelve su sake y lo traga.

—Si te importa tanto lo que hago —responde—, es porque algo ves ahí de ti que no reconoces.

Dazai aprieta el vaso con tanta fuerza que parece a punto de estallar. Luego dice:

—Y porque en el fondo te gusta más de lo que crees.

La frase lo hiere, es filosa, el jovenzuelo se marcha. Escucha las risas de Dazai y compañía, burlándose de él. Alcanza a ver a la chica del labial: ella también lo señala con el dedo y ríe. Sus compañeros no aparecen por ningún lado.

No es así, piensa cerrando los ojos, *yo nunca voy a ser como él*.

—Ofendiste a Osamu —le susurra uno un poco más tarde—. No deberías hacer cosas así.

Y cuando Kazu vuelve —a saber dónde ha estado—, Kimitake dice que se retira y que pasará por su bicicleta al día siguiente, que Kawabata no vino y que si llega, le pida por favor que le responda la postal que le ha enviado dos semanas atrás.

—Solo eso te pido.

Kazu asiente, Kimitake niega con la cabeza.

—¿Cómo puedes juntarte con gente así? —le dice—. ¿Cómo puedes tener un amigo como Dazai, tan idiota?

Deja atrás a Kazu, las bombillas eléctricas, la hierba, el papel chino mal recortado, las botellas vacías; entra a la casona y va a la puerta, sale a la calle, irá a pie hasta su hogar, la única dirección disponible. No se atreve a reconocer lo que surge en él, una admiración por el escritor que confrontó. Y por su magnetismo. Una necesidad de hacer de él mismo alguien así. Un deseo de tocar su cabello revuelto, pero al mismo tiempo tan bien peinado.

Él quiere ser como Dazai, pero no va a confesarlo. No confesará que Dazai no le atrae por su simpatía, sino por su físico, por su seguridad. Que le gusta. Algo que no puede compartir con Ishida ni con Taro, ni con nadie que tenga un labial por estas calles; algo que, como el tatuaje, hay que llevar oculto.

Cuando llega al fin de la cuadra escucha un grito:

—¡Oye!

Es Dazai, viene rengueando hacia él.

—Quería decirte algo más...

Kimitake no alcanza a preguntar qué quiere decirle.

Dazai le da un puñetazo, lo patea, lo echa al piso y va contra él. Le azota la cabeza contra el asfalto. *Defiéndete*, podría decirle.

Kimitake no se defiende, no sabe cómo.

En el fondo siente placer.

Saca como puede las hojas con el cuento que iba a mostrarle a Kawabata.

Las avienta hacia Dazai.

—¡Esta es mi arma! —dice.

Pero a Dazai no le importan las hojas, no las toma.

Escupe al suelo y, entre carcajadas, se da la vuelta, hacia la oscuridad.

CLASIFICATORIA II

Carta de Hiraoka Kimitake al señor Kawabata Yasunari
Nikaido 325, Kamakura, Tokio

31 de octubre de 1945

Admirado señor, sé que ha estado enfermo las últimas semanas y lamento mucho la situación. Quizá son los vientos repentinos que azotan la capital los que le han producido el resfriado. Mi amigo Kazu me informó que ha estado usted guardando cama y deseo, con todas las fuerzas de mi corazón, que se levante pronto. Estuve esperando que llegara a la fiesta en Ochanomizu el pasado día veinticuatro. Quería mostrarle mi relato más reciente, pero no tuve oportunidad de hacerlo. Ahora veo por qué.

Como le comenté en mi postal, tengo muchas ganas de conocerlo en persona. Estuve releyendo *País de nieve* y disfrutándolo mucho. Deseo que venga el invierno y que este año, de gran derrota, pase pronto. Quizá se convenza de responderme si le cuento un poco más sobre mí y sobre lo que hago. Después de todo, debe recibir usted muchas postales parecidas de personas como yo.

Tengo veinte años y soy estudiante de derecho en la Universidad de Tokio, pero mi sueño, desde que puedo recordar, es ser escritor. Reparto mi vida entre los estudios y el arte. Creo en el arte, más que en otra cosa. A las nueve de la noche, la mayor parte de la semana, me encierro en mi habitación y me pongo a escribir hasta las tres o cuatro de la mañana, a veces hasta que escucho los pájaros trinar afuera de la casa. Mi habitación no tiene ventanas y creo que eso es mucho mejor, así no hay distracciones. A veces, también, me olvido de comer. Creo que no comer es mejor para el espíritu, sobre todo para el espíritu de un artista, porque la cabeza y el cuerpo ya están demasiado llenos de fantasía y no conviene meter nada más dentro de sí. Y también porque abstenerse es mejor para quien, como yo —y quizá también como usted—, cree en el ánimo romántico y liviano que todavía debería regir nuestra nación, a pesar de su evidente catástrofe.

Quería preguntarle si usted también cree que las palabras son la mejor arma que tenemos frente a la realidad. Las palabras actúan como rifles, como bombas. Y pueden matar. Los últimos tiempos no sé bien cómo usarlas. Me quedo a la mitad del relato y el final se me presenta como un campo vacío. Cuando eso ocurre, quisiera cortarme las manos. O quemármelas. De nada sirve tenerlas si uno no puede llegar al final. Experimento una frustración tan grande que fumo a escondidas de mi padre, o voy a la cocina y miro los cuchillos con los que mi madre corta verduras o tripas de pescado. Los tomo y los examino. Esos cuchillos siempre me dan la respuesta. Tras mirarlos un largo rato vuelvo a mi habitación y consigo por fin terminar la historia, ¿le ha pasado algo así? De cualquier manera, casi siempre tengo la impresión de que lo que escribo no vale la pena y nadie lo leerá. He publicado en algunas revistas, como usted sabe, pero no he encontrado lectores. Quizá yo soy mi mejor lector. Le confieso algo: cuando leo mis propias historias me conmuevo de una manera tan desmedida que me pongo a llorar.

No sé por qué, pero tengo ganas de confesar otras cosas. Hace poco encontré en un periódico una nota sobre Mikio Oda, un atleta de nuestra nación. Oda fue campeón en el salto largo y el salto de altura en los campeonatos nacionales de 1923, dos años antes de mi nacimiento. Quizá usted, como yo, no sepa mucho de deportes. En todo caso, leer la nota y conocer las hazañas de Oda me dio una respuesta que había estado buscando en mi oficio durante largo tiempo. Cuando leí la forma en que Oda describía su manera de dar saltos y perseguir una distancia considerable, me identifiqué. Yo mismo me siento así. Imagino que cada frase es una acrobacia y el lenguaje da giros. O que cada frase es una pelota de tenis —como aquella con la que jugaron Kumagae Ichiya y Kashio Seiichiro en las Olimpiadas de 1920, a ellos también los mencionaban en la nota— que se alza al vuelo y traza una parábola. No sé. Quizá el lenguaje y la literatura también pueden ser una demostración de fuerza y agilidad física, ¿qué piensa usted?

No soy para nada como Oda, ya lo verá. Soy un muchacho delgado y me cuesta cargar los costales con papas o zanahorias que compramos en el mercado. De un tiempo atrás siento una curiosidad que me lleva a buscar experiencias de otra naturaleza: paseo en bicicleta, escalo las ruinas de algunos edificios que se destruyeron, doy saltos lo mejor que puedo. Los cuchillos ya no me bastan, necesito a veces demostrarme que existo. Sin embargo, soy muy débil, lo repito, y experimento un miedo profundo cuando me llevo a mis límites de capacidad física. A menudo me quedo sin aliento. Y el aliento tengo que guardarlo para escribir, antes de que se escape.

Tengo dos héroes: Mikio Oda y usted.

Espero sus comentarios con ansia.

Y por favor, dígame si podemos ir a tomar un té, hay un lugar en Shibuya que pienso le gustaría mucho.

No se quede sin aliento, señor Kawabata. Recupérese pronto.

Le escribe con admiración,

HIRAOKA KIMITAKE

No hay respuesta.

Tampoco hay respuesta a las cartas del nueve de noviembre y del dos de diciembre. Ni a la postal del veintiocho de noviembre, que exhibe un puente de media luna, el monte Fuji detrás, la escogió con mucho cuidado en un kiosco. La bicicleta la lleva a un taller cercano y la dejan como nueva. Otra vez es el mismo, nunca ha dejado de ser el mismo. Va con prisa y sigue esperando. Los días pasan, las aves. Los zapatos se limpian a las tres de la mañana. La camisa verde está al fondo del armario, inservible. El lodo, el viento, la necesidad de saltar, sobre todo saltar. Usar las piernas. Ser fuerte.

Distinto.

Ganar el oro.

Pero quedarse, como siempre, sentado en la habitación sin ventanas, a oscuras, imaginándolo todo.

ESQUÍ
en Tokio, 1946

Catorce de enero. Cumpleaños. Día especial. Para comer hay lo mismo que cada vez. Abrazos del padre. Palabras de la madre: *puedo recordar el momento exacto en que naciste.* Bajar la mirada. Incomodarse. Recibir obsequios. Preguntarse si así es el cariño. Dejarse llevar por la casa hasta la pared donde el padre ha marcado la estatura de los hijos. Permitir que el padre ponga una nueva marca y diga: *estás cada vez más alto,* pero no escuchar eso. Ni saber qué significa cuando le dicen que el regalo de la vida es uno solo. Desvariar. El licor de arroz que el padre bebe sin detenerse. El licor de arroz que el padre comparte con la madre de vez en cuando, *pero no mucho, no te lo acabes.* El sol entrando por la ventana. La nieve en el alféizar. Frotarse las manos. La afirmación: *naciste en invierno, no en verano, por eso eres tan frío.* Otra afirmación: *por eso no nos quieres* —el hermano desde una esquina—. *Por supuesto que los quiero,* responder, pero no creer lo que se dice. Evadir las miradas. Extenderse en el tatami sucio. Encender velas. Pirotecnia. Morderse las uñas. Oler el aroma rancio de la casa. Escuchar al padre decir que puede recordar la primera vez que Kimitake se cayó de niño. Girar la vista hacia el hermano cuando dice que él, la primera vez que se cayó de niño, se levantó solo. *Sí, pero tu hermano nunca pudo levantarse por su cuenta.*

Enroscar la lengua, rascar el tejido del tatami, tener ya suficiente. Levantarse de un salto entonces. La habitación, el abrigo, la bicicleta. Los pasos rabiosos directo a la salida, el no poder salir. Los reclamos: *a dónde vas, es tu cumpleaños, debes estar en familia.* Y la insistencia: *Kimitake no nos quiere, se los digo todo el tiempo.* Dar como respuesta un *volveré más tarde,* prometerlo casi con afecto pero no sentir ninguno. Es más, no querer volver nunca. Cerrar la puerta tras de sí y navegar por las calles de la ciudad a principios de año. Pedalear con fuerza, con poderosa energía. No fijarse si un automóvil va a interceptarlo, solo percibir el hielo alrededor, en el aire, a toda velocidad. El sol sobre la cabeza. Veintiún años. Partir para soltarse de la anemia que algunas personas insisten en llamar *familia.* No reconocer esa palabra en el lenguaje. Saber que nadie le dio la vida. Que él nació solo como las plantas a la orilla de la ruta. Y solo, por su cuenta, seguirá. Esbozar una sonrisa al llegar al parque Arisugawa-no-miya. Internarse en los senderos, hasta lo más profundo del bosque urbano. Detenerse y mirar en todas direcciones. Comprobar que no hay nadie. Sentarse en el hielo y sacarse del bolsillo el cuadernito con dibujos, trazos y notas de toda clase. Agitar el bolígrafo para hacerse un haiku de cumpleaños. Querer hacerse un haiku de cumpleaños, pero darse cuenta de que la tinta del bolígrafo se congeló. Agitar el bolígrafo arriba abajo con impaciencia, soplarlo. Avistar a lo lejos la figura de un paseante y esperar a que se marche. El deseo, sobre todo, de tener un espacio privado. Un santuario. Y la página blanca. Trazar con el zapato su haiku sobre la nieve. Hacer un mensaje para que alguien pueda verlo desde arriba. *Hierba de enero, rápido vive crece, el sol no arde.* Conmoverse un poco. Celebrarse. Dar vueltas sobre la nieve, hundir la cabeza en la nieve, como un zorro, como algo que está vivo. Haber nacido. Deslizarse por la colina gélida una y otra vez. No tener nunca suficiente. Invocar en falso haiku, en mal verso: *amigo nuevo, en el sendero encuentro, un amuleto; ciudad gélida, entre calles y ramas, ven Kawabata.* Saber que finalmente lo conoció, no terminar de creérselo. Gritar desesperado. Agitar los puños en el aire. Caer de bruces, sin creer tampoco que pasó un año, otro año. Que siguen pasando los años. Y con los ojos enrojecidos, ahora sí, llorar, aunque sea un poco, de tanta emoción. Tragarse la propia saliva tumbado en el hielo. Y luego, al anochecer, abrir los ojos, sentirse patético. Sacudirse la escarcha de la tela, burlarse de sí: *imbécil, conjuga los verbos, no conjugar los verbos es no vivir. No te pierdas. A veces la avalancha es tan grande que te da lo mismo todo lo demás.*

Peso muerto
en Nueva York, 1957

Su rendimiento en el *press* de banca ha sido de nueva cuenta una desgracia, *qué me está pasando*. Le resulta imposible concentrarse, el sudor ajeno invade todos los rincones de aquel gimnasio en el Upper East Side, se asienta en cada superficie con la misma eficacia del Chanel pour Monsieur que se regó encima antes de ir a la ópera. El sudor agrio de los neoyorquinos es distinto al de los japoneses, que huelen a jazmín, a cedro. El frac que vistió durante *Tosca* está hecho una bola en el casillero y fue sustituido por los pantalones cortos y la playera de tirantes. No pudo completar el set. Con la barra encima, recargada en los soportes, vencido sobre el banco de cuero y con la boca abierta, se pregunta por qué Tosca no se dio cuenta al principio de que Mario *sí* había muerto. Si lo amaba, ¿por qué le falló el instinto? Los soldados fusilaron a Mario y ella creyó que se trataba de una farsa, que Mario había fingido la caída y escaparían al final, directo a la dulcería o a probarse zapatos Dior o cualquier otra cosa. Tosca idiota, el amor no le fue suficiente, no se dio cuenta. Y por eso él tampoco se es suficiente en el banco de pesas ni en ningún otro sitio. El detalle, en el que nunca había reparado —a pesar de saberse la ópera de memoria— ha arruinado lo que pudo ser una bella serie de ejercicios bien ejecutados. Los hombres alrededor de él se sujetan de mancuernas, discos y barras de acero; lo hacen con la misma fuerza que Tosca tuvo para atarse a su propia ilusión. Es así. Noche de ópera y ejercicios de pecho. A cada repetición, él finge su muerte. Y espera que su viejo amante venga a interceder por él.

Agitado llega a los vestidores desiertos, de paredes grises. Ya pasan de las diez de la noche pero el gimnasio está abierto hasta las dos. Esa es quizá la razón por la que entre todos los locales disponibles ha elegido este. Se quita la camiseta con urgencia, los zapatos deportivos. Los calcetines los echa al fondo del maletín igual que los *shorts*. Los interiores se los deja puestos. Enseguida se echa al hombro la toalla de cortesía, áspera y lavada ya mil veces varios pisos más abajo. Cierra el casillero y se dirige a paso rápido hacia la regadera común. Cuelga la toalla de un gancho y elige la ducha del fondo. Otra de las razones por las que viene a este gimnasio es por la falta de divisiones entre una y otra. El espacio es amplio y podría estar lleno de vapor; las duchas alcanzan para veinte, pero a esta hora son cada vez menos los muchachos que entrenan y le toca estar solo. Quizá hoy tenga suerte. Las últimas dos veces casi concretó algo, pero alguien más vino a interrumpir. Hoy quizá.

Las estrategias las tiene bien definidas.

Si no hay nadie, se queda en la ducha del fondo y espera. Evita abrir la llave.

Si está vacío, permanece en silencio, erguido, oliendo el tufo a cañería y detergente.

Si está vacío y por alguna razón se aburre, echa un vistazo a las barras de jabón que otros olvidan, a medio gastar.

Pero cuando hay alguien, el asunto cambia: hace falta echar una mirada periférica o acercarse a preguntar si es posible compartir un poco del shampoo; a señas por supuesto, moviéndose las manos por encima de la cabeza.

Eso funciona —¿quién es lo suficientemente egoísta para no compartir el shampoo?—, pero no siempre lleva a un intercambio de otra clase.

Puede ser, también, que sean dos los que se bañan.

Él espera que ambos entren al juego.

Por lo general no sucede, los dos se retiran tras una enjuagada y no vuelven a aparecer, pero queda, todavía —hay que sujetarse con fuerza a eso— otra posibilidad: que uno de esos dos esté esperando, igual que él, a que se marche el tercero en discordia y que, cuando eso ocurra al fin, se acerque con pasos rápidos, a acariciarle el pecho.

Hoy podría presentarse cualquiera de esos escenarios y por eso escucha atento. Los pasos en el vestidor o el rechinar de un casillero suelen ser buenas señales. Un hombre que ve *Tosca* oliendo a Chanel pour Monsieur puede terminar más tarde en un baño sarroso, ansioso de una descarga. Es algo factible y él es alguien de gustos precisos. La carne bien cocida. Y el té verde, casi hirviendo. Pasan diez minutos. El cuerpo tan seco como el asfalto a mediodía. Nadie viene, la lengua fuera. De puro tedio levanta una barra de jabón y la frota con las uñas hasta desintegrarla. Y hasta cuándo así, esta urgencia. Quién quiere lanzarse por la ventana.

En menos de un minuto está otra vez en el vestidor sin haberse bañado. Esa es también parte de la estrategia cuando las cosas no marchan como él quiere. Sentarse ahí y esperar a que alguien llegue y se desvista. Siempre puede fingir que él también acaba de terminar sus ejercicios y está por ducharse. Le quedan tres horas antes del cierre, ojalá la paciencia no se le acabe. Nada malo hay en alguien que se toma su tiempo para bañarse en el gimnasio, o que va del vestidor a la ducha y regresa tres veces sin ninguna actitud inusual. Él sabe que la operación anónima debería también ser fácil, breve, sucia. Una mano agitando algo.

Dedos introduciéndose donde no. Ningún nombre propio. Una lengua de otro continente, sobre la suya.

A las once en punto llega a la ducha un hombre de edad mediana. No le interesa.

Tres minutos después se suma un rubio de abdominales envidiables.

Es perfecto, se miran, pero el señor de edad mediana sigue ahí, petrificado.

Maldice.

El rubio termina de ducharse y se va.

De inmediato el señor de edad mediana también se va, ¿por qué, maldita sea, no pudo hacerlo antes?

Abre la llave hasta el máximo.

A las once treinta sigue ahí y ninguno de los empleados del gimnasio viene a sacarlo, a fin de cuentas, solo está bañándose.

La rueda de la fortuna gira y llegan dos, ¿podrá hacerlo con los dos?

No puede. Tampoco puede con uno que llega hasta el fondo y que no es quizá lo que está esperando, que no tiene el cuerpo que él desea, pero que a estas alturas da lo mismo, porque cualquiera sirve para su objetivo general. El muchacho, con el que había alternado en el *press* de banca, podría morderlo y succionarlo. Es tanta la emoción de fantasear al respecto que por poco se descarga sobre los azulejos, pero el muchacho se retira a prisa, igual que todos los demás.

Así la noche de *Tosca*, de pesas. Él no muere y nadie viene a fusilar.

Sale frustrado del gimnasio y baja con ropa formal las escaleras del edificio. La levita no, el moño no, es ridículo si no se está en el Metropolitan Opera House. Quizá algún bar esté abierto todavía. Un whisky, tres dos ocho, es preciso arruinar todo el ejercicio bebiendo alcohol, hacer que amanezca, estar despierto. No se le ocurre a dónde ir, de pronto cualquier plan parece insípido, pero al salir del edificio y dar una bocanada de aire cálido, tiene una segunda oportunidad, un guiño de fortuna: el rubio de abdomen plano lo ha esperado, ha tenido paciencia y se recarga en la cabina telefónica, expectante. Viste un cárdigan negro y no pudo haber estado en la calle durante más de treinta minutos por otra razón que no fuera encontrarlo y continuar el plan en otro sitio. Para comprobar sus sospechas Kimitake se le acerca con discreción, fingiendo que va a hacer una llamada —pero a quién— y de inmediato escucha en inglés la palabra *hola* y la pregunta *cómo va* y la afirmación *te vi en el gimnasio* y las palabras *casa*, *ir* y *divertirte*, en pregunta también; *quieres divertirte* es lo que pregunta ese hombre joven, más bien, lo que sentencia. Y él escucha todo eso sin saber qué responderle, antes de balbucear un *sí*, entrecortado, un *por supuesto*, que indica su acento lejano y su torpeza, pero también sus intenciones. Así que el rubio se adelanta y marca el paso con determinación, sobre todo, con naturalidad, como si fuera él un amigo o un colega extranjero y no como si los dos estuvieran hinchados bajo la bragueta, ansiosos de admirarse los bíceps. Van a Harlem, pero Kimitake no lo sabe, y pregunta por encima de los cláxones *¿a dónde vamos?* El otro responde un *¿qué?* de manera inquisitiva y le guiña el ojo; *¿a dónde vamos?* se insiste, pero el otro mira en dirección contraria, saca un cigarro del bolsillo y concluye, encendiéndolo, *no entiendo japonés*.

Al subir las escaleras de un edificio sin ninguna peculiaridad, en una calle desierta, el hombre saluda a una vecina que carga su basura. *Buenas noches, señora Fields*, y la señora Fields pregunta *¿cómo está su esposa?* y él responde *de viaje*, pero Kimitake no alcanza a escuchar todas las palabras; algunas, como *esposa*, las desconoce. Y prefiere estar así, perdido entre lenguas, porque no tener ninguna dirección es la mejor manera de tenerla. Y al interior del hogar ese hombre anónimo, al rape y de abdominales trabajados ha ocultado previamente todas las fotos de la esposa; la ropa femenina la metió en bolsas de papel la semana pasada y desde entonces, cada noche un hombre nuevo, pero hasta ahora ningún extranjero. De pronto, en la ducha del gimnasio en el Upper East Side, se le dio la oportunidad, no iba a dejar pasarla. Entran los dos y el rubio pone llave. Dos anónimos en un departamento de Harlem mal iluminado. El tipo dice *whisky, gin, vodka*, ya no importa si como pregunta o como afirmación y el otro dice *sí*, porque lo ha entendido todo, porque el alcohol no necesita traducción a lengua alguna, así como la ópera no necesita traducción y se entiende desde otra zona, la de la interioridad. Se sirven dos vodkas y el rubio dice *daddy* con la misma voz grave con que le habla a la esposa cada mañana.

No terminan el vodka. Se agarran del cuello y se agitan como dos renos chocando las astas, como dos carpas koi enloquecidas, pero es el rubio el que toma el papel activo, a pesar de que Kimitake creyó, más temprano, que sería justo lo contrario. El rubio le desgarra ahí mismo la ropa interior y le da la vuelta, se hinca y le abre las nalgas, Kimitake lo deja hacer. *No gimas*, dice el otro, *nos van a escuchar*. Y más tarde en la cama lo obliga a que baje y succione. *Esto es lo que querías*, pregunta, o afirma, y Kimitake asiente mirándolo a los ojos, hincado, queriendo decir, de tener la boca libre, *esto era todo*, pero sin saber ya en qué idioma hacerlo. El rubio le sube las piernas y escupe tres veces para lubricar. El rubio se introduce en él de un solo movimiento y *qué importa el dolor, si yo quería esto*. Se besan brevemente. El tipo le escupe en la cara y le pasa la mano por la cara. Contienen el aliento hasta que el rubio toma impulso y lo abofetea, lo ahorca enseguida, sin dejar de moverse encima suyo. Cuando Kimitake se pone rojo, el tipo lo libera y lo abofetea por segunda vez. Así que Kimi-take también lo abofetea furioso, pero el rubio confunde el coraje con deseo y se entierra con mucha más fuerza, con precisa velocidad. En la ópera, Tosca clama *no puedo más, es a mí a quien torturas* y más tarde espeta con rabia, en perfecto italiano, *asesino*, antes de pedir *quiero verlo*, a Mario por supuesto, *verlo* porque es necesario, y a Kimitake se le va la mente pensando en eso, mientras el otro, acalorado, exige ahora sí que gima, porque es necesario; *¿no te gusta?*, pregunta, *¿no te gusta, daddy?*, y solo resta asentir, decir *mucho*, fingir sin que importe el dolor que divide, un dolor más fuerte que el del *press* de banca, que el del peso muerto. Asentir y dejarse llevar, abrir la boca, conceder que el otro le meta los dedos ahí, no saber su nombre, participar en esto. Eyacular y continuar la vida.

El rubio le limpia el semen con la sábana y se limpia también él mismo. El rubio insiste en que se queden un rato abrazados y Kimitake acepta sin decir nada. Mira la habitación y le viene a la mente otra vez la pregunta —¿por qué Tosca no se dio cuenta?— mientras el rubio le pasa los dedos por el pecho húmedo, muy despacio. Voltea a verlo y no lo reconoce, ya no le importa quién es. Recuerda cómo lloró al final de la ópera, cómo se limpió las lágrimas con la levita antes de aplaudir. Y cómo, al salir del Metropolitan Opera House y dirigirse al gimnasio, al perderse entre la multitud, pensó que la ópera la había visto *solo* y no con *él*, el amante que espera en Japón.

Tosca se tiró al vacío, ¿él también lo hará?

Se separa del rubio y pregunta por el baño. Sale de la habitación y cierra la puerta, pero no va al baño. Va a recoger su ropa, a juntar cada prenda una por una y entonces, por primera vez, nota que el departamento está lleno de libros, libros de pared a pared, algo en lo que quizá había reparado antes, pero que ahora toma cuerpo y fuerza, lo hace suspirar. Kimitake se pregunta si el rubio que acaba de llenarlo es también escritor como él. Quizá ninguno de los dos tenga idea de quién es el otro. De lo que escriben. Se acerca desnudo a los estantes y mira entre lomo y lomo, se pierde entre nombres que desconoce, hasta que la mirada se desvía por accidente o de forma inconsciente y se clava en un nombre familiar y un libro que conoce bien: *País de nieve*, Yasunari Kawabata. Entonces se le cae la ropa que ya había juntado y no puede hacer otra cosa que mirar ese libro, extraerlo y examinar en otro idioma lo que ya sabe, lo que conoció a los diecinueve, tanto tiempo atrás. La mano agarrotada, la presión alta. Mira en la solapa la foto de su maestro tras eyacular junto a un desconocido que lo penetró, ahorcó y asfixió. Y le dan ganas de pedir perdón, se siente hueco. Ganas de disculparse por haber dejado de ser el que fue, el muchacho que tenía sueños de viajar a los Estados Unidos.

Perdón, maestro, por haber soñado de más.

Usted me enseñó a Puccini.

El rubio se acerca entre bostezos, todavía le dan ganas de otro vodka. *Mirando los libros*, dice, pero esas palabras ya no se escuchan ni en inglés ni en japonés. *País de nieve*, se sorprende. El libro quema entre las manos. *Lo conoces*, afirma, esta vez no es pregunta. *Tu compatriota*, dice tomando de la botella. Y Kimitake balbucea un *no*, dejando el libro en el estante, *no no*, recogiendo la ropa que tiró, *no sé quién es*.

Se despiden y el rubio pregunta si *te veré en el gimnasio, daddy*, pero Kimitake no conoce futuro en ninguna lengua.

Aprovecha un descuido del otro para meter *País de nieve* al maletín.

Mi maestro va conmigo.

Al otro, al arrojarse al vacío de la calle desierta, sencillamente le dice:

—No hace falta que me acompañes.

RELEVOS
en Tokio, 1946

Kimitake insiste al señor Kawabata que cuide su salud, pero
el señor Kawabata no razona, consume azúcar a velocidad
frenética. Galletas, tartas, cualquier cosa, Kawabata es lo
que algunas personas denominarían un *adicto*, una persona
sin el menor control. Lleva caramelos en el bolsillo del saco,
los guarda en cajones, tiene un bote repleto de ellos junto
a la máquina de escribir. Miércoles. A pesar de que corre
la etapa final del invierno, Kawabata arrastra al jovenzuelo
a una heladería, es necesario consumir el postre matinal.
En sí mismo el gesto representa algo excéntrico, porque
el helado es caro y son pocos los que pueden costearse el
antojo. Kawabata es cliente regular y tira de la cadena que
sujeta a su lobezno. Entran a la heladería y pide con ansias
que le *entreguen* dos de harina de soya tostada. No dice
quiero dos, como cualquier otro, sino *entréguenme dos*, una
elección verbal que a Kimitake le demuestra el carácter
del maestro, y que lo sonroja, porque Kawabata ordena
con el ánimo del primer ministro, del ministro de asuntos
exteriores. A menudo, desde su primer encuentro, Kimitake le adjudica cargos diversos: es coronel, capitán general
de aviación. Y piloto general del lenguaje. Hacerse de su
compañía es emocionante, es parecido a haber cazado en

la estepa durante mucho tiempo y haber avistado, casi por accidente, o por no vencerse, un jabalí, un hermoso búfalo para montarse y correr desbocado.

Kimitake desea subirse al cuerpo del señor Kawabata y alcanzar la cima del éxito, el culmen de la creación, el podio de la vida artística, lo que por derecho le pertenece y al resto no le pertenece. Se engancha a la espalda del maestro como una araña y le entierra los colmillos, trepa hasta los hombros, coloca sus piernas ahí. Pero los hombros son débiles y el alumno tambalea, cae al suelo y el maestro lo mira desde arriba, a veces con desprecio, a veces con auténtica ternura. Podrían comer ensalada, pescado, rábanos, pero Kawabata insistió en el azúcar. Entierran sus largas cucharas en las copas de vidrio y se llevan el helado a la boca. La cara del maestro reluce bajo el sol, frente a él, el alumno va encogiéndose, ocultándose bajo el velo de la fantasía. No se atreve a confesar a Kawabata el asco que le produce el sabor de la soya tostada, pero ha de conceder lo que él quiera, ha de dejarse arrastrar por su voluntad, porque de lo contrario, podría perderlo para siempre.

Kawabata pregunta si le gusta el helado. Kimitake pasa saliva y responde que *sí*, que le gusta mucho, pero el helado se atora al fondo de su garganta igual que una madeja de estambre. Kawabata termina su porción a prisa y mete la lengua a la copa, extrae hasta el último gramo. Kimitake no termina de comer el suyo. De pronto el autor de *País de nieve* le parece un hombre común y corriente, un mortal. Incluso los coroneles van a la tumba, los pilotos caen en picada. Kimitake lo intuye: si el maestro sigue alimentándose así, morirá. Lo imagina: van a ingresarlo al pabellón hospitalario. Por eso se atreve a sujetarlo de la muñeca —una confianza recién adquirida, algo que quizá no debería hacer— e insistirle que *cuide su salud*, aunque lo que muy en el fondo quisiera decir es *cuide su salud porque mi futuro depende de ello*, un pensamiento que de inmediato evade, que es incorrecto: ha de acompañar a este hombre en el camino vital, no aprovecharse de él. En todo caso, insiste una vez más:

—Cuídese.

El señor Kawabata no escucha, sus grandes orejas no le sirven para nada.

Fuma en cambio. Se le da el tabaco.

—¿Has estado escribiendo algo?

Saca el humo.

—Nada últimamente —responde el muchacho.

Kimitake remueve su helado con fastidio, con desánimo, como si pudiera encontrar al fondo de la copa la respuesta a sus inquietudes, un gran personaje, una buena línea, eso que le hace falta. Kawabata lo empuja al fondo del acantilado y lo obliga a escalar de vuelta, a sujetarse con las uñas a su propia intuición, tal es su método de enseñanza. *Escribe bien*, le dice, por consiguiente, *no escribas mal*, también le dice. *Ten firmeza.*

—Quizá pronto pueda empezar algo nuevo…

—Come tu helado. Se derrite.

El muchacho no puede negarse. Se pregunta qué le hace falta si intenta escribir cada noche sin éxito. Contiene el asco, traga con dificultad. Kawabata lo deja solo un momento, irá por una segunda ración. Al fondo de la calle pasan unos soldados de América y levantan al aire la banderita de las estrellas. De súbito una capa de ceniza recubre las mesas y se instala en las copas de helado, en los adoquines y las ramas de los árboles. La mañana adquiere un matiz avinagrado. No ha podido escribir, es probable que el maestro sienta decepción de él. De nada sirve pasear en su compañía si no puede escribir lo que quiere, o lo que intuye y está en alguna parte pero no se anima a redactar todavía. Aunque Kawabata le ha permitido entrar a su espacio, aunque lo ha llevado en su auto por toda la ciudad, lo ha dejado husmear en su biblioteca y sentarse en sus salones como un parásito, no puede hacerlo. Se supone que Kimitake debería escucharlo, meterse al fondo de la cabeza cada una de las palabras que le diga y no olvidarlas nunca, atesorarlas, aprender algo de ellas, sacar de ahí una buena historia, pero no es así. Algo le hizo falta. Algo no tiene aún.

Kawabata regresa en breve y empieza a hablar sin pausa. Un segundo helado le renueva el ánimo. Le cuenta ahora, sin ninguna razón aparente, la historia de un amigo que murió. Un amigo suyo, dice, que murió en las condiciones más *inusuales*, más *inesperadas*, que ocultó su enfermedad a la familia durante mucho tiempo y se recluyó en los bosques de Kioto una larga temporada.

Mi amigo —dice el maestro tras dar un bocado— *estuvo enfermo, y su enfermedad lo debilitó emocionalmente hasta el punto de acabar con él y enloquecerlo. Come tu helado, por favor.* Y Kimitake da una, dos, varias cucharadas. Consume el hielo a prisa, preguntándose si Kawabata, con esa historia, está revelando algo. ¿Es esta su forma de pedir auxilio, de decirme que está enfermo y débil? ¿Que morirá pronto? Agita las piernas por debajo de la mesa. Lo imagina en una cama de hospital.

Mi amigo empezó a temer la guerra, la posibilidad de que la guerra nos alcanzara. Y se dedicó a cortar madera en el bosque mañana y tarde hasta que juntó una cantidad considerable para hacerse un refugio. La voz de Kawabata adquiere cierta gravedad, manifiesta algún tipo de alarma, sus cejas se arquean, pero Kimitake no lo interrumpirá, no le dirá que pare.

Que las palabras lo angustian.

Mi amigo —continúa Kawabata y enciende un segundo cigarro— *me visitó por última vez en el verano del 41 y me contó que algo extraño le ocurría en aquel bosque durante las últimas etapas de lo que él llamaba su* condición. *Cada maña-na* —Kawabata lo mira a los ojos, no quiere que se pierda ningún detalle— *mi amigo salía de la cabaña que alquilaba y caminaba media hora para visitar su refugio, pretendía encerrarse ahí, pero al llegar al sitio exacto donde él creía haber construido su refugio, se daba cuenta de que no había construido ninguno, porque la pila de madera se encontraba intacta.* Kimitake asiente. *Entonces se ponía a construir el refugio de nueva cuenta toda la tarde, pero a la mañana siguiente, al visitarlo —y como si nada hubiera ocurrido— se le aparecía la pila de madera igual que la primera vez que la cortó. Este proceso, me dijo, que se repitió a lo largo de varios días, lo llevó a experimentar un hartazgo considerable y lo indujo, por su naturaleza, a la más profunda locura. Qué buena es la soya tostada, qué bueno está el helado.*

Kawabata se queda en silencio un minuto. Después dice *necesito comprar espinacas, huevos, más papel para escribir.* Después dice *el pez se enredó como una soga alrededor del tronco,* y Kimitake confirma, o teme, sosteniendo su cuchara, la posibilidad de que el gran autor esté ya mal de la cabeza, a pesar de sus cuarenta y seis años de edad. Que la guerra lo haya afectado en exceso. Y sigue escuchándolo, entre el asco que le produce ese helado y el temblor interno que le produce la idea de hacer algo, pero darse cuenta, al día siguiente, de que no hiciste absolutamente nada. Empezar de nuevo. Y cuando Kawabata le dice que el amigo *se desplomó a las afueras del Palacio Imperial tras vomitar sangre el mismo día que Japón entró a la guerra,* Kimitake prefiere no escucharlo; prefiere escuchar, en vez, la conversación de otros dos clientes que durante esos minutos han ocupado la mesa contigua. Uno de ellos dice:

—Bastaron unas gotas de perfume para engañar a mi esposa, no se dio cuenta de nada.

El otro dice:

—¿Cuándo fuiste?

El primero responde:

—El viernes pasado.

—¿Dónde está?

—En Ginza. Van soldados.

Mi amigo no se dio cuenta de que había construido el refugio dentro de su cabeza, no alcanzó a ver la guerra...

—¿Soldados guapos?

La boca del alumno forma una *o* discreta, no por lo que Kawabata le cuenta, sino por el desparpajo con el que esos dos hombres de la mesa próxima —que comen, quizá, también, helados de harina de soya tostada o de otro sabor— hablan de un lugar de encuentro, *un lugar*, dice el primero de ellos, *lleno de soldados*, de *chicos jóvenes*. Un lugar para *divertirse*. Las antenas del alumno se elevan para captar un poco más. También la voz de Kawabata se eleva, tirando de la cadena que sostiene al alumno, pidiéndole que no se distraiga, que debe escucharlo exclusivamente a él, a su maestro, pero el oído de Kimitake solo tiene espacio para una cosa y su mente se esfuerza en alcanzar lo que está por allá.

—¿Te lo llevaste a casa?

—No. Él me llevó a su casa.

—¿Diste tú el primer paso?

—Él me besó primero. No podía pasar más tiempo con ella, necesitaba otra cosa.

Kawabata pregunta si no va a terminar el helado.

—Si no te gusta el sabor de la soya tostada debiste decírmelo.

El alumno dice *claro que me gusta, me gusta todo lo que a usted le guste*. Continúa llevándose al interior esa masa dulce ya a medio derretir, de mal sabor, áspera, pero sin poder dejar de escuchar la charla ajena, que le confirma que existe, en alguna parte, en Ginza, un lugar al que *debería ir*, un sitio que sin duda es más interesante que la heladería, o los salones de té, o las aulas de la Universidad de Tokio; un espacio, esto alcanza a escuchar, donde *los soldados se besan todos entre sí* y *hay música alta*. El alumno se muerde los labios. El alumno está inquieto. Él quiere ir a ese lugar y ahora sabe: está a dos cuadras del santuario, está abierto toda la semana. Una clara línea le parte el cuerpo en dos: la parte de sí que quiere escribir, la parte de sí que quiere vivir para después escribir. De pronto le da lástima la dieta del señor Kawabata, que lo ha hecho todo en el orden incorrecto: primero escribir, después acabarse la vida con esas tartas y esos pasteles y esos caramelos que se lleva a la boca ante la menor provocación. Un día escupirá sangre a las afueras de su casa y nadie vendrá a salvarlo.

—¿Nos vamos, Kosei?

—Vámonos, se hace tarde.

Y al escuchar ese nombre, Kimitake suelta la cuchara casi por instinto y echa un vistazo a esos clientes. Siente una arcada al confirmar que uno de ellos es el florista que le mostró las lavandas el año pasado. Kosei, el florista que cerró el puño para sujetar el pelo de su amante en aquel cuarto trasero —ahora lo recuerda— y le dijo a ese chico *tú eres mío, ¿no lo entiendes?*, con arrolladora firmeza. Esto no debería ocurrir. Estas dos partes de su vida no deberían juntarse. Kimitake regurgita el sabor del postre, es corrosivo, le quema los dientes. Kosei y su amigo se alejan cada vez más. Kawabata sigue hablando, ahora de su infancia, de su orfandad, nunca se cansa de abrir la boca. Por fin Kimitake lo interrumpe. Dice, ya pálido, que está *indispuesto* y que necesita *ir al baño*. Una estrategia para separarse de él, por lo menos unos minutos. Kawabata dice que en la heladería no hay baño, pero que pueden buscar uno juntos. Kimitake se niega, *no me tardo mucho*.

—¿No va a morir mientras busco uno, verdad?

Se levanta de la mesa y camina a prisa por la calle hasta la esquina. Kosei y el amigo debieron irse por algún lado. Quiere encontrarlos, saber a dónde van, unirse a su cofradía. La parte de su cuerpo que quiere vivir es ahora la que más pesa. ¿A dónde van los hombres por la noche? ¿Y dónde se ocultan a mitad del día? Los dos sujetos no han dejado ningún rastro. La náusea sube y lo obliga a pedir que lo dejen entrar al baño en una lavandería, *por favor, señora.* La señora se niega. Va al siguiente local, luego al siguiente, nadie le permite usar el baño. El sabor de la soya. El ácido corriendo sin detenerse. Y se aleja cada vez más de su maestro. El maestro espera, pero no hay ninguna certeza de que se encuentre bien: quizá alguien vino a asesinarlo, quizá le dio un ataque al corazón. No debe alejarse demasiado, no debe arriesgar el vínculo que con tanto esfuerzo formó y compactó, pero sigue haciéndolo, casi por instinto, porque quizá pueda llegar a Ginza en poco tiempo si sigue a ese ritmo, buscar a dos cuadras del santuario una puerta que le dará acceso a lo que quiere. No lo hará. Termina en un restaurante que sirve bocadillos de pulpo y suplica a dos meseros que, por favor, le permitan usar el baño, porque *es una emergencia.* Piensa darles dinero, pero en sus bolsillos no hay. Lo dejan entrar por lástima. Al querer vomitar, no puede. Se mete los dedos, pero al interior no hay nada. A pesar de creerlo, Kimitake todavía no ha llevado gran cosa dentro de sí. Nada que pueda expulsar. Hace el camino de vuelta corriendo, se da cuenta de que Kawabata ya no ocupa la mesa y se ha marchado. Los empleados de la heladería le hacen una seña, le dicen que el señor dejó una nota para él. Kimitake abre la nota, la estruja después de leerla. La nota dice: *ven a almorzar a la casa el viernes. La historia de mi amigo era falsa. Te atrapé.*

Noticias del frente
en Ciudad de México, 1957

Llega al hotel al amanecer, cuando ya se limpian las calles con agua y lejía, se barren listones, papeles, zapatos. Va al hotel porque no tiene otro sitio a donde ir, porque va a tragarse el coraje de haber perdido el Seiko. Kimitake entra a la habitación y se dice que perder ese reloj es motivo suficiente para nunca poseer otra cosa, *olvídate de un nuevo saco color antracita*. Escucha de nuevo la voz del padre: le dice que es un descuidado, un anémico, un ser ajeno al mundo. Le reclama por haber pisado las flores. El hermoso reloj, no obstante, no fue pisado ni robado anoche: luce intacto sobre la cama. Kimitake jamás lo llevó consigo. ¿Por qué, entonces, lo sintió en la muñeca toda la tarde y después vio la hora y le ajustó la correa? *Descuidado*, dice la voz. Al interior de Kimitake, las imágenes se suceden unas a otras y dan vueltas con furia. La multitud en la plaza, la música, los fuegos artificiales, el hombre de ojos miel que vio. No está seguro de si llegaron a hacer algo. Lo flagela la culpa, ese enorme mazo que aplasta y quiebra las costillas. Kimitake se jala con fuerza el cabello y tira de su piel. En la regadera, su cuerpo es un foco incandescente. Va perdiendo la luz poco a poco.

El señor turista japonés, sin embargo, es capaz de recargar su energía y se nutre del sol como las plantas. Por la noche y sin anticiparlo, se reencuentra con el misterioso hombre de ojos miel. Es Sofi quien los presenta. Nelson llega al restaurante cerrando un paraguas. La primera frase que Kimitake le dice es la siguiente: *creo que lo he visto antes*. El hombre finge no saber de qué está hablando. *¿No estuvo usted anoche en la celebración?*, pregunta el señor turista. El hombre dice que no. Se sienta a la mesa sin quitarse lo que trae encima: una vieja y desteñida chamarra. Kimitake analiza sus movimientos con atención. Vino tinto, puré de papas, filete a medio cocer. Sofi y él se conocieron hace seis años, son viejos amigos de la rueda de la fortuna de Coney Island. Pequeñas anécdotas van sucediéndose y acumulándose como el polvo. Ella opina que está muy cambiado, *¿te cortaste el pelo?* Él coquetea: *no, es igual de largo que antes, puedes tocarlo*. Los pegajosos dedos de la académica se hunden en el sublime remolino y pasan un buen tiempo ahí. Bajo la mesa, Kimitake se entierra la punta de un cuchillo. Enseguida pregunta si alguien desea ir a fumar a la calle, porque *la lluvia ya paró*. Aunque todo el mundo fuma en el restaurante, él quiere ir fuera. Él es un ser vivo del exterior, no del interior. Nadie acude al llamado.

Desde la calle, no deja de mirarlos con furia. Muy pronto se establece en él un sentido de propiedad: *¿por qué este ser no habría de prestarme atención?* Kimitake es una primicia, es lo que se exhibe en la parte frontal del mostrador, lo que el cliente debería llevar consigo. La temporada de Sofi, en cambio, hace tiempo que se fue. Bastaría sumergirse en esa idea, pero las piezas del tablero se mueven: Nelson se levanta de la mesa y viene en camino. Sale del restaurante y pregunta a Kimitake qué hora es. El japonés entiende el código y mira su plateado artefacto. *Las ocho y media*. Esboza una sonrisa.

Nelson siente curiosidad por Kimitake. *¿Acaso ha visto ya el sur de la ciudad, esos hermosos prados? ¿Le ha dado tiempo de montar a caballo?* Nelson se ofrece como guía turístico. Sus habilidades de orientación y navegación podrían ser provechosas para el visitante. *¿Cuánto tiempo se quedará aquí?* Nelson es un aficionado del tenis y sugiere una partida. *¿Qué tal mañana?*, propone. Kimitake dice: *¿por qué no?* Era cuestión de tiempo para que el otro reconociera ya haberlo visto. Sofi mira con sospecha desde dentro y apura el vino. Experimenta una particular desidia. Apura al mesero, ¡que traiga la cuenta ya!

Por la mañana encuentra a Kimitake en el restaurante del hotel. Propone continuar la entrevista, porque esa larga investigación debe estar terminada dentro de mes y medio, a lo mucho. Kimitake se excusa y le pide perdón por haber arrebatado su grabadora. *De verdad, lo siento.* Sofi huronea y olfatea. El japonés va con ropa deportiva, ¿por qué? *¿Camino al gimnasio?*, indaga. *Al club campestre*, dice él despidiéndose, *nos vemos más tarde*.

Sofi lo retiene: *con quién irá*. Kimitake responde guiñándole un ojo.

Nelson tiene un auto. En la radio se escucha la música popular del momento. Kimitake cambia la estación. La voz del noticiero anuncia que en Estados Unidos avanzan importantes pruebas nucleares y armamentísticas, Nelson traduce. En el club campestre el clima es templado, juegan al tenis y se broncean más tarde. Nelson sabe quién es Kashio Seiichiro, el gran tenista japonés. *¿En serio?*, pregunta Kimitake asombrado. En los vestidores, los dos mantienen una distancia considerable del otro, porque ahí hay niños y también padres. Porque ahí uno debe comportarse, *sí, claro*, se burlan ambos. Nelson lo lleva de vuelta al hotel y no hace preguntas demasiado intrusivas, tampoco revela mucho de sí. Es mejor de este modo. En la habitación,

Kimitake se masturba con las cortinas abiertas y piensa en él. Ha tenido éxito: lo que se exhibe en el mostrador de la tienda es siempre lo más fresco e ideal.

El jueves, Sofi y Kimitake vuelven a encontrarse. *Continuemos la entrevista*, propone él, jovial. Irradia lozanía, ha pasado de los pantalones largos a los cortos. Los pantalones cortos son mejores. Incluso la invita a dar un paseo. *Ande, Sofi, nos queda poco tiempo de viaje.* Durante el paseo, Sofi le pregunta si ha visto a Nelson. *¿A quién?*, responde él fingiendo extrañamiento. *A mi amigo, lo he llamado.* Kimitake dice que probablemente debería insistir. *Creo que a él le gusta usted*, dice provocador, *es muy evidente.* Por la noche, presa de la rabia, Sofi telefonea a una amiga suya y pronuncia la palabra *faggot*, pronuncia la palabra *hartazgo*, dice: *a fucking homosexual.* Después cuelga el teléfono.

Empiezan a verse con frecuencia. Nelson llama al hotel desde distintas casetas telefónicas y deja recados. Van al cine, a los cafés, a las heladerías. En el cine, hacen comentarios en voz alta. Al comer un helado, los señores elegantes del Paseo de la Reforma les echan una mirada. La cercanía del greñudo y el asiático es sospechosa, hay algo inusual en ellos, ¿qué hombre que se respete puede llevar tanta gomina en el pelo y cruzar las piernas de ese modo? O sostener la cuchara así, con la punta de los dedos. *Los seres de Dios habrán de comportarse con recato*, les dice un religioso en la calle, Nelson traduce, Kimitake se parte de risa. En el automóvil, dan vueltas por toda la ciudad, sin rumbo determinado. La ciudad, de pronto, luce diferente, quizá es tan grande como Nueva York. Nelson le muestra el misterio de las calles, las plazas de Coyoacán, sus pequeñas iglesias. Le señala los volcanes. Kimitake dice que quiere jugar al tenis otra vez.

Nelson roba cosas. El lunes, al salir de una papelería, un sitio al que han entrado por simple curiosidad, camina más rápido de lo usual. *Vámonos.* En el automóvil saca del bolsillo dos cosas: un cigarro y un par de lápices importados color plata, *regalo para ti.* Nelson incita a Kimitake a la actividad ilícita. En una tienda departamental, los dedos de Kimitake se escurren hacia un cepillo de lustrosa madera y cerdas de jabalí. Con malicia, lo introduce en el bolsillo del saco. Lo obsequia a Nelson al despedirse. *Para los remolinos.* En la oscuridad, Nelson se diseña un gran peinado. Con los lápices, Kimitake anota en su cuaderno las palabras *efervescencia, órbita* y *estallido.* Tira las hojas por la ventana.

Llega también a la radio una noticia de urgencia: al otro lado del mundo, a principios del siguiente mes, la Unión Soviética lanzará un cohete al espacio.

El Sputnik, esa lata poderosa.

El miércoles, Nelson telefonea a Sofi, le dice que ha estado muy ocupado atendiendo asuntos, *¿qué le parece si nos vemos hoy?* A pesar de que ella tiene la ilusión de coincidir a solas, él pregunta si puede venir también el amigo suyo, el japonés. Ella miente: el amigo está enfermo, esta mañana se ha despertado con un terrible dolor de estómago, *pero veámonos nosotros.* Nelson contiene la risa: ¡si lo ha visto esa misma mañana! Algo que no le confesará.

A las siete con diez, Sofi baja a la recepción con los nervios de punta. Todo trazo de ilusión, toda expectativa suya es destruida por esa criatura de palabras, esa marioneta, ese pútrido trozo de carne, ese escritor. El señor Mishima está ahí. *Su amigo dice que se siente mejor.* Kimitake dice que no busca interrumpir la cita y avanza hacia las escaleras. *Oh, no, venga con nosotros, por favor,* pide el mexicano. Kimitake se niega. Es Sofi quien finalmente termina invitándolo, aunque contradiga su propia voluntad. En el salón de baile, los tres charlan como si nada ocurriera. Cuando Kimitake va al baño, Sofi pregunta a Nelson qué ha estado haciendo los últimos días, *¿acaso ya olvidaste lo que ocurrió en Coney*

Island? Nelson dice que nunca vuelvan a hablar al respecto, que eso quedó en el pasado y *fue una sola vez*. Sofi lo insulta, dice que ha esperado seis años *para esto, para encontrarte*. Nelson dice que las cosas no funcionan así. Sofi informa que ha llamado a American Airlines y se irá del país muy pronto. Nelson se encoge de hombros. *Mejor me voy*, dice Sofi tomando su bolso, *disfruten la noche*. Nelson se sumerge en el trago. *Tal vez no me conoces tan bien*.

El viernes, Kimitake y Nelson van al mismo sitio y Nelson lo saca a bailar. Chiflidos, burlas: *ahí van los maricones*, grita alguien. *Tú sígueme, siente el ritmo*, dice Nelson. *Estallido*, fue la palabra que escribió Kimitake en su cuaderno con un lápiz robado. *Pisaste las flores, torpe*, es lo que dice su padre en la cabeza. *Déjate llevar*, es lo que le susurra Nelson al oído en esa pista. *Confía*.

En el auto, la radio sigue anunciando las noticias de la ciudad, del país, del continente, de sitios donde no están. El cielo está despejado y pueden verse las estrellas. Kimitake lo invita a subir a su habitación por primera vez, intenta besarlo sin éxito. A fin de cuentas, hay una sola cosa que no han hecho juntos. *Hoy no*, responde el mexicano.

Y antes de despedirse, Kimitake le hace una pregunta:

—¿Crees que el Sputnik vaya a llegar al espacio?

Nelson le guiña el ojo.

—Ya veremos, guapo. Ya veremos…

OLÍMPICA II
22 de septiembre de 1957

Shiro:

¿Recuerdas *Madama Butterfly*? ¿Recuerdas cuando el teniente Pinkerton se va a América y ella espera su vuelta, tu emoción en la butaca, el aria, *me iré a la cima de la colina y voy a esperar, esperaré y espero mucho tiempo*? Aquí está tu carta, aunque sé que ya no la esperas, que uno no puede aparecer y desaparecer así, a su antojo. Y sin embargo, aquí hay un hilo de humo, se levanta más allá de la costa, míralo: algo se quema. Algo empezó a quemarse en algún sitio desde esa primera vez que tú y yo...

· Anoche aprendí a bailar, finalmente. Me sorprende lo que cinco copas de vino y media botella de vodka pueden hacer. Quién diría que de este país me seducirían el ritmo y el sonido, que conocería, por fin, la certeza de los pies, la amplitud de la cadera y el movimiento de los hombros hacia atrás. El giro de tres sesenta, la libertad que nunca pude darle a este cuerpo, en tus palabras, demasiado restringido. Y sin embargo, intentaste que aprendiera. ¿Recuerdas el Ryosuke, sus luces, la mano del cantinero Daiki extendiéndose para cobrarnos o retirándose cuando nos fiaba? Su risa y las pelucas. En aquel entonces, cuando fui por primera vez, y cuando nos conocimos, yo quería crecer. Había empezado a entrenar box con un piloto veterano de la guerra, sin ningún resultado palpable. Él me dijo que yo no tenía ritmo, que yo era tan firme como el saco y que hacía falta, a cada golpe, en cada embestida, no la dureza, sino algo así como la danza. Y había escuchado, una mañana con Kawabata, de un lugar que me prometía esa posibilidad.

Hace un par de años me enteré de que durante la guerra el Ryosuke fue una bodega para guardar sacos de arroz. Y mucho antes de eso un campo de cultivo. Cómo sospechar que Tokio cambiaría tanto, que los lugares van transformándose ante la mirada. Aquí, por ejemplo, hubo un terremoto, la mitad de la ciudad quedó en ruinas. Escribo sentado frente al gran teatro de ópera de la Ciudad de México, al borde del asfalto, bajo un rascacielos. El teatro es de mármol, blanco e imponente. Brilla bajo el sol. No se vino abajo, tampoco el rascacielos. Anoche aprendí a bailar con un hombre que no eras tú. Lo hicimos hasta el amanecer. Y supe, al dejarme llevar por él en medio de aquel local, rodeados de cabezas de toros y trofeos de la Revolución, que en su compañía sería capaz, tras mucho tiempo, de soltar el nudo que me ata. Que aprendería a confiar, por fin.

Un cuerpo puede transformarse cuando nadie lo mira, hasta no parecer el mismo.

Como yo, en una sala de gimnasio vacía.

O puede venirse abajo ante la mirada de todos.

En la ópera, Butterfly adorna la casa con flores para recibir a su amado a su regreso del viaje, pero él ya no vuelve siendo el mismo, él nunca volverá a ser el mismo, ¿estás consciente de eso?

Una tarde, el señor Kawabata y yo tomamos té. Él me dijo que Pinkerton era el más cobarde de los personajes de las óperas de Puccini, yo le dije que no era cierto. Él solía decir de mí que yo era *una promesa*. Y yo le creí. Otros más tarde dijeron lo mismo, que yo prometía, que iba a transformar algo. No les creí. Y luego ocurrió todo: escribí, prendí una llama, quemé algo. Porque eso querían que hiciera.

Esa tarde, sin embargo, no me importaba nada de eso. Era viernes y pasaban las cinco. En algún momento no pude soportarlo más: comimos galletas, pero no jugamos a la lucha grecorromana ni nos pintamos el cabello. Dejé la casa de Kawabata tras dar la excusa de sentirme mal y llegué a Ginza con la frente mojada. Busqué largo rato, local por local, aquel sitio, lo que fue agricultura, lo que fue bodega. Dos soldados fueron la señal. Norteamericanos. Los vi caminar bajo el cielo nublado, doblarse de risa a mitad de la calle y tomar la misma dirección que otros: algunos con ropa ligera, otros con peinados exóticos o pantalones muy pegados a las piernas. Algo de instinto tuve. Imaginé que esos soldados ya se conocían del cuartel, pero también en la ducha colectiva. Que juntos habían destruido algo con sus jadeos. Entraron al portal oscuro del que tantas veces saldríamos tú y yo mucho después. Y tuve que rodear, como se rodea el saco de box, aquel edificio varias veces sin decidirme a entrar, a dar el salto que cambiaría para siempre lo que me pasó.

¿Cómo sospechar eso, Shiro? ¿Cómo saber cuando una persona va a enterrarte un cuchillo? El bar olía a alcohol y café quemado, lucía repleto. Por un momento quise dar la vuelta y huir a casa, decirle a mi padre que sería un buen hijo, a mi madre que la ayudaría a cortar flores, pero entonces compré un vaso de licor y empecé a beber y a pasearme entre los muchachos, que miraban en otra dirección, que no se molestaban en darse la vuelta ante mí. Hablé con uno, después de unos tragos y de darme valor, recargado en un pilar. Y cuando intentó besarme, lo rechacé. Pudo haber sido él, ¿sabes? Pudo haber sido ese tipo quien me llevara a casa. Pudimos haber tenido, después, un sitio propio. O pudo haber sido cualquier otro si me hubiera atrevido a recibir, a tiempo, lo que querían darme.

Si recapitulo es para decirte que conocí a alguien. Y pensar que creí que jamás me sucedería. Ya ves, Shiro, las rutas nunca son como uno sospecha. Cuando llovió la semana pasada, él me prestó su abrigo. Y me llevó a un lugar oscuro más tarde donde me susurró algo, una frase que no repetiré. Su voz es muy distinta a la tuya. El miércoles pasado, durante el desayuno, me confesó que se iría de aquí muy pronto, que tenía planeado irse en coche hacia la frontera con Estados Unidos. Que quería ver el lugar donde se acaban los países de la América en español. Y anoche, quizá porque no puedo soportar la idea de no volverlo a ver, me planté frente a él en aquel lugar donde ocurren todas las cosas importantes que pueden ocurrir entre dos hombres que se ocultan de la mirada ajena: en el baño del bar, junto a los mingitorios, frente a la amplia luna. Le pregunté si podía acompañarlo. Con la espalda contra el azulejo, como si mi vida hubiera adoptado, de repente, un solo propósito, hice mi oferta: *¿sí o no?*

Lavándose las manos, él dijo que me había pasado de alcohol.

Salimos a la calle.

Hubo algo en ese intercambio que me recordó a ti. Cuando comenzamos a hablar y te dije que nunca había estado en ese sitio, el bar Ryosuke. Cuando me dijiste que no bebiera más y me quitaste el vaso. Cuando no pude encontrar el camino a la salida y sugeriste que me fuera contigo. Me tomaste de la mano y me llevaste por las calles de Tokio, ese laberinto. *Ven por acá*, ordenaste. El aire me secaba la garganta. Nunca te lo dije, pero mi madre cumplía años al día siguiente. Y no me importó no llegar a casa.

Te pregunté, caminando a prisa, lo que le he preguntado a tantos, múltiples veces, este tiempo: *¿a dónde vamos?* Una pregunta que oculta una doble intención.

Me daba vergüenza, insisto, que me vieran a tu lado. No me atraías tanto y juzgaba de mal gusto tus zapatos de charol. Entramos en silencio a tu departamento. A lo que fue, o lo pienso así ahora, nuestro departamento. ¿Me quité el saco? ¿Vomité? El recuerdo también se transforma. Solo sé que te cambiaste de ropa y nos encontramos de nuevo junto a la mesa. Pusiste música, el gramófono. Y empezamos a bailar, o algo parecido. Tuve el gesto de desabotonarme la camisa. Quería provocar algo en ti, sentir lo que nunca había sentido: que le atraía a alguien. Fumamos acostados más tarde.

El nombre del hijo de Butterfly es *Dolore*. Estoy sentado al borde del asfalto, frente al teatro de ópera. Bajo el rascacielos cuya punta reluce con el sol. En una ciudad en ruinas, la ciudad donde aprendí a bailar. Cómo sería ser recibido con flores como un héroe, cómo será poder decirte en persona que ya no soy el mismo. Tápate los ojos, no mires cómo reluce, bajo el sol, este que soy. No me digas que te desagrado y soy el borde de una ruina. En aquel entonces, esa mañana, no supiste, ni alcanzaste a sospechar, que te di un nombre falso. Mi segundo nombre. O el primero que tuve desde siempre. Y que por primera vez sentí una seguridad profunda al decirlo, una avalancha. Cuando nos levantamos con dolor de cabeza vimos un hilo de humo en la ventana y dijiste: *algo se quema*. Era una fábrica. Algo siempre empezó a quemarse, lo sabes, cada vez que tú y yo. Un campo de trigo, una vieja casa. Me puse el saco, ¿recuerdas? Preguntaste cómo me llamaba.

Mi nombre es Yukio, respondí.

Me puse el saco para irme.

Yukio es mi nombre, dije, ya escucharás de mí.

Antorcha

en Tokio, 1946

Sacó los ahorros de una lata al fondo del armario. Fue a la pescadería y pidió salmón fresco. Fue a la frutería y compró un melón, también duraznos. En otro local una hogaza de pan. Eligió los ingredientes con cuidado, casi con devoción, creyéndose un cocinero de verdad, alguien que sabe usar cuchillos y sazonar de forma precisa. Al salir del mercado comenzó a preguntarse si a Shiro le gustaría lo salado o si, por el contrario, prefería lo dulce. Regresó al local donde había comprado la hogaza y pidió unos bocadillos, una tarta solo por si acaso. Para tener un poco de todo. Un banquete. Los ahorros le alcanzaron incluso para comprar una botella de sake mediana.

A la mañana siguiente se levantó muy temprano y se puso a cocinar nervioso, con el temor de que el salmón no estuviera tan fresco, que el arroz no alcanzara el punto exacto. Acomodó todo en una bolsa y se encontró con Shiro al mediodía. El plan: pasar la tarde a orillas del río Sumida, algo distinto, privado, un encuentro para lanzar guijarros y conocerse un poco mejor. La cantidad de comida fue un exceso, el hambre no les alcanzó. Prefirieron vaciar la botella de sake, contemplar los botes que atravesaban el río, burlarse de la dificultad de los padres de familia para llevar a los hijos de un lado a otro, *el remo se le cayó al agua, ahora a ver cómo lo saca, dime, a ver.* Yukio le explicó el significado de la palabra *incipiente*, el otro dijo nunca haberla escuchado. Comieron un poco más y a eso de las siete, cuando los padres y sus hijos ya habían llegado a la orilla y los botes eran acomodados por el encargado de rentarlos, cuando los duraznos ya estaban a medio morder y no hubo más guijarros que lanzar, decidieron volver a pie.

Ahora son casi las ocho y han caminado un trecho considerable. La ciudad está en silencio. Ellos también prefieren el silencio. Ya se han dicho tanto las últimas horas que es mejor no hablar de más. A las ocho en Tokio se enciende el alumbrado público y en los hogares se termina la cena. Un punto intermedio entre la tarde y la noche. El sol no se oculta todavía y los faros le dan a las calles un aspecto único, en exceso iluminado. Los pasos de ambos resuenan sobre los adoquines. Las hojas de los árboles adornan la calle. Ellos no se miran entre sí. Entre bostezos llegan a una intersección.

—Bueno, yo voy por acá —dice Shiro.

—Sí.

—Nos encontramos de nuevo pronto, ¿cierto?

—Sí, seguro.

Sonríen. Asienten con la cabeza durante casi un minuto. Finalmente toman direcciones contrarias. Yukio echa a andar y de inmediato su vida es la peor bazofia. Se despidieron de forma abrupta, ya no están juntos, ahora qué hará. Todo lo que viene después del banquete no brilla. Limpiar la habitación, a solas. Leer a solas. Lavarse el pelo, secarse los pies: es aborrecible lo que no se hace en compañía. Da pasos largos. Ir de ese modo, por su cuenta y ligeramente borracho, es difícil. Separarse es siempre lo más difícil.

Intenta convencerse de que volverá a verlo pronto, de que no falta tanto para la próxima semana. Gira a la izquierda en Hatchobori y continúa a prisa, pero se detiene al escuchar el:

—¡Yukio!

Detrás. El:

—¡Yukio, no vayas tan rápido!

Insistente.

Shiro ha venido corriendo.

—¿Quieres ir a mi casa a tomar algo?

Dos kamikazes insomnes van a toda máquina por la Hatchobori, dan giros a lo largo de la avenida Heisei Dori, empujan a la gente, *apártense, llevamos prisa*, y la señalan con el dedo; se hace noche y destruyen el asfalto, los zapatos tienen ácido y dejan marcas; proponen carreras, *a ver quién llega más rápido*, no contienen la sed y, entre risas, terminan en la misma licorería a la que han ido antes, en Chuo. En la licorería solo exhiben sake y algunas variedades de licor, pero si se pagan unos yenes de más el encargado saca el whisky o la ginebra importada. Negocian como dos yakuza: *qué nos puedes dar, qué ofreces*. Se deciden por un sake barato y una botella de ginebra cara.

—Yo pago —dice Shiro buscando dinero en sus bolsillos.

—No, pago yo.

—No, tú hiciste la comida, Yukio.

—Déjame poner algo.

—¡Que no, te digo!

Shiro pone sobre el mostrador algunos yenes, inquieto. Le faltan veinte y busca hasta el fondo de sus bolsillos sin encontrar nada. Dice con nervios que debió perder lo faltante, en realidad nunca lo tuvo. Mira al encargado con rostro suplicante. *Fíenos, señor Hashimoto, regresamos a pagarle*, pero a Yukio le da vergüenza hacer eso y pone los veinte que faltan sobre el mostrador. Shiro vuelve a tomarlos, *¡te dije que yo pago!* Y antes de que Yukio pueda responder, algo explota en la calle con fuerza, el local y sus rostros se iluminan por un instante, se ven chispas. Después la oscuridad.

—Les fío —dice el señor Hashimoto—. Tengo que cerrar.

Yukio toma las botellas.

—Vamos, Shiro. Ayúdame con una.

Pero Shiro no responde ni extiende el brazo para ayudarlo.

—¿Shiro?

No hay respuesta.

—Sin juegos, Shiro, solo se fue la luz.

Al moverse por el local, Yukio no encuentra a Shiro. Ningún cuerpo junto al suyo. Lo primero que piensa es que le está gastando una broma. *A ver, te encuentro.* Sin embargo, al desplazarse por el local, no alcanza a palparlo ni le es posible determinar su posición. Como si Shiro hubiera desaparecido con aquella explosión, igual que si nunca hubiera existido. El local se llena súbitamente de un rancio olor, una mezcla de humo y carne cruda. *Sin bromas, te digo.* Le cuesta un minuto más escuchar su respiración agitada, darse cuenta de que se ha replegado y de que su cuerpo tiembla, contra el muro, como el de un animal herido. *Aquí estás.* Hacen contacto. Para entonces los ojos ya se han acostumbrado a la oscuridad y Yukio cree ver frente a él a un rostro confundido y en pánico. *¿Estás bien?*, pregunta. Shiro toma su brazo con fuerza y le suplica, con voz quebrada:

—Sácame de aquí.

Lo lleva del brazo, de nuevo a toda velocidad. Varias cuadras a la redonda están a oscuras pero Yukio sabe el camino de memoria. Dos cuadras al frente y después a la izquierda otras cinco, hay que cruzar la avenida Heisei Dori, luego dos cuadras más. No importa que lo sepa, las calles no se distinguen unas de otras. Los automóviles iluminan con sus faros una parte del camino, aunque solo de manera intermitente. Cuando viene uno, Yukio aprovecha para saber dónde están. Y no suelta a Shiro ni un solo momento. De vez en cuando le pregunta si está bien, pero la única respuesta es la respiración del otro, a bocanadas. Un ahogado. *Ya casi llegamos.* A lo lejos se observa un halo de luz y Yukio los conduce hacia allá, a Ginza, más allá de la avenida Heisei Dori. Sus cuerpos van revelándose poco a poco, iluminándose a medida que se acercan. La respiración de Shiro se normaliza. Al atravesar la avenida, Yukio lo suelta por fin. Shiro se palpa los brazos, se lleva las manos a la cabeza sorprendido, como si no pudiera creer que existen los dos ahí, todavía.

—¿Estás bien? —pregunta Yukio.

Shiro ríe nervioso.

—No soltaste las botellas.

Luego dice:

—Todo bien. Es que pensé que… No importa. Vamos.

El resto del camino no hablan. Shiro avanza y sostiene sus llaves en la mano izquierda, Yukio nota la tensión en sus dedos, están firmes sobre el metal. Suben las escaleras y entran al departamento: pocos muebles, pocos trastes. Yukio propone abrir las dos botellas y alternarlas. Shiro enciende un cigarro y mira por la ventana:

—Ahí está la lavandería —dice sorprendido y con la boca abierta, mostrando los dientes.

Casi una sonrisa.

—Sí, ahí está —dice Yukio.

—A veces me impresiona que haya una tan cerca y que siga ahí, cada mañana.

En la cocina encuentra unas velas.

—Solo por si acaso.

—¿Estás mejor ahora?

—Sí, Yukio, yo siempre estoy bien.

—Me asustaste. No vuelvas a esconderte así, ¿me oyes? Brindemos.

—Sí.

Y al dar el primer trago, Shiro evita mirar a Yukio: no puede dejar de pensar en las oscuras calles de Chuo y en su laberíntico aire. Pasa el tiempo, habrá un segundo trago, Shiro pone música. La música es importante. Al servirse el tercero, que eventualmente se convertirá en una tercera copa y en el deseo de una tercera botella, Shiro le pregunta con cierta vergüenza si quedó algo para comer. *Quedan la tarta y un poco de arroz*, responde el otro. Comparten con avidez, como si fuera lo último que van a compartir en sus vidas, roen en silencio con sus pequeños colmillos, este par de animales hambrientos. *La tarta la hice yo*, miente Yukio. *Entonces eres el mejor repostero de Tokio y no un escritor*, responde Shiro. La tarta queda hecha migajas. *¿De Tokio solamente?* Dan tragos al sake y se prenden cigarros. *No*, afirma Shiro, *de todo el continente asiático*.

Se miran, están ya en lugar seguro, han extendido el encuentro que empezó al mediodía, todo está bien. Solo fue un susto aquel apagón y fueron, quizá, de gran ayuda los automóviles que con sus faros les indicaron el camino. Qué fortuna no estar solo y vaciar con alguien una botella de sake, hablar de la pesca en el río Sumida y perder el hilo. ¿Hablan del remo que se quedó al fondo del río, el que soltó aquel padre de familia? ¿O hablan de si viajaron en barco alguna vez? ¿Hablan de la nieve o de planetas lejanos? Las bombillas iluminan la estancia de forma tenue y revelan dos figuras una frente a la otra. Pero muy pronto, una vez que el alcohol va terminándose, el silencio hace su aparición. El arrollador silencio, la nada, una mirada a la botella. Abrir la ventana para que salga el humo.

—Ya bebimos mucho.

Shiro no dice nada más y se muerde las uñas. Más tarde hace una pregunta:

—¿Escuchaste?

—¿Escuché qué?

Se levanta a prisa y va a la ventana.

—Hubo un grito. Al fondo de la calle.

—Estoy seguro de que no, lo habría escuchado.

—Alguien gritó.

Shiro toma las llaves y se dispone a salir.

—Alguien necesita ayuda.

Pero Yukio sabe que nadie necesita ayuda, que no hubo grito alguno, que Shiro está nervioso. Intenta convencerlo:

—Si alguien necesitara ayuda ya habría gente corriendo. La calle está vacía. O casi vacía. Ahí andan los gatos.

—Sí… quizá tengas razón.

—Sírvete otra copa, lo que queda, anda.

Shiro lo hace, pero la idea del peligro lo corroe. No la soltará. La luz parpadea, un nuevo apagón amenaza, ¿cómo estar seguro de que todo marcha bien? Y siguen hablando, retoman el hilo de la charla, siguen juntos a pesar de la amenaza de catástrofe.

—¿Dónde está la tarta? —pregunta Shiro de repente.

—La comimos hace rato.

—No me mientas, la escondiste.

Shiro se pone a buscarla, desesperado. Lo hace en la cocina e incluso en la habitación.

—¿Dónde está? —pregunta insistente.

Lo que comenzó como un inocente paseo a orillas del Sumida termina en la búsqueda atormentada de algo que ya se consumió. Yukio lo convence de ir a la habitación, apaga la música, lo toma del brazo. *Ni una más, nos acostamos.*

—Sí, nos acostamos, así es mejor —acepta Shiro—. Ya recordé que comimos la tarta, discúlpame.

Shiro se quita la ropa poco a poco, casi con fastidio. Está cansado. Al ver eso, Yukio se permite también hacerlo, como si el otro le diera licencia. Se desnudan y reposan el uno junto al otro sobre el futón, como las personas que van a las tiendas a probarlos, como las parejas que llevan años juntos y están acostumbradas a ello.

—Perdóname —repite Shiro.

—No pasa nada.

—Escuché un grito, pero creo que fue el sake.

—Está bien.

Yukio se levanta para apagar la lámpara de piso, pero Shiro le dice que no lo haga, *por favor*. Yukio regresa al futón y se recuesta en el abdomen del otro. La ropa de Shiro está dispersa por todas partes, un frasco de mascarilla facial está destapado sobre una mesa, una planta no ha sido regada en días. Afuera, los gatos maúllan. La piel de Shiro está fría. Un temblor ligero, casi imperceptible y de magnitud muy baja, lo recorre, pero a pesar de ello le acaricia el pelo a Yukio. Y con ternura, o conmovido, o —es probable— ligeramente agotado, dice también:

—Cuéntame algo que nunca le hayas contado a nadie.

Yukio lo piensa un poco.

—¿Conoces a Mikio Oda?

—No.

—El campeón olímpico de salto triple. 1928.

—No sé.

—A veces —dice Yukio levantando la cabeza un poco para encontrar la mirada del compañero—, imagino que soy él.

En la calle se escucha el sonido de un motor.

—E imagino también que soy un campeón olímpico igual que él. En mi cabeza estoy pensando siempre en eso, me cuento la vida en el lenguaje de los deportes. Quiero ganar algo, pero no sé qué. Quizá es ridículo.

—No.

—Imagino cómo será que te cuelguen una medalla de oro.

—No es ridículo, ¿quién no quiere una medalla de oro?

Shiro le suelta el pelo.

—Y voy por la calle y pienso que puedo correr, pero no corro. Y quiero hacer una acrobacia, pero no la hago. Perdón. Es que es así…

Yukio se calla. La lámpara parpadea y se apaga, igual que el alumbrado público tras las cortinas. De nuevo el sistema eléctrico. Shiro le entierra las uñas.

—Trae las velas.

Yukio no quiere despegarse de él, teme que se ponga peor, no quiere recorrer el pasillo a tientas. También él ha comenzado a sentir miedo.

—Tráelas. Ahora.

Yukio se levanta porque no tiene remedio, va por el pasillo, no las encuentra, le cuesta mucho. Tira la botella de sake, pisa el cenicero, tropieza, pero al final lo consigue. Encuentra también los cerillos en la mesa. Resbala uno por la orilla de la caja y lo lleva al pabilo. Qué distinta se ve Tokio a oscuras. Él mismo, reflejado en la ventana, apenas iluminado por esa llama tenue, también es otro. De inmediato lo asalta la sensación de que todo, desde el día anterior cuando fue al mercado, ha pasado demasiado rápido, que las horas junto a Shiro se consumen como la mecha de una vela. Regresa a la habitación y se dirige a la mesita. Recorriendo la planta y el frasco de mascarilla, hace espacio, acomoda el fuego ahí.

—¿Qué está pasando con esta ciudad?

Shiro no va a responderle, se ha enroscado, se abraza las piernas. La llama de la vela hace que su sombra se proyecte en la pared. Y mira a Yukio como esperando una respuesta, pero a qué exactamente. Lo contempla como si fuera un fantasma o una aparición, como si no hubieran estado juntos casi un día entero. Como si temiera que fuera a hacerle daño.

—No soporto la oscuridad.

—Ya no hay oscuridad, Shiro.

—Alguien gritó.

—No.

—La vela está muy cerca de la planta, la vas a quemar.

Yukio recorre la vela un poco hacia la izquierda.

—¿Así está bien?

—Discúlpame, Yukio.

—Está bien. Todo está bien, ¿quieres dormir?

Yukio se acomoda en el futón y Shiro se recuesta en su brazo.

—No.

—Me puedo quedar toda la noche vigilando el fuego.

—Si te cuento algo sobre mí, Yukio, ¿vas a creerlo?

—Sí.

—¿Incluso si fuera algo que no debes saber?

—Estamos conociéndonos.

—Tengo miedo de que pienses mal de mí si te lo digo, que no quieras verme de nuevo.

—Entonces no me lo cuentes.

—Quiero hacerlo.

Más allá, en la calle, alguien corre, alguien fue asaltado y gritó.

En la habitación, la vela crepita.

Yukio está expectante. No sabe a qué se refiere Shiro cuando dice que no querrá verlo de nuevo. Shiro toma aliento:

—Tengo miedo de la oscuridad porque estuve ahí.

—¿Dónde?

—En las escaleras que llevaban al sótano.

—¿Cuáles escaleras?

—Las escaleras de la escuela.

—No entiendo.

—Yo tenía un hermano menor, se llamaba Tadashi. Éramos inseparables. Me gustaba cuidarlo y limpiar su ropa. Cuando volvía de la escuela me gustaba sentarlo en una silla y cambiarle el peinado, o irnos de paseo. Éramos cuatro en la casa: mis padres, Tadashi y yo. Me cuesta hablar de ellos. Ahora todo ha cambiado. Es difícil. A veces me cuesta despertar aquí y darme cuenta de que no están conmigo.

—¿Qué ha cambiado?

—La luz cambia mucho. En Tokio es muy brillante.

—No entiendo lo que quieres decir.

—Mi cuerpo cambió, Yukio. Ahora tengo que cuidarlo un poco más.

—¿Por qué?

—Porque fue atacado. Lo desprecio un poco.

Más allá, en la avenida Heisei Dori, el corredor se detiene y jadea; ha llegado a la parte ahora iluminada de la ciudad: Chuo.

—El negocio de mi familia era vender dulces y bocadillos entre los niños de la escuela primaria. Ahí estudiaba Tadashi, tenía seis. Mi madre se levantaba muy temprano para preparar los dulces y un poco más tarde era yo quien los llevaba al colegio, siempre a pie. Los niños pensaban que les daba obsequios, pero sus padres pagaban por todo. Le daban el dinero al señor Ozu, el director. Y el señor Ozu me daba el dinero a mí. A veces mi padre me acompañaba también, pero ese día estaba enfermo y tuvimos que dejarlo reposar. Esa mañana, también, mi madre se retrasó en la cocina. Me dio los dulces apresurada y me despedí de ella. No sé ahora cómo fue que me despedí, si lo hice sin darme cuenta o si me tomé el tiempo de darle un abrazo. Me cuesta recordarlo, Yukio. Preferiría recordar eso que otras cosas. Recuerdo que había algo extraño en el ambiente, fuera de lo común. Mi padre, cuando pasaba eso, decía que la punta de una espada podía cortarlo. Recuerdo la fila de cipreses que estaba en la avenida principal. Me encantaba la sombra que daban esos árboles. Los veía todos los días durante mi camino. Recuerdo que a las puertas del santuario Yasaka, de tanta prisa, se me cayeron unos cuantos dulces, pero no me detuve a recogerlos. Necesitaba llegar a la escuela porque el receso iba a terminar. Y cuando me aproximé con la canasta vi a Tadashi. Mi hermanito. Apenas había mudado los dientes. Yo llevaba uno de ellos guardado en el bolsillo de la yukata, envuelto en papel de arroz. Sentía que me daba buena suerte. Al verme, los niños se acercaron, me llamaban tío Shiro. Me decían tío Shiro, ya llegaste. Y extendían las manitas para que les diera dulces. Los niños siempre me trataron bien. Ellos no pueden tener maldad ni hacer daño. La maldad está arriba. Recuerdo sus bocas y sus uniformes. Tadashi se acercó a mí y lo abracé muy fuerte, creo que lo hice demasiado fuerte, porque empezó a quejarse y se apartó. Me sacó la lengua y dijo que lo maltrataba, le gustaba fingir molestia. Le dije que iría por él más tarde. ¿Puedo tomar otro dulce?, preguntó. Se lo di. Y pretendía decirle algo más pero en ese momento el señor Ozu me llamó a gritos y me pidió que fuera a su oficina. No alcancé a despedirme de Tadashi, creo que se fue corriendo. En la oficina, el señor Ozu preguntó por mi familia y dijo que iba a pagarme, pero que fuera yo mismo al sótano a buscar el dinero. Me dio la llave, de inmediato sospeché algo, el señor Ozu nunca me había ordenado nada parecido. Nunca sabré por qué me dio tal instrucción pero acepté de todas formas. Abrí una puerta y empecé a bajar los escalones, uno por uno, estaban iluminados por un solo foco que apenas daba luz. Mis pasos rechinaban. Y entonces pasó.

—¿Qué pasó?

Más allá de la avenida Heisei Dori, más allá de Chuo, alguien busca una moneda.

Al fondo del agua, en el Sumida, hay un remo.

—La oscuridad.

—¿Cómo?

—Escuché un ruido muy intenso, pero en ese momento no supe si venía de cerca o de lejos. Y luego sentí el aire entrar a mi oído a toda velocidad, algo que nunca había sentido. No sé cómo describirlo. Era como soplar, así. Sopla mi cabeza, Yukio.

Yukio sopla la cabeza de Shiro, un ligero aliento a sake le llega a la nariz.

—Era como sentir eso pero con una boca enorme.

La vela crepita otra vez.

—No perdí la consciencia, pero dejé de verlo todo. Creo que caí por las escaleras, pero lo que más me alarmó fue no escuchar nada después. Tuve que decir algo en voz alta solo para comprobar que no me había quedado sordo, me gustaría recordar ahora qué palabra fue. Pensé al principio que había sido un terremoto o un derrumbe, no lo que ocurrió. Subí por las escaleras con todas mis fuerzas hasta la oficina. Pretendía preguntarle al señor Ozu qué había pasado, si se encontraba bien. Empecé a gritarle, pero el señor Ozu no me respondió y vi los rayos de luz tras la puerta. No te imaginas lo que es para mí ver la luz, Yukio. Vi la luz y pensé que estaba todo en calma, pero después, al llegar arriba, me di cuenta de que la mitad de los muebles de la oficina habían desaparecido y que la pared estaba negra. Que una parte del techo se había caído. No sé cómo pude volver a caminar correctamente. A veces no sé, Yukio, de dónde saco las fuerzas. Salí al patio de la escuela, seguía ahí pero los árboles ya no estaban. Y no había niños. Recuerdo que empecé a gritar su nombre. *Tadashi*, grité. *Tadashi dónde estás*. Y me dio la impresión de estar jugando a las escondidas, de que nada era real. El patio estaba en silencio. De algunos árboles solo había quedado una delgada parte, como un hilo. Seguí gritando su nombre. El nombre de mi hermano. Entré a las aulas pero estaban vacías, los pupitres estaban estrujados como si un puño los hubiera apretado, algo así. Pretendo usar las palabras como las usas tú, Yukio. Algo así, digo. Algunas cosas permanecían: vi un pedazo de tiza en el suelo y me pregunté por qué si todo lo demás ya no estaba, ese pedazo de tiza estaba ahí. Salí corriendo y al ir por la avenida principal, no dejé de llamarlo. *¡Tadashi! ¡Tadashi-san!* El santuario Yasaka seguía ahí, pero al mismo tiempo no, solo la cáscara. Escuché que a lo lejos la gente gritaba también otros nombres. *¡Yoko! ¡Señora Matsumoto! ¡Hitoshi!* Alguien gritaba *¡Hitoshi!* con tanto horror, no puedo creerlo. Corrí a toda prisa, pero no sentía el cuerpo. Era como si no tuviera cabeza. Al correr noté que la piel me brillaba. Y empecé a sentir vértigo. También me di cuenta de que una parte de mi yukata se había esfumado y que las costuras se me habían marcado en la piel. ¿Puedes oler?

—¿Qué?

—Algo se quema.

—Es la mecha que se está consumiendo.

—No. Es la piel de la gente. Llegué a una bodega y encontré a varias personas dentro. Muchas vomitaban. Algunas de ellas tenían un color que me parece irreconocible. Un color que no es un color, ¿me entiendes? Como rojo, pero no era rojo, tampoco gris ni púrpura. Era tal vez una combinación de todo eso. Pude haberme desmayado ahí, pero de inmediato un señor vio que yo estaba de pie y me ordenó que lo ayudara a cargar agua. Me indicó dónde hacerlo y fui por inercia. Entre dos personas tomamos un cubo de aluminio, pero ya no se veía como tal. Era igual que con los pupitres, como una hoja de papel arrugada.

Intento comparar, pero con qué se puede comparar eso. *¡Más agua!*, pedía la gente. *¡Traiga más agua, muchacho!*, me gritó ese hombre, pero no supe si su voz me decía eso, porque yo no dejaba de escuchar los llamados y las preguntas. *¿Ha visto a Kenzo? ¿Dónde está mi hijo? Ese es mi hijo*, afirmó una mujer, pero lo que estaba frente a ella no parecía un ser humano, no podía ser un hijo. Yo llevaba y traía el agua. Y la echábamos sobre la piel de la gente. Creo que algunos de ellos eran niños, pero no puedo recordar. No quiero. No podría recordar a un niño en esa condición. Pensé que mi Tadashi se encontraría en ese sitio aunque eso no fuera posible. Y tiré el cubo y empecé a mover los cuerpos intentando reconocer sus zapatos o la forma de su cráneo, pero ninguno era él. Vinieron algunas personas y se llevaron a otras personas en mantas. Dijeron que irían al hospital, pero alguien informó que ya no había hospital. No entiendo, Yukio, no sé cómo.

Más allá del río, en la bahía de Tokio, hay medusas, sus tentáculos brillan y se difuminan con la corriente.

Más allá, el mar abierto.

—No sé qué decirte, Shiro.

—¿Qué podrías decir?

—Me gustaría poder decir algo más de lo que estoy diciendo.

—No puedes explicar, Yukio, la vida de otra gente, uno solo puede hablar de sí mismo. No puedes decirme nada. Yo mismo no puedo explicarme lo que pasó. Y en ese momento nadie podía hacerlo. Ahora usan palabras, dicen *ataque nuclear*, dicen *bomba*, dicen *avión*, pero para mí esas palabras no significan nada. No dicen nada de mi realidad, o de lo que viví. Lo que estaba frente a mí ese día no era un ataque nuclear, era mi ciudad. Mi ciudad, la noche anterior tan llena de música, estaba en silencio. O no lo estaba, porque estaba llena de gritos pero dejé de escucharlos. No me di cuenta, Yukio, de cuando me desmayé. Más tarde me dijeron que dos personas habían llevado mi cuerpo. Lo que tengo muy claro todavía es cuando un hombre me arrancó la ropa, creo que era un médico. Me arrancó la ropa y empezó a curarme las heridas. Partes de mi piel estaban rojas, amarillas, pero yo le dije que no se llevara mi ropa, que no se llevara la yukata que me había obsequiado mi madre, algo así le rogué. Uno le da demasiado peso a los objetos. A veces, todavía, cuando un hombre me quita la ropa, me pongo a temblar. Pero ese día no temblé, solo le dije al médico o enfermero, con toda la voz que pude, que no se llevara mi yukata. Y él palpó la tela y creo que sintió algo, porque sacó del bolsillo una bola de papel negra muy pequeña y endurecida. Y yo le ordené que me la diera, pero el hombre la tiró como si fuera un desecho y se dio la vuelta. Nunca lo volví a ver. Me arrastré por el piso entonces y mi cuerpo ardió, extendí el brazo y la alcancé. Deshice el papel con las uñas. Tuve suerte. Seguía ahí, no se había ido. El diente de Tadashi.

Un hombre vaga perdido por las calles de la ciudad.

Otro se sienta a la orilla del río y deja que la corriente le moje los pies.

—Tengo un hermano menor, Shiro.

—Yo también, pero nunca volví a verlo.

—La vela se apaga.

—No, la vela está encendida todavía.

—Puedo sentir tu pulso, Shiro, no entiendo cómo se puede sentir el pulso en el cuello.

—De repente despierto en Tokio y todos los días son brillantes. Salgo y miro la pintura de las casas. Me gustan las casas color magenta. Sueño con una casa grande, creo que con la que tuve. De mi padre no supe más. Alguien me dijo que habían rescatado a mi madre con vida, pero nunca pude comprobarlo. Tengo que cuidar mi cuerpo, Yukio. Estos días, a veces, siento algo en la garganta, como un cuchillo que la atraviesa. Me han dicho que es normal *en la gente como nosotros*, los *atacados*. Aquí. Toca.

—¿Aquí?

—No.

—¿Aquí?

—Abajo.

—¿Dónde duele?

—Ahí. Ahí quema.

—Estás vivo. Si lo sientes es que estás vivo.

La luz regresa e ilumina de forma súbita la habitación, la cotidianidad de un hombre del que Yukio ya no quiere separarse. El papel tapiz, el futón, sus manchas. La mascarilla facial que va a secarse si alguien no la tapa. El tallo de la planta, que nunca estuvo en riesgo. La ropa en el suelo. La taza sucia.

Las cortinas.

La planta del pie de uno está sobre el empeine del otro. Uno se acomoda en el cuerpo del otro como si pudiera encontrar ahí un refugio. El otro sostiene firme el cuerpo del que se acomoda, quisiera mostrarle el fondo del río, hundirse y sacar el remo para él. Yukio quisiera decir algo que de verdad fuera importante. Algo con las palabras correctas, pero en ese momento ya no hacen falta muchas más. Se miran, dejan de mirarse, vuelven a mirarse. Shiro sonríe y dice lo último: *pudo ser peor, las montañas refugiaron a Nagasaki.* Sonríe con resiliencia, con esperanza, como si hubiera captado el momento exacto en que eclosiona una flor o una ballena salta fuera del agua. Yukio evade su mirada, se da la vuelta y se deja abrazar por detrás. Al sentir al otro apretar, empieza a estremecerse. La sacudida es lenta y prolongada. No dejará que Shiro lo vea llorar. Llorará en silencio y después qué. Después qué se hace.

Entrenamiento
en Tokio, 1946

—Mueve la tierra, niño, toda la tierra. Es necesario. Ya no soporto esta situación. Los mosquitos. La hierba mala. Hay mucho por hacer.

—Mucho.

—Acabar con los insectos, podar. Qué cansancio. Fertilizar, ocuparse de las flores, quitar las ramas…

—Es difícil.

—Así son los jardines, ¿no?

—¿Qué debo hacer con esto?

—¿Con la tierra? Llévala al estanque y tápalo, los mosquitos vienen de ahí, los llama el agua.

—¿Podemos descansar?

—Más tarde.

—¿Terminó de escribir su relato? He estado pensando en eso que me platicó…

—Hazlo bien, Yukio, mete la pala con fuerza, solo así podrás ganar un poco de músculo. Con ganas, te digo, como si estuvieras vivo. Por más que te insisto en que comas algo siempre te niegas, sigues igual de flaco. Así no, niño, así no…

El señor Kawabata le arrebata la pala de un tirón. Se ha exasperado. Debió intuirlo: Yukio no sabe nada de jardinería. Justo hoy desapareció el muchacho de confianza que le ayuda con las plantas. Lo citó para antes del mediodía, pero nunca llegó. Por suerte vino Yukio. Y por desgracia el sol es ya intenso. Mala hora para trabajar las plantas, para hacer todo lo que se tiene que hacer. El trabajo en un jardín nunca se acaba. Sobre todo estos días, a inicios de la primavera.

Kawabata le enseña cómo hundir la pala —*así*, sentencia, *fíjate bien*—, cómo levantar la tierra con determinación y transportarla del macetón al saco. *Ahora tú*, le dice. Yukio mete la pala y la alza. Intenta hacerlo rápido, pero el cansancio se apodera de él. No ha dormido. No ha podido dormir o quizá ha dormido de manera intermitente, ya no sabe. Ahora se arrepiente de estar aquí. Porque mientras termina de pasar la tierra al saco y después, cuando el señor Kawabata le dice *hay que llevar el saco entre los dos* y cada uno lo carga, según la medida de sus fuerzas, desde extremos contrarios, y cuando depositan la tierra en la fosa para acabar con los mosquitos, y también al final, cuando ambos, exhaustos y empapados en sudor, sueltan todo el aire, Yukio sabe que Kawabata no es tonto, que reconoce, por encima del aroma de las flores y el abono, el tufo a ginebra y sake que lleva consigo; que mira, con determinantes ojos y bajo el sombrero de bambú, su piel reseca, su pelo sucio, pero es imposible explicarle la razón. Podría decir que bebió, cosa que sería cierta, pero no atinaría a decir dónde, mucho menos con quién.

Y qué ganas de hacerlo. Él, que en palabras del señor Kawabata *nunca se había sentido atraído por nadie*, ahora quisiera, limpiándose la tierra de las manos, decir: *anoche dormí acompañado*, decir *dormí con un chico un poco menor que yo, nos abrazamos*, pero el otro no quiere escuchar. Le entrega unas alicatas y le pide quitar las ramas que le sobran al arbusto.

—Quitar las ramas de un arbusto —dice—, es como quitar palabras. Las malas palabras infestan, Yukio, son una plaga, ¿te molesta si me siento?

—No.

—Nunca tengas un jardín.

Kawabata lo mira hacer con las piernas extendidas y las manos en el regazo. No ha hecho casi nada, pero el jardín y las tareas lo cansan. El calor también. Y sobre todo los mosquitos. De vez en vez se da palmadas para ahuyentarlos. Piensa que quizá en un rato puedan trasplantar las flores. Sí, será de esa forma. Porque él mismo por su cuenta no es capaz. Y Yukio terminará haciéndolo de todos modos. Este muchacho tiene que aprender cómo equilibrar la fuerza con la delicadeza. Primero la pala, luego el sutil trabajo de la poda. Y las flores, por supuesto. No deben olvidarse.

Es probable que para esta noche los mosquitos se marchen y busquen otro hogar.

Que la operación tenga éxito.

—Todo ha crecido de manera bárbara, Yukio. De verdad, nunca tengas un jardín.

Yukio poda las ramas del arbusto. De vez en cuando se detiene para limpiarse el sudor o tomar aire. Las ramas van cayendo al suelo y producen, al estrellarse, un sonido que él juzga exorbitante, grave, como si lo que cayera fueran cuchillos de acero y no ligeros trozos de madera. Piensa que de un momento a otro se desmayará. Le hace falta energía, le cuesta mantenerse erguido, pero incluso así —bajo el sol, en este jardín— quisiera decir, pronunciando palabra por palabra: *anoche me contaron algo.*

Decir *fue a oscuras y se me metió al cuerpo.*

Fue algo íntimo.

Algo parecido al sexo.

Pero no fue sexo.

Entonces se detiene, gira la cabeza y pregunta:

—¿Qué pasa si el jardín se quema?

Espera, desde luego, una respuesta sincera, porque su inquietud es una pista: le permitirá a Kawabata darse cuenta de que ha habido en él una transformación, cierta evolución. Es una señal, pero no sirve de nada. Kawabata lo mira incrédulo y se ajusta el sombrero.

—¿Quién va a quemar su jardín? No pares. Hace falta ahí, a la izquierda.

Yukio continúa podando con renovada energía. Se concentra en la longitud de las ramas, en hacerlo bien, pero no puede evitarlo: empieza a reír y mueve la cabeza de un lado a otro, nervioso o en absoluta conmoción. Y toma aliento para responder:

—Seré yo quien queme el jardín.

Para dar quizá otra pista, porque anoche creció algo en él, se decidió a hacer, las palabras de Shiro hicieron eco, le estallaron al interior en mil pedazos. Y le dieron una certeza: vas a escribir algo nuevo, algo distinto a lo que has hecho antes.

Kawabata se levanta de la silla y dice:

—Cuando el jardín se quema hay que darle agua.

Porque el muchacho ya ha hablado demasiado y es mejor terminar pronto. Entra a la casa y va corriendo a la cocina. Ahí llena un jarrón de agua. En poco tiempo está de vuelta y le pide a Yukio inclinar la cabeza. Aunque Yukio no se lo dijo, él se ha dado cuenta desde el principio: bebió toda la noche, pobre muchacho. Le da agua porque es evidente que no sabe cuándo detener el trago, ni sabe diferenciar la hierba mala de la hierba buena, ni sabe quitar, a veces, las palabras que le sobran a la página. Controlarse, en suma. Ya aprenderá.

Yukio bebe el agua de un trago.

—¿Estás mejor? Vamos a trasplantar las flores ahora.

Así que trasplantan las flores. Geranios. Margaritas. Las manos van pasándolas poco a poco de una maceta a otra, haciéndoles espacio. Y a Yukio le gustaría —cuántas cosas le gustarían— poder contarle a Kawabata la historia de Shiro tal como fue, transferírsela, darle un obsequio. Decir *esta historia es la diferencia entre la vida y la escritura.* Y también: *lo que hacemos no vale la pena si no brilla.* Qué poco sabe Kawabata de él, qué poco sabe un padre del hijo que tiene enfrente. Las flores crecerán derechas, no torcidas. Las flores habrá que resguardarlas dentro de casa el siguiente otoño. Mientras Yukio las abona con cáscaras de fruta, Kawabata no sospecha lo que está a punto de revelarle. Ni advierte la maraña de sentimientos que experimenta cuando finalmente dice:

—Voy a empezar a escribir un libro. Será una novela.

Yukio mueve la tierra de las macetas.

—Imagino esta novela como una explosión.

Kawabata lo mira en silencio, pero no le dará la respuesta que espera, no va a aplaudirle.

—Cuéntame más.

—Algo que queme, que te deje la piel brillante.

Yukio se limpia las manos en la camisa.

—Una novela que trate sobre mí y al mismo tiempo no.

—Espera un momento —dice Kawabata.

Corre al interior de la casa y regresa con un cuchillo grande de jardinería.

—Hay algo más que quiero que hagas.

Le entrega el cuchillo y le pide que le ayude a quitar una sección del tronco de una acacia, una parte que se ha desprendido por el peso del árbol y que por su cuenta no sobrevivirá. Le indica que el corte siempre debe dar en el mismo lugar o el tronco nunca terminará de desprenderse. A Yukio le cuesta hacerlo, es difícil, le duelen los músculos, pero por primera vez, en mucho tiempo, tiene una certeza: algo avanza.

Si corto este tronco en poco tiempo, se dice, *la novela se escribirá.*

—Esta vez no te voy a enseñar cómo hacerlo, Yukio. Vas a hacerlo solo.

Yukio entierra el cuchillo con rabia y precisión. Las veces necesarias.

En dos minutos, el tronco se parte.

Yukio sostiene el cuchillo con orgullo.

Lo consiguió. Empezará la novela esa misma tarde.

Su pelo revuelto, el sol brillando.

—Pareces esgrimista —dice Kawabata.

—Siento como si acabara de cometer un crimen.

—Bueno, así inician los libros, ¿no? Con algo que muere.

Articulación

del cuaderno de notas para *Confesiones…*, 1947

Esta será mi primera novela.

Será sobre mí y al mismo tiempo no lo será.

Para escribirla me pongo una máscara.

Y la escribo, de principio a fin, con el filo de mi espada.

La empiezo el día que nací. O empiezo por el arma blanca.

Cuidado, dirá el caballero, atento que te corto el cuello.

Esgrima será el principio. Dos caballeros a duelo.

Sala roja, sudor, ven y mátame. El acero brilla más cuando choca contra el acero.

Y si pierdo, que nadie pregunte por qué. Que no digan nada.

A fin de cuentas, hay un riesgo.

El de ser yo contra mí y tener enfrente un espejo.

Atento, que yo soy los dos.

Con mi florete, él me corta la cabeza.

Y yo se la ofrezco.

100 METROS

del cuaderno de viaje, México, 1957

Quisiera volver a sentir la misma emoción que tuve cuando empecé a escribir *Confesiones de una máscara*. Todo era más fácil entonces. Mientras el sol se filtra por las ramas e ilumina el automóvil, me pregunto si alguna vez podré volver a hacer un trabajo tan sincero o si, por el contrario, como empezó a sucederme después de *El pabellón de oro*, tendré que conformarme con la escritura hecha a modo; disciplinada, sí, pero hecha casi por inercia. Algo que sale de mí y me refleja, pero en espejo distinto. El espejo que tuve al escribir *Confesiones...* era tan claro que casi podía atravesarlo. Cuando me miro en fotografías de hace ocho años y también en las muchas que tuve a principios de los cincuenta, reconozco a un joven de cejas pobladas y peinado impecable. Esa persona, que tenía la costumbre de ladear la cabeza un poco hacia la izquierda y de tronarse los huesos de la mano, se me figura distante y misteriosa. Existía en él algo de inocencia, algo de ingenuidad. Su presencia era mucho más ligera. Y su mirada, tan diáfana, no se había contaminado por las turbulencias del mundo. ¿A dónde se fue? ¿Cómo volver a hallarlo? Mi mirada es tan turbia estos días que podría asesinar.

Abandonamos la Ciudad de México para recorrer en automóvil casi tres mil kilómetros. Nuestro objetivo:

llegar a la frontera con Estados Unidos. En este coche, un Plymouth modelo 54, somos dos: el capitán Yukio Mishima y Nelson, su acompañante. El plan parece sencillo: abastecernos en cada pequeño pueblo o ciudad que vayamos cruzando, quedarnos a dormir en el coche o en donde sea posible. Necesito un último tirón de emociones antes de regresar a Tokio y continuar mi vida. Necesito llegar a un espacio en el que nadie sepa nada de mí, en el que deje de ser un autor que lo mismo hace novelas que artículos en revistas de moda. Anhelo un sitio en el que no pretendan descifrarme.

Hemos dejado a Sofi sin ningún tipo de aviso. Todo aquel que pretenda saber quién soy habrá de pagar un precio. Ella quiso saberlo todo: que sufra las consecuencias. Me ha descubierto, ha saltado la cerca. Hace dos días hicimos una excursión a un sitio lejano de la ciudad. Nos subieron a un bote de madera y nos dieron un largo paseo por canales de agua, entre flores y pequeños cultivos. El paseo transcurrió en la mayor tranquilidad, alimentado por el vino y los frutos rojos. Nelson se ocupó de explicarnos: nos habló de las mujeres que ofrecían semillas sobre una manta, también del trabajo de los hombres, que vimos vestidos de blanco y ocupados en la tierra. Me intrigaron los cultivos de maíz y su altura, que rebasa la de un ser humano. El muchacho de mirada enrojecida que afilaba cuchillos y nos chifló al pasar. Y el pañuelo rojo que el remero se puso al cuello a pesar del clima. El vino empezó a entibiarse y el sol nos produjo, después de un rato, cierto malestar. Regresé al hotel cansado y con deseos de cambiarme la ropa. Mientras hurgaba en los cajones, vestido únicamente con una trusa blanca y mi reloj, hallé el labial que llevo conmigo. Apenas lo vi sentí unas irrefrenables ganas de ponérmelo. Llevar su tono me produce una chispeante felicidad.

No hizo falta verme al espejo. Sostuve el labial con esta dura mano e hice lo mismo que en Mérida, extasiarme yo solo, pero empecé a sentir un abrumador cansancio y me quedé dormido. Creo que ni siquiera alcancé a cerrar el labial, creo que lo tuve en la mano todo el tiempo, entre sueños. Más tarde escuché golpes en la puerta. No me inquietaron. Hubo más golpes y salí gradualmente del sopor. Quise advertir, con un grito, que me esperaran, que ya abriría, levantarme a prisa, ponerme ropa y despintarme, pero no hubo oportunidad: Sofi abrió la puerta y entró a la habitación diciendo mi nombre; entró con pasos firmes y me vio ahí, recostado en la cama, con los labios púrpuras, en ropa interior.

Me paralicé, mi boca se abrió, mis ojos la apuntaron con susto.

Ella se quedó ahí, mirándome, después rio con fuerza, de una manera tan prolongada y sucia que quise pedirle que parara, que no se burlara de mí.

Lárguese, le dije con un hilo de voz. *Si le cuenta esto a alguien...*

Ella volvió a reír. *No tengo miedo de usted*, dijo, *¿sabe lo que voy a hacer? Voy a contarle a todos quién es. A mis alumnos, a mis amigos.* Que contaría mis hábitos, dijo, mis deseos. *Sé más cosas sobre usted de lo que piensa y le diré a todo el mundo.*

Se dio la vuelta y se marchó. Supe, en ese momento, que jamás volvería a hablarle, que no respondería a sus cartas y que negaría todo.

Fui al baño.

Rugí frente al espejo.

Era momento de irse, lo supe. *Llévame contigo*, rogué a Nelson al teléfono, *necesito irme. No, no te diré por qué... Sí o no.* Mis manos empacaron a prisa. Sacos, calcetines, corbatas. Prendas para el gimnasio, para la ópera, para la vida diaria. Mis cuadernos, mis libritos. La vida entera.

Pasé la noche en vela, fumando. A las seis en punto fui a la recepción con mi maleta a cuestas. Miré al muchacho que atendía y le di la llave. *Escúchame bien*, dije entre dientes. Puse un billete tras otro sobre el mostrador, diez por lo menos. *Si preguntan por mí, tú no sabes.* No supe si entendió, pero tomó el dinero en silencio. El reloj de plata apretaba mi muñeca más de lo usual. En la calle, los repartidores de periódico iban a toda marcha. Nelson me esperaba en la esquina. Subí al coche y di un portazo. Los primeros rayos del sol entraron de frente y nos deslumbraron. *¿Qué te pasa?*, preguntó él, *¿por qué vienes así?*

Arranca, ordené con voz seca. *Te dije que sin preguntas.*

SALTO DE POTRO
en Tokio, 1946

La primera vez que ocurre, Shiro le venda los ojos. *No tengas miedo*, le dice, *lo haré con cuidado.* Yukio asiente. Desnudo y sobre la estera de tatami, espera el momento. Abre las piernas en un ángulo de cuarenta y cinco grados. Una postura sugerente, idónea. Su peso está sostenido por los antebrazos. Su cabeza, echada hacia atrás. Muy pronto lo tendrá encima, pero no será capaz de verlo: la cinta lo impide. El nudo que la ata es sencillo y fue hecho con atención. *Tranquilo*, dice Shiro, *lo estoy buscando.* Yukio respira agitado. *Hazlo ya*, quisiera decir, *ven de una vez.* ¿Es mejor cuando sucede poco a poco o cuando es rápido? Ya lo averiguará. Los pasos de Shiro hacen ruido en la estera, se mueven por toda la habitación. La luz es violeta, la lámpara fue rodeada con papel muy delgado. En el aire flotan partículas de polvo. Y en la calle nadie.

Las tres de la mañana.

Shiro se acomoda sobre él. La fricción es tibia, Yukio lo siente a la altura de las caderas. *Recuerda la condición*, dice Shiro, *no puedes tocarme.* Y lo aprieta con los muslos. No es eso lo que hace que la verga de Yukio se levante, es más bien el olor de ambos, el sudor, la humedad que produce. Shiro lo sabe y por eso permite que Yukio aspire, primero de su cuello, después de ambas axilas. *Nunca he hecho esto*, confiesa Yukio. Shiro le rodea un pezón con la lengua. *No te preocupes. Yo sí.* La boca de Yukio se abre y asoman los dientes frontales, el cuello se echa de nueva cuenta hacia atrás. Y la sonrisa es amplia. Sus manos quieren apresurarse hacia las caderas de Shiro, pero sabe que eso no es una posibilidad. *Voy a hacerlo ahora*, advierte él, Yukio adopta un semblante serio. *Sí, por favor*, dice soltando todo el aire. Shiro se aproxima a sus labios y le pasa la punta de un lado a otro. Es algo diferente a lo que Yukio habría imaginado, es otra textura. Se siente incluso cálida. La punta delgada se mueve con precisión y ofrece algo, una experiencia casi sacra. La primera vez.

Al terminar, Shiro le dice que se chupe los labios con cuidado. *Ya quiero verlo*, dice Yukio. *Espera, espera un poco.* Shiro se levanta y toma de la mesita el espejo redondo que ha comprado en una tienda de artículos usados. Toma la mano de Yukio y cierra sus dedos para que lo sostenga. *¿Estás listo?*, pregunta. Yukio afirma.

La cinta negra cae al suelo y Yukio contempla sus labios pintados. Su cabeza se mueve de un lado a otro sin poder creerlo. *¿Este soy yo?* Quiere verse en todos los ángulos posibles, levanta el espejo, lo cambia de lugar y alza el mentón. Es divino: Shiro no se ha salido de la línea. *Eres tú.* Yukio se lleva las manos a la cabeza y empieza a reír. Él sabe bien que, a veces, una risa no está a una distancia considerable de la conmoción.

Noche de belleza. De cuidarse el uno al otro.

Más temprano han tenido sexo por primera vez.

Dámelo ahora, dice Yukio. *Es tu turno. Quiero ponerte el mismo color.*

CURL DE BÍCEPS
en Nueva York, 1957

Está en la Quinta y debe reunirse con un grupo de perio-
distas a las afueras de la New York Public Library, pero
pasa el edificio de largo. No quiere ver a nadie. De libros
no desea saber nada. Camina varias cuadras con el mapa
extendido y pregunta a los transeúntes si está lejos de las
tiendas más importantes. El mundo de la moda. El con-
sumo. Eso le han dicho también de esta ciudad. De pronto
es ya encontrarse mirando los escaparates, las tiendas de
relojes, alucinado por el cuarzo y la precisión de las agu-
jas —lleva puesto el reloj de plata de Hirohito, pero le
parece insuficiente, ¿por qué tener uno si se pueden tener
más?—. Es también distraerse con la cachemira de los sacos, sus texturas. Podría estar tomando café o encerrado
en el gimnasio. Cuántas abdominales no podría hacer en
este momento mientras se distrae, vanidoso, con la cachemira y la lana de los sacos. O con las camisas del mismo
modelo y corte, pero de distinto color. Lo invade el placer
al probárselas todas frente a los espejos de triple ángulo;
sobre todo, al dejarse tomar las medidas por un sastre que
en algún momento fue guapo, pero ya no. Gran amor
puede darse el japonés a sí mismo al saber que la cartera
rebosa de dólares y que puede usarlos todos. *Gracias por la*

compra, que tenga buen día. Siguiente tienda, siguiente. Las mancuernas, que las use alguien más.

Entra al Saks & Co. y navega sus latitudes. Identifica los objetos más costosos, los menos costosos. Agosto apenas, pero ya se venden objetos de Navidad, ya se hacen presentes las parejitas más jóvenes, los recién casados, incluso los ancianos: vienen a comprar chocolates de Holanda, puros y suéteres del mejor *crochet*. Estufitas. Electrodomésticos. Los años cincuenta, al fin. Él los mira abrumado: ¿quién quiere un tostador si se puede tener una pluma de buena factura? Las parejitas se besan mientras las empleadas envuelven sus compras en papel encerado, poniendo su mejor sonrisa.

Se sostiene de la baranda al subir al segundo piso, luego al cuarto. En su maletín de entrenamiento los tenis, dos camisetas blancas, un pantalón, el cuaderno, *País de nieve*. Todo perfectamente acomodado. Podría comprar múltiples objetos y pedir que los manden por buque a Tokio, porque en el maletín no hay espacio y le da por vivir exageradamente. Y sin embargo no comprará ni el espejo ni la cigarrera ni tampoco aquel sombrero que se exhibe sobre la cabezota de un deslucido maniquí. Él solo requiere un artículo de todos los que ofrece la tienda. Algo que en Japón no podría comprar fácilmente —por lo menos no por su cuenta—, algo que no es accesible y que aquí, en los Estados Unidos, sin duda resultará de mejor calidad.

Se infiltra en la sección de maquillaje y artículos de belleza. Es un forastero entre las chicas de Brooklyn, las señoras del SoHo. Finge estar perdido, no saber muy bien qué busca, hasta que finalmente se anima. Va al mostrador y recarga los codos. *Buenas tardes. Estoy buscando un regalo para mi esposa. En Japón*. La empleada lo mira con cara de no entender y entrecierra los ojos. *Quiero lipstick*, pide él, y luego pregunta: *¿tienes?* La chica se queda en silencio un momento, pero después dice *sí*, asintiendo con la cabeza, *sí que tenemos*, sorprendida porque el señor frente a ella es el primero que pregunta por un artículo parecido desde que comenzó a trabajar ahí, año y medio atrás. *Toda esta sección y la de allá.* Él echa un vistazo: hay cientos de labiales exhibidos, ¿podrá dar con el color exacto? Levanta la mano izquierda y se frota el índice y el pulgar antes de darse cuenta de que no lleva anillo de compromiso. De cualquier forma dice *cuánto cuesta* y la chica pregunta, con ánimo curioso, qué está buscando exactamente. Así que él sonríe y se recarga todavía más en el mostrador, como si pudiera sugerir que es un esposo rico, alguien dispuesto a tener un amorío con una empleada de Saks. Le guiña el ojo antes de decir *mi esposa tiene una frase: "Chanel, darling, only the best, darling…", ¿entiendes?*

Y la empleada suelta el aire. *Ya sé*, dice riendo. Él ríe también. Se ríen los dos durante unos segundos, mirándose. Ella le anuncia que irá a buscarle algo bueno para aquella esposa, que darán con el regalo indicado. Buscará en el mostrador y los anaqueles, incluso en la bodega si es necesario, pero primero, dice, tiene que indicarle el tono, algo aproximado. Él asiente con la boca abierta y pronuncia *claro, rojo… rojo oscuro… más púrpura, ¿puede ser?* Ella dice *claro*. Tarda un par de minutos en volver. De un gramófono, más allá, ondula música navideña. Y él mueve la cabeza al ritmo. La chica regresa con una docena de labiales de la marca que él pidió, pero es imposible saber de qué tono son si no los destapa, cerrados lucen todos iguales, guardados en sí mismos. Los labiales han esperado mucho tiempo en la soledad del cajón y por fin esta tarde verán la luz por primera vez. La empleada se los muestra uno por uno y él los examina. Entonces señala el que le parece el color apropiado, ese que *él* debe usar. *El 225,* dice ella y Yukio la mira fijamente. *¿Puede probarlo en sus propios labios?* Ella desvía la mirada, la baja antes de decir *no me está permitido*. Así que él sugiere: *¿podría aplicármelo usted misma... aquí?*, señalándose los labios delgados. Ella no responde. Él dice: *¿has visto a un señor probarse labial Chanel?* Ella se petrifica. Y él empieza entonces a reír de nuevo, a decir *a joke, just a joke*, algo que la hace reír también, pero en el fondo la inquieta.

Extrae de un cajón varias tiras de papel. El gramaje, nota él, es de mejor calidad que la del papel de arroz donde imprimen sus libros. La muchacha aplica un poco de muestra en cada tira, produce una gradación interesante. *¿Dónde están los perfumes?*, pregunta una señora del SoHo. *En la siguiente sección, madame, junto a las escaleras.* La señora agradece. *Ya está*, continúa la muchacha, *¿puede ver la diferencia entre colores? ¿Cuál le gusta a su esposa?*

Nueve muestras, nueve tonos. La cromática va desde el rojo pálido —aquel de las granadas que se comen en el tren, en la línea de Keihan los días calurosos— hasta el púrpura intenso. Él inclina el cuerpo y observa con atención, como un científico frente al microscopio, pero se inquieta de repente: esos colores, bajo la luz artificial de la tienda, le remiten a los de una pierna quemada, a los tonos de la carne cruda, al día que se acercó a Shiro mientras dormía y, borracho, le puso un cigarro contra el muslo. La chica pregunta si está bien, *se ha puesto muy pálido*. Y tragando saliva, Yukio dice que está bien, que no ocurre nada.

Piensa entonces que ponerse un labial es como besarse a uno mismo, que un Chanel Rouge Allure entre los números 220 y 229 es parecido a un arma de guerra. *¿Cuál es este?*, pregunta a la muchacha. *El 228.* Yukio saca la cartera. *Lo quiero.*

La chica busca una bolsa de papel con asas, él pone una cantidad considerable de dólares sobre el mostrador.

Quédate con el cambio, belleza. Y no olvida desearle una feliz Navidad. *Es agosto, pero qué importa. El mundo va al revés.*

Y cuando toma la dirección del pasillo —hacia los artículos masculinos, las recortadoras de vello, los fedoras, los paraguas negros— se da la vuelta para vociferar *muchas gracias, a mi esposa le va a encantar.*

Se aleja y no sabe si fue la emoción o qué cosa, si no supo contenerse lo suficiente o seguir la mentira de una falsa relación, porque escucha a una señora, o al marido de una de ellas decir con voz nasal *there is a lot of faggots lately, ya no hay vergüenza.* Y sale de la tienda pensando que a esa señora o señor o pedazo de ser humano le vendría bien un azote, que alguien le hundiera la cabeza en el río Hudson, recordar qué se siente tener un orgasmo.

En la calle pregunta por el Empire State porque no puede identificarlo en el mapa. *Va a tener que caminar mucho,* le responde alguien. Lo hace de todas formas. La bolsita de la compra se balancea al ritmo de su cuerpo y es un hermoso accesorio, el mejor acompañamiento. De vez en cuando él mira su interior y acaricia el labial.

Sí, es el color preciso, el que se ponía *con él.* Continúa la marcha.

En el Empire, un elevadorista lo lleva hasta el mirador. Suben varios pisos, demasiados quizá, toma una eternidad. Hay poca gente ahí, algunos toman bebidas heladas. Hay sobre todo ancianos próximos a morir, pero se marchan poco a poco. Cuando ya no hay nadie Yukio va a uno de los extremos y mete algunos centavos a la máquina de binoculares. Observa las distancias. Casas, edificios, parques. El *skyline* de una ciudad que no es suya, pero hace falta algo. Algo más hace falta para ver Japón.

Saca el labial y traza, en su labio inferior, una línea muy delgada.

Un poco de brillo para este día soleado, un retoque.

Encuentra una libertad inusitada al mirar desde la cima.
Gira los binoculares para encontrar la costa, el oriente.
Entorna los ojos.
Sonríe.
Allá está Japón.

Casa Hiraoka
del cuaderno de viaje, México, 1957

Esto ocurre antes del viaje. Voy a casa y le digo a mi padre que me voy a América. Lo hago como quien anuncia que se acaba de ganar un premio o se enteró de que estaba esperando un hijo. *¿América? ¿Y con qué dinero?* Sus manos se mueven decrépitas mientras ordena los tazones. Cada vez más tembloroso, mi padre, sus nervios ya no lo aguantan. Basta recordarle que yo he escrito ya varios libros y se vendieron bien, que me pagan sumas importantes. Basta recordarle que ya no tengo diez años. *¿Y por qué no Alemania, por qué no Roma?* Abriendo la cortina para dejar entrar la luz, me espeta con labios secos, pronunciando cada palabra muy despacio, separando las sílabas, que yo he decidido irme a la tierra *e-ne-mi-ga. A ver el boleto,* agrega llevándose un cigarro a la boca. *¿En barco? ¿Eres imbécil, Kimitake? Te tomará un siglo llegar. América no existe,* dice después, *verás cómo te encuentras con lo peor, allá no hay seres humanos.* Va a la cocina y busca sus tabletas, *de pronto,* dice, *me dio el ataque,* pero yo sé que no es nada. Siempre finge sentirse mal para que yo me sienta mal. No encuentra las medicinas. Maldice. Se gira hacia mí y con la mano en el pecho me pregunta, la mirada seria, la voz súbitamente ronca como en sus mejores años: *¿te vas a casar con una americana?*

Suelto una risa. *Te ayudo a buscar las tabletas*, digo.

Si te casas con una americana no vuelvas.

Sigo riendo. *Tengo pendientes, nos vemos pronto.*

Me despide negando con la cabeza. Cierra la puerta tras de mí.

Todo lo que a mi padre le disgusta me da placer.

Salgo de casa como un cohete y me voy calle abajo.

Sigo riendo. Una americana.

Si supieras, padre, si supieras. La novia soy yo.

ANILLAS

en Tokio, 1947

La ropa es de Yukio, la ha traído de casa de los padres. Múltiples camisas, pantalones, yukatas y fajas obi que eligen entre los dos. Se intercambian las prendas y buscan el mejor atuendo. Ponerle ropa a alguien es un acto de profunda valentía, es incluso más íntimo que desnudarse. Yukio envuelve el torso de Shiro en una camisa azul marino y le abrocha los botones. Él elige para sí una camisa blanca.

—Ya está. Combinamos.

Enseguida hay que ocuparse del peinado: Shiro le pasa el cepillo y él se deja hacer. El pelo va domándose poco a poco. Los zapatos —dos pares—, están acomodados sobre la mesita y han sido lustrados con anticipo. Yukio le entrega a Shiro los suyos, Shiro se los calza y anuda las agujetas. Hay que darse prisa y hay que hacerlo bien, hay que estar perfectos. Meter la camisa al pantalón, verificar que ni una arruga escape de la vista. Los brazos se alzan, las manos alisan la tela. Juntos persiguen la belleza y se convierten en dos practicantes de danza, en dos actores del kabuki. La luz entra por la ventana.

En el suelo hay más ropa, pero sucia. La de la noche anterior.

Sin aliento se ponen frente al espejo de cuerpo entero. Quién diría que lo que pueden ver ahí, la imagen del uno junto al otro, quedará dentro de poco —y para siempre, quizá— impresa en una fotografía de estudio. Shiro ha tenido la idea: una fotografía juntos para dejarle al tiempo una prueba de algo, para poder verla de vez en cuando y recordar, para colocarla junto a las plantas o en la cocina, o para mostrarla a los amigos. Shiro lo abraza por detrás poniéndose de puntitas porque Yukio es un poco más alto, Shiro lo rodea con devoción. De un tiempo atrás, es la devoción el sentimiento que predomina sobre todo lo demás.

—Las ojeras —dice.

—Dormimos tres horas —responde Yukio.

—Fueron cuatro, las conté.

—De todas maneras, qué horror.

—Vamos ya. Nadie se va a dar cuenta.

El estudio del fotógrafo Ichiro Matsumoto está en la torre de una antigua casa en Yoshiwara, el conocido barrio del placer de la ciudad.

—Matsumoto retrata a las geishas junto a sus clientes poderosos —informa Shiro—. La gente dice que le trajeron la cámara de París.

Atraviesan la calle buscando la dirección que les han referido. Esquivan algunos puestos ambulantes regentados por comerciantes de dulces, collares y amuletos. Sistemas de adivinación. Los llamados onmyoji ofrecen sus servicios esotéricos aunque estén prohibidos por el gobierno. Shiro tiene ganas de decirle a Yukio que se detengan y compren algún amuleto o pregunten por el futuro pero, ¿qué ventaja tiene saberlo y conocer lo que depara? La ropa se les pega al cuerpo por el sol y la humedad. Es mediodía. Papeles de colores, luces colgantes y guirnaldas. Los cables de electricidad se suspenden entre un poste y otro, sugieren líneas rectas, proyectan sombra en el asfalto.

—Es ahí —dice Yukio.

La casa se erige a la sombra de un sauce llorón. Shiro hace sonar la campana y gira la cabeza hacia Yukio: contempla su porte, su manera de no expresar nada, ni la menor emoción; lo intriga su capacidad para mantenerse con los labios quietos al mirar la puerta, ¿cómo lo consigue? Él mismo ya no puede contenerse. Una fotografía, piensa, la tercera de mi vida. La primera de niño y la segunda a los quince años. La primera junto a un árbol y la segunda con un panorama de las colinas de Nagasaki. Ambas solo. Esta es la tercera y tendrá que ser la más especial.

Para pagarle al fotógrafo juntaron monedas durante semanas en un frasco de cristal, un poco cada día, aunque a final de cuentas fue Yukio quien puso la mayor parte. Y todo con el propósito de llegarle al precio, porque un fotógrafo es caro y quién diría que verse a sí mismo en una lámina se trata, todavía, de un privilegio. Shiro le dice en voz baja:

—Te ves guapísimo.

Pero Yukio no responde.

Matsumoto tiene cincuenta años y los conduce, a paso lento, por las escaleras de caracol hasta la punta de la torre. Aunque afuera el calor es inclemente, la temperatura en la casa es fresca y la torre está iluminada por la luz que se cuela a través de la ventana superior. Los peldaños son de madera y crujen a cada paso. Ascender es emocionante, la experiencia es completamente nueva. Shiro va delante y gira el brazo para rozar el pecho de Yukio ante un descuido de Matsumoto, Yukio responde jalándole la camisa. Shiro le indica, con un gesto de la mano y un susurro, que está muerto, que le va a cortar el cuello cuando salgan de ahí. Yukio le pide silencio poniéndose el índice sobre la boca y esbozando una sonrisa.

—Frente a la tela —indica el fotógrafo.

—El retrato tiene que ser de cuerpo entero —dice Yukio—, ¿recuerda lo que le dijimos por teléfono?

Ambos empiezan a sentirse nerviosos. Si habrán elegido la ropa correcta, si debieron quizá dejar de beber más temprano, dormir un poco más. Mientras Matsumoto prepara la cámara, se miran sin saber qué decirse, igual que si fueran a cometer un crimen, preguntándose *qué hemos hecho, qué nos ha llevado a retratarnos de pies a cabeza* y reconociendo un pensamiento común: ¿cómo irán a salir?, ¿cómo se ven para los demás?

—Más juntos —ordena Matsumoto tras la cámara—. Levanta el mentón, tú, el alto.

Sus hombros se rozan y las camisas están bien puestas en su sitio. El pequeño lente de la cámara los señala como si se tratara del cañón de un arma de fuego, Yukio piensa en eso. En que fotografiarse es quizá una manera de morir, que a cada retrato uno muere y después vuelve a nacer siendo otro, que la vida de uno se corta a tajos.

Matsumoto pregunta si están listos, su dedo índice se mantiene firme sobre el obturador.

—Una foto para los hermanos —dice.

Y Shiro se apresura a decir:

—No somos hermanos.

Yukio lo sujeta del brazo y lo retiene. Quiere advertirle que no puede informarle así, a la gente, tan fácil, lo que son. *No lo digas.* Pero Shiro retira la mano y aclara:

—Somos primos.

Yukio suelta el aire, se ajusta el saco y dice:

—Sí, es mi primo del sur.

—¿De visita en Tokio?

—Sí, mi primo Yukio me está alojando algunos días… no sé muy bien qué visitar, ¿qué me recomienda?

—Que no se mueva, que abra bien los ojos… Ahí.

La fotografía estará lista el próximo jueves. Salen de la casa con la sensación de haber perdido el peso. *Ya hemos muerto y ahora estamos listos para todo lo demás.* En las calles aledañas los niños corretean y el aire lleva un aroma dulzón. Por la noche será distinto, Yoshiwara tiene dos rostros. Se encenderán las lámparas rojas y se abrirán puertas discretamente. Los antebrazos, ocultos bajo la tela suave de un kimono, serán objeto de deseo.

—¿Recuerdas la casa de geishas de *Iris*?

—No.

—La ópera de Mascagni —dice Shiro—. La casa de geishas se llama Yoshiwara. Ahí no llega el sol.

—No conozco esa ópera.

Ambos tienen hambre, no han desayunado. Apresuran el paso hacia un puesto de brochetas yakitori. Dos para cada uno. Como no hay otro lugar donde sentarse lo hacen sobre el asfalto. La ropa puede ensuciarse, ya será lavada después. El asfalto arde pero se deciden comer lo más rápido posible. Entre mordidas comentan sobre la torre y el fotógrafo, sobre la cámara y la tela negra que tenía dispuesta en el estudio. Sobre su pata coja y su voz nasal. Y sobre el momento del disparo, cuando Shiro decidió sonreír porque pensó que era lo mejor que podía hacer.

—Estaba muy nervioso —dice.

—Yo no.

—Ahora ya estamos casados, señor Mishima, tenemos un retrato de boda. Tiene usted puesto un anillo como en las películas americanas, ¿me lo muestra?

—No bromees, nunca acepté.

Shiro da una mordida a su yakitori y con la boca llena le dice a Yukio que tiene algo en la cara. Apresura la mano a su mejilla sin dejar de masticar, pero Yukio lo detiene en seco.

—No puedes tocarme aquí.

—Lo sé —dice Shiro después de tragar.

Y retira la mano con decepción.

—Hemos hablado de esto, Shiro.

—No hay nadie mirando, no te preocupes.

—¿Qué va a pasar si la gente que conozco se entera? Para ti es distinto...

Un niño pasa corriendo por la calle.

—No entiendes, Shiro.

—Me gustaría poder hacerlo... poder tocarte como a mí se me antoje y donde sea.

Shiro no termina de comer, deja la yakitori a medias sobre el asfalto.

Poco más tarde caminan hacia la parada del tranvía, Yukio apresura el paso. Aunque Shiro intenta sacarle conversación, no responderá a nada de lo que le dice. Yukio tira de una invisible caña de pescar y la agita con violencia. El afilado anzuelo, que tiene bien sujeto a Shiro, rasga su ser y lo hiere. La ropa, que en la habitación era cómoda y parecía bien ajustada, le resulta ahora una gran molestia. Al seguir a Yukio por la calle, Shiro se sumerge en sí mismo: quizá hizo mal intentando auxiliarlo, mostrando afecto, pero *¿qué otra cosa podía hacer? ¿Y por qué Yukio no me responde?* El sol le irrita la piel y no deja de darle vueltas al mismo momento, a su mano acercándose, al brazo que lo retuvo, al rechazo. Es entonces cuando escucha la voz de Yukio preguntar:

—¿Kazu?

Un muchacho de cabello impecablemente peinado, pero de atuendo sucio en general, cruza frente a ellos. Yukio se le acerca inquieto, Shiro se pregunta de inmediato quién es, de qué sucio rincón ha salido. Nota sobre todo la mano de Yukio, que atrapa como un gancho el brazo de aquel chico. ¿Habrán estado juntos?

Yukio le pregunta a Kazu cómo está, Kazu ha pasado la noche en una casa de citas próxima y su aliento huele a licor de arroz, a carne podrida más que otra cosa. Tarda un poco en reconocerlo, pero entornando los ojos dice por fin *¡Hiraoka!*, sorprendido. Y asiente con la cabeza.

—Hiraoka —dice—. ¡El desaparecido!

—No te he visto en dos años —apunta Yukio.

—Nos abandonaste, Hiraoka, es eso.

—¿Qué estás haciendo ahora? ¿Estás bien? Luces cansado…

—Mi padre… —dice Kazu sosteniéndose en un pie—. Lo ayudo con casas. Vendiendo casas… ¿Y tú? Ya sé. Te estás convirtiendo en el gran escritor que prometiste ser, ¡por supuesto!

Del interior de Kazu brota una risa malsana.

—Escuché que eres amigo de Kawabata —agrega señalando a Yukio con un dedo—. El tipejo no ha respondido a ninguna de mis postales.

—Lo soy —responde Yukio soltándolo del brazo—. Y terminé la universidad… Las cosas han cambiado, Kazu.

—Has olvidado a tus amigos, eso es lo que ha cambiado. Ese viejo sucio te va a lavar la cabeza, así hace con todos.

Shiro tiene un ataque de tos. Quizá la falta de sueño, los nervios, la brocheta. Hasta entonces, Kazu no había reparado en él: Shiro era inexistente, un fragmento de sombra próximo a Yukio. Ahora Kazu lo inspecciona de pies a cabeza. Y aunque Shiro piense que Yukio va a presentarlo —y que de esa forma será *reconocido*, si no como la pareja al menos como el amigo cercano—, Yukio no lo hará, no puede. Kazu aprovecha este momento para decir:

—¿Podemos hablar en privado, Hiraoka?

Yukio le indica a Shiro que volverá y va con Kazu al fondo de un callejón. La caña de pescar se extiende y el anzuelo revuelve las tripas de Shiro en múltiples direcciones, arriba y abajo, en diagonal, hacia el interior, cada vez con más fuerza. Cruzando las manos, Shiro mira a esos dos partir y dejarlo a su suerte. El filo del anzuelo removió tanto que en el pecho se siente un enorme vacío. Shiro concluye que Kazu le dio miedo, que lo miró de una forma espeluznante.

Más allá, Kazu se coloca contra la pared de una casa y sujeta a Yukio por el hombro.

—Mírate… —le dice.

—Mírate tú, no estás bien, ¿qué has estado haciendo toda la noche?

—¿Quién es ese amigo tuyo?

—No se puede responder una pregunta con otra pregunta.

—Mira esa ropa que tienes puesta… esa camisa.

Kazu carraspea y le da un empujón a Yukio.

—¿Ahora eres un maricón, Hiraoka?

—¿Ahora quieres saber de mí, de verdad? ¿Qué problema tienes, eh?

—Siempre lo supe, Hiraoka, por más que creas que lo puedes ocultar, no puedes.

—Nos vemos después, Kazu. Come algo… Salúdame a nuestros amigos.

En el tranvía, Shiro pregunta quién era ese que encontraron. El tranvía se detiene en una esquina. Yukio no va a decírselo, no revelará nada de su vida anterior. Indica con voz seca que un amigo y nada más. Shiro se chupa los labios, intranquilo. Yukio gira los ojos hacia la ventanilla.

El tranvía continúa la marcha. Shiro también mira por la ventanilla y de pronto la ciudad le parece descolorida, anémica, un desierto, pero es eso quizá lo que le da valor. Intentará una vez más, qué importa si hay gente en los asientos delanteros, si la gente opina o juzga: cuando el tranvía se detiene unas cuadras más adelante, Shiro sujeta la mano de Yukio con fuerza, la aprieta con determinación.

No la soltará, no permitirá que lo confronten. Yukio no lo hace. Por mera culpa, entrelaza también los dedos de Shiro. *Todo está bien*, se dice Shiro, *no hicieron falta los onmyoji ni los amuletos, regresaremos a casa.* Habrá tiempo de dormir un poco más.

Tres días más tarde es él quien hace la misma ruta de tranvía, esta vez por su cuenta. Matsumoto le ha entregado la foto en un sobre. Shiro la lleva sobre el regazo y se encorva en el asiento de terciopelo. Ha prometido a Yukio que la verían juntos, pero no puede esperar más. Se limpia las manos y abre el sobre. Hacerlo es como revelar un secreto, como encontrar un tesoro. Desliza la foto hacia afuera y una conmoción lo recorre, algo que le resultaría difícil describir. Toma aire, guarda la fotografía y solicita la parada. El resto del camino lo hace corriendo, desbocado. Llega a casa y espera el resto de la tarde a que Yukio lo visite. No se resiste: mira la foto de vez en cuando. Así como ocurre cuando se tiene una prenda nueva o algo muy costoso: uno mira para comprobar que está ahí, que es cierto lo que uno posee. Los dos rozando los hombros. Uno sonriendo, el otro con mirada desafiante. La foto es de Ichiro Matsumoto, fotógrafo de geishas. La ropa es de Yukio.

FLEXIÓN
del cuaderno de notas para *Confesiones...*, 1947

Mientras escribo mi novela, el caballero abandona la sala de esgrima y lleva mi cabeza consigo, pero antes de irse, apaga la luz. Tengo la espada en la mano y busco trazos en la oscuridad.

El caballero —que soy yo, que sostiene mi cabeza. Un caballero bicéfalo— abandonó la sala y recorre el amplio complejo deportivo. Se exhibe en las piscinas, en las plataformas de clavados y en las pistas de carreras.

Muy pronto estará lejos de mí, ¿qué haré entonces?

Al cortar el espejo con mi filo, pienso que alejarme de mí es una forma de crecer.

Y que esta —mi primera novela— es sobre todo una novela sobre crecer, pero, ¿qué es lo que crece?

¿La furia o la distancia?

¿Mis músculos o una ola?

Voy con mi cabeza entre las manos y al mismo tiempo él —sin cabeza— está en la sala de esgrima. Es un proceso doloroso, pero solo así puedo escribir, duplicándome, yendo en direcciones contrarias. Escribo con la punta de mi espada. Esta es mi novela. Este soy.

Trazo una palabra tras otra y quiero rasgar las superficies del mundo.

Agito mi espada esperando que saque brillo, pero su filo va perdiéndose, en el aire, de tanto insistir.

200 METROS

del cuaderno de viaje, México, 1957

El pueblo, me dicen en traducción, tiene cuarenta habitantes. Hemos llegado aquí por un camino de tierra. La mujer parece estar a cargo. Aunque hace calor, lleva una falda enorme y anillos de plata, ¿de dónde los habrá sacado? Me da un *tour* y me muestra todo lo que hay. *Aquí está el monumental estadio de futbol*, traduce Nelson. *¿Eso dijo?*, le pregunto asombrado, *¿dijo "monumental"? No*, responde Nelson, *dijo que aquí los niños juegan y nada más que eso. Aquí está nuestro pozo de agua. Aquí nuestro taller de hilado. Aquí nos reunimos a esperar a que lleguen los hombres que se fueron.*

¿Y a dónde se fueron?, pregunto yo. Nelson, a su vez, se lo pregunta, pero la mujer no responde. Sacude la tierra con su calzado y en su mirada hay vacío. Seguimos caminando y los niños del pueblo nos persiguen como si fuéramos santos, nos dan frutas. Nelson podría ser su padre, pero yo debo parecerles un infiltrado, ¿sabrán de dónde vengo? ¿Alcanzarán a imaginar que es posible cruzar el océano en barco?

Nos invitan a jugar un partido de futbol. Tienen una pelota raída, no sé si de cuero o de qué. Digo que tengo que cambiarme los zapatos, que así no puedo jugar. Nelson me reclama. Mis zapatos son de diseñador florentino y los he conseguido, por supuesto, en Nueva York, algo que no quiero decirle. Temo que piense que exagero y que mi negación se vuelva una charla incómoda más tarde, o al día siguiente.

Los niños insisten. Giran la pelota y se arremolinan. Acepto a pesar de todo. Formamos dos equipos: el que lidera Nelson y el que lidero yo. Y empezamos a darle una ruta incierta a esa pelota sobre la tierra quebrada, nos movemos como una compañía de *ballet*. Mis zapatos van gastándose, ensuciándose al frente. No celebramos en el mismo idioma, pero de cualquier forma lo hacemos. Mi camisa va tiñéndose de sudor. Cae la tarde y caemos al suelo, nos levantamos y seguimos al ataque.

Terminamos exhaustos y la mujer nos invita después a tomar agua bajo una sombra. No entiendo por qué lo hace, pero nadie viene hasta acá y los forasteros somos noticia. En este pueblo hay solo tres familias y se sostienen de la venta y el negocio de textiles. Van a comerciar a la ciudad más cercana.

La mujer y yo hablamos y ella me pregunta si yo soy el verdadero Yukio Mishima. No. Es mentira. Tan solo me pregunta a qué me dedico y qué me trajo hasta acá. Yo digo que soy escritor y hago libros, pero la mujer no lo entiende. Me sorprende que no sepa bien a bien qué significa ser escritor. Eso está bien.

La gente aquí es servicial y de ánimo quieto, no tienen nada e incluso así dan. Los niños se asoman al interior del coche y tocan su pintura verde con los dedos.

Tras un rato, la mujer dice que acepta, que nos permite pasar la noche. Nelson y yo respiramos con alivio. Más tarde, en una pequeña habitación y sin que nadie lo imagine, nos sujetaremos de la mano al dormir.

La mujer tiene ya más de setenta años y me gustaría saber de quién es abuela. Me pregunta de dónde soy y yo digo que de Japón. Ella dice que eso debe ser muy lejos. Yo le digo que sí, que lo es. Ella dice que le encantaría visitarme y que, si puedo, le anote mi dirección. Uno de los niños trae papel y un lápiz diminuto, ya consumido por el filo de la navaja.

Escribo en su alfabeto la dirección del Palacio Imperial y le digo, entregándole aquella hoja —y también en traducción, con una voz prestada— que cuando venga a verme, tendrá todo a su disposición. Que ojalá podamos reencontrarnos.

LUCHA GRECORROMANA
en Shimoda, 1947

La cabeza del señor Kawabata impacta contra la almohada.
Su cuerpo débil se hunde en el futón. Aunque se suponía
que saldrían del hotel y pasarían un rato en la playa, de
un momento a otro Kawabata empezó a sentirse mal. El
corazón de Yukio dio un vuelco. Debieron ser los pasteles
que comieron durante el almuerzo, un exceso de algo, un
pensamiento llevado al límite. Ambos salieron de Tokio
con destino a Shimoda. El pretexto un retiro, el paisaje,
escribir a su antojo. Podremos hacer de todo, dijo el señor;
ahí están las consecuencias: se lleva la mano a la frente,
suelta el aire y le ordena a Yukio que se marche.

—Es migraña. Vete.

El jovenzuelo es expulsado de la habitación sin oportunidad de réplica. Ahora tiene el resto de la tarde para sí y
atraviesa el corredor. Quizá pueda dar un paseo entre las
casuchas o sentarse en la arena. Próxima al hotel, la costa
promete con sus rocas y sus aguas azul profundo. Desde la
orilla pueden verse los árboles de pino: jaspean las colinas y
agitan sus ramas. Apenas llegaron, Yukio se dedicó exclusivamente a tres cosas: escribir, charlar con Kawabata y pedir
tragos en el bar del hotel. En el fondo, Shimoda le parece
un sitio de lo más banal y es necesario, para estar aquí,

alterarse la conciencia con una cosa o la otra. No habrá tragos hoy, sin embargo, prefiere dar un paseo tranquilo. Sale del hotel, lo rodea y baja por una pendiente empedrada. Bambú, flores que extienden sus tallos. El viento agita inclemente las plantas y la ropa que lleva puesta. Dientes de león. El maestro ha enfermado y él debería estar ahí, pero las piernas lo llevan a la playa y las sandalias van llenándose de arena. *No siempre se puede estar con quien uno quiere, ya deberías saberlo.* El pensamiento picotea y el cielo parece más bajo de lo normal, como si estuviera a punto de desintegrarse. El día anterior había sol, qué pasa ahora. Los tallos de las flores se agitan, de verdad, frenéticamente, en cualquier momento serán arrancados de la tierra y nunca volverán a estar donde debieron estar. Entonces sí, acabará todo.

En la playa se ha formado una multitud de señores y señoras bañistas, también de paseantes curiosos que tendrán algo que contar cuando caiga la noche. Algunos se lamentan, otros dan gritos de alarma. Algo ha ocurrido. Los hombres más fastidiosos dan órdenes a la gente como si fueran capitanes de la armada y el mundo les perteneciera; algunas mujeres también dan órdenes, otras se llevan las manos al pecho. Nadie escucha a nadie. El viento podría llevarlos a todos. Otras personas, más allá, se dan la vuelta y se marchan caminando por la orilla: continuarán su día en la mayor tranquilidad.

—Un chico se ahogó —le informa una anciana que pasa junto a él y se aleja presa del pánico.

En la arena, el cuerpo del muchacho está exangüe y Yukio, acercándose con intriga, calcula su edad: apenas mayor de veinte. Su abdomen está hinchado como una sandía y de su rostro no sale ninguna expresión. Quizá está muerto, piensa llevándose los dedos a la boca. Dos chicas de la misma edad intentan reanimarlo, pasan varios minutos apretando su abdomen. *Despierta*, dicen, pero él sabe que el muchacho no va a despertar. Y por un momento imagina lo que ocurrió más temprano: aquel chico quiso domar las olas cuando le advirtieron no hacerlo, nadó demasiado lejos sin darse cuenta. Y de haberlo visto, de haber estado aquí unos minutos antes, él habría querido, al ver la marea alta, que el agua se tragara aquel cuerpo, pero no puede explicarse por qué. Habría pedido al mar que fuera más agresivo, a las olas que fueran más grandes. Así todo el desastre pudo haberse ahorrado: el muchacho habría desaparecido, sus huesos se habrían repartido en distintos lugares del océano y nunca más, nadie, habría vuelto a pronunciar su nombre.

No escucho su pulso, dice una de las chicas.

Llegará un día en que los muertos no sean motivo de lamentaciones. Un rato más tarde, mientras el cuerpo del muchacho es cubierto con una mortaja y transportado en el mayor de los silencios, él se tumba en la arena. Llegará un día en el que nadie sienta nada por nadie. A los pocos minutos la multitud se dispersa y los bañistas vuelven a adoptar el papel usual: buscar fósiles y construir castillos. Muy pronto olvidarán lo que ocurrió. Un hombre contratado por la municipalidad viene y cambia el color de la bandera. Así tan pronto se transforma todo y el riesgo ya no es lo que fue. Los niños se animan a entrar al agua, *pero solo en la orilla,* advierten los padres, *no se vayan más lejos.* En menos de una hora el sol se perderá en el horizonte y no podrá verse nada. Yukio extiende las piernas como el turista que vino a ser. Una sensación de adormecimiento le asedia las nalgas y el tórax. Se pregunta con placer cuál habría sido la diferencia, qué habría cambiado *si el ahogado fuera yo.* Kawabata llevando su cuerpo a Tokio, informando a sus padres: *su hijo ha muerto, señores, quiso aprender a nadar.* Qué risa. Una muerte en el agua debe ser de lo más simple, solo hay que abrir la boca y ya. Yukio se concentra tanto en esa idea que no se da cuenta de que alguien se acerca, alguien lo mira arriba abajo y, sin pensarlo mucho, decide preguntarle:

—¿Sabes nadar?

Yukio reacciona con sobresalto.

Entierra las uñas en la arena.

—¿Sabes nadar? —repite el hombre.

Su piel es blanca, lleva consigo una canasta de bambú pequeña.

Es norteamericano.

—No —responde Yukio.

Pero no sabe por qué le ha respondido, por qué le ha dicho la verdad.

—¿Te molesta si me siento?

—Ya lo está.

Yukio lo mira con desconcierto: el hombre se dirige a él en un perfecto japonés.

—Cuando tenía tu edad entrenaba natación. Ya no.

Yukio no puede ocultar su asombro, nunca había escuchado a un norteamericano hablar así. El hombre debe rozar la treintena y le sonríe. Le pregunta con amabilidad si quiere una fresa —eso es lo que guarda en su canasta—, pero Yukio no quiere ninguna fresa. *Ichigo*, dice el hombre. Yukio asiente, *ese es mi idioma*. El hombre se lleva una fresa a la boca. Su mordida es tan torpe que el jugo le escurre por la barba y gotea hacia la arena. La barba es larga y de tono castaño, está perfilada con mucho atino. *Disculpa*, dice el sujeto, la boca llena. Se limpia el jugo con el antebrazo.

Un movimiento recio, agresivo. Casi salvaje.

—¿Por qué estás vestido? —pregunta a Yukio.

Solo entonces Yukio se da cuenta de que no alcanzó a cambiarse los pantalones ligeros y la camisa por un atuendo más apropiado para la playa, de que salió a toda prisa de la habitación. Y también de que el resto de los turistas muestran sus pieles lisas o no tan lisas, sus ombligos y clavículas, a la orilla del mar. La duda es impertinente, pero lo avergüenza más que molestarlo. El hombre tiene un bañador muy ceñido, seguramente de buena tela, y espera la respuesta con la barbilla alzada. La respuesta es:

—¿Por qué usted habla japonés?

—Si te lo digo, no sería interesante.

Yukio se sacude la arena y quiere levantarse, pero el hombre lo retiene preguntándole si es de Shimoda.

—No, soy de Tokio.

Y de nuevo Yukio no sabe por qué le ha dicho la verdad.

—¿Vienes solo?

—No, con mi padre.

El hombre echa un vistazo a todos los turistas de la playa y se pone la mano como visera.

—¿Tu padre está aquí?

—No, está muriendo en el hotel. Tiene migraña y me pidió dejarlo solo.

—Entonces tú estás solo también, igual que yo.

En la orilla, los padres jalan de las manos a los hijos y los recriminan por haberse ido más allá de lo indicado. *¿No viste lo que acaba de pasar?*, grita uno.

Los hijos lloran a la menor provocación.

—¿Te gustaría dar un paseo conmigo? —propone el hombre.

—¿Pero a dónde?

—Dímelo tú.

El hombre come otra fresa. Enseguida dice que se está quedando en el hotel Tamachi y que viene acompañado de un grupo de colegas, todos médicos. Yukio asiente, le dice que se está quedando en el mismo hotel y le pregunta de dónde viene.

—De Nueva York —dice el hombre.

Al escuchar *Nueva York*, Yukio gira el cuerpo hacia él y extiende la mano para tomar una fresa, eso le ha interesado. Le pregunta cómo es ahí, qué se puede hacer. El otro se acaricia la barba y dice, tras pensarlo un poco, que Nueva York es como un laberinto, que hay nieve los días fríos igual que en Tokio, que hay museos, gimnasios, amplios parques. Cafés también. Que todo se puede comprar ahí.

—Hay muchos pájaros, también.

—¿Y cómo son los pájaros en Nueva York?

—Son oscuros, se ocultan a veces, pero si uno mira bien, sabe dónde encontrarlos.

Dice también que los pájaros de Nueva York pueden fijarse en ti sin que te des cuenta.

Yukio sonríe.

—¿Haces deporte? —pregunta el hombre cambiando el tema de conversación.

—No.

Yukio se corrige y dice que sí hace deporte, que entrena box de vez en cuando.

—Box entonces... —dice el hombre cerrando los puños.

Y añade poniéndose de pie:

—Deberíamos practicar.

Muestra los dientes en una sonrisa que le forma hoyuelos, mueve los brazos y las piernas a la manera de un boxeador, la arena salpica alrededor de sus pies, cae la tarde, el cielo ya parece más alto. Este hombre debe ser, sin duda, el más alto de toda la playa. *Venga, te estoy esperando.* Y entonces Yukio —por una inercia, jalado por un hilo invisible— se pone de pie también, pero su cuerpo es demasiado delgado a comparación del que tiene enfrente; recuerda sus lecciones de box, al veterano decirle en el centro deportivo de Shibuya *tienes que encontrar un objetivo*; se pone en guardia, suelta el aire. El hombre lo reta con las manos y lo invita a acercarse. Yukio le da un puñetazo con toda la fuerza que tiene, pero el hombre no se mueve ni un milímetro, su torso es demasiado duro. *Intenta otra vez.* Yukio se quita la camisa.

Van trazando círculos sobre la arena, enfrentándose, el hombre le propina un ganchazo. Yukio esquiva el ganchazo y también le propina uno con rabia, pero el otro lo esquiva con mucha más habilidad, soltando una risa.

—No sabes boxear —dice.

Y levanta los puños otra vez.

Yukio arremete enfurecido, pero el rival cambia la estrategia, el box ha dejado de interesarle: a toda velocidad, le aplica a Yukio una llave de lucha. Los huesos del muchacho crujen, es doblegado en cuestión de segundos, es capturado y el hombre lo sujeta por detrás. Ambos están jadeantes, la tarde termina de caer. El hombre ejerce una presión contra él y las nalgas de Yukio hacen contacto con la entrepierna, justo al centro. La tela brillante del bañador se estira y Yukio percibe la erección de aquel hombre, pero no se aparta, se queda ahí, sin decir nada. En la playa a nadie le interesa la escena, no puede tratarse de otra cosa que de un juego o de una exhibición cualquiera de asuntos masculinos. El aliento del hombre impacta contra el cuello de Yukio, muy tibio. Le pregunta por segunda vez si quiere dar un paseo, Yukio suelta un gemido. Sutil, grave como su voz. El otro no cede ni un poco en la fuerza que aplica, no se contiene.

La erección alcanza su punto máximo.

Las fresas se riegan sobre la arena.

Más tarde, una vez que Shimoda está oscura, entran los dos al hotel Tamachi y sin decirse nada se dirigen a la habitación del norteamericano. Yukio pregunta dónde están sus colegas, el otro dice que no importa. Cierra la puerta de la habitación y pone el seguro. Enseguida enciende una lámpara para que todo esto se pueda ver. Yukio no puede creer que le interese su cuerpo delgado, pero de todos modos lo muestra quitándose los pantalones. El hombre clava la vista en su verga y se le aproxima, lo sujeta del cuello, lo aprieta. Es la primera vez que Yukio besa a un tipo con barba. Y también es la primera vez que siente una barba entre las nalgas. Hay algo suave en el acto, algo que va abriéndose. *Lo haremos despacio*, dice el hombre y Yukio dice *sí*, dándose la vuelta para ceder, hincándose para tocar con los labios el glande humedecido. El hombre lo toma del pelo. *Venga*, dice. Y tira de él.

Horas más tarde, a eso de la medianoche, Yukio sube al segundo piso y gira la llave para entrar a la habitación que comparte con Kawabata. El señor duerme tranquilo, ha dejado una lámpara encendida. Yukio se dirige al baño a limpiarse las axilas, la entrepierna y las nalgas. También hace algunas gárgaras con un poco de agua y jabón neutro. El pulso no se le ha modificado ni un poco: sigue agitado, en total descontrol. Se pone la ropa de dormir y se sienta en uno de los dos futones que componen el mobiliario de aquella pieza. Mira a su maestro: en su rostro hay una serenidad impresionante.

Por la mañana el señor Kawabata se levanta de mejor ánimo y dice que de la migraña no ha quedado ni rastro. Apura a Yukio al restaurante del hotel, ejerciendo su magnetismo. En compañía del maestro, a veces, Yukio se siente torpe, pero ahora tiene un secreto consigo y no lo va a confesar. Le resulta una sorpresa encontrar al norteamericano sentado en una de las mesas junto a sus colegas, algunos con batas de doctor. Todos estadounidenses. Kawabata esquiva a los meseros y se apresura a buscar una mesa en el ala lateral, Yukio lo sigue a prisa, pero al pasar junto a la mesa que ocupa el hombre, encuentra su mirada. Breve, cómplice. Este intercambio es como friccionar dos ganchillos de hierro. El hombre hace una mueca, algo en él quiere sonreír pero no lo hará. Desvía los ojos y se ocupa de nueva cuenta en la conversación de sus acompañantes, que ocurre en inglés y se centra en asuntos sin importancia. Yukio y Kawabata también se concentran en lo elemental: qué pedir de desayuno. Kawabata quiere una sopa. Pregunta también al mesero si tienen dorayakis. Yukio le dice que no debería comer cosas dulces tan temprano. Kawabata le saca la lengua y le dice que el dulce es bueno después de un ataque de migraña. Yukio suspira, no podrá hacer nada para frenarlo. De vez en cuando echa vistazos a la mesa de los norteamericanos, que se ríen a carcajadas y encienden puros. El humo forma una nube a su alrededor y se traga el aroma del té y los bocadillos calientes. Yukio está intranquilo. A Kawabata le traen el dorayaki y lo devora en menos de un minuto. Yukio lo desaprueba negando con la cabeza. En ese momento uno de los norteamericanos —el *suyo*—, se levanta de la mesa y se dirige con pasos rápidos al baño, no sin antes echarle a Yukio una segunda mirada al pasar. Esta invitación será correspondida. Yukio se levanta también y le dice a Kawabata que vuelve enseguida, que olvidó algo en el cuarto. Sale del restaurante, atraviesa la recepción y abre, casi sin aliento, la puerta del sanitario que está al fondo del pasillo. El hombre lo espera ahí. Finge orinar, pero suspira con impaciencia más que otra cosa, como si Yukio se hubiera tardado media hora en seguirlo. Lo recibe jalándolo de la camisa, atrayéndolo hacia sí y apretándole las nalgas. Enseguida le desabotona la camisa y le lame el pecho. Le dice que quiere repetir y que se encuentren esa noche a las once y media en su habitación. Pone el seguro de la puerta y le desabotona el pantalón. Las manos de Yukio tiemblan mientras el hombre hincado trabaja en él. Lo que debe terminar no tarda mucho en terminar. El hombre lo traga todo y después se enjuaga la boca. Sale del baño como si no lo conociera, carraspeando. Yukio se peina frente al espejo.

Al dirigirse otra vez al restaurante, un chico joven y de manos finas le pregunta si es él el señor Mishima de la habitación nueve, Yukio dice que sí. El chico le informa que tiene una llamada y que puede contestarla ahí mismo. Yukio toma el teléfono. Es Shiro, que quiere saber cómo está.

Yukio le pregunta qué ocurre, por qué llamó.

—No pasa nada, una de mis plantas murió, ¿qué tal la playa?

—Te dije que no me llamaras si no era nada urgente.

—Te extraño.

—¿Cuánto te está costando esta llamada, Shiro?

—No importa. La vecina me regaló unas zanahorias, espero que sigan frescas para cuando vuelvas.

Yukio no responde.

Shiro dice con voz firme que anoche tuvo un sueño.

—Soñé que estabas con alguien más.

La recepción del hotel se desdibuja frente a Yukio.

—No deberías soñar eso —revira—. La playa está muy bien.

—Vas a regresar conmigo en cinco días, los estoy contando.

—No los cuentes, Shiro, te hará daño. No puedo hablar ahora…

Yukio cuelga el teléfono y agradece al chico de la recepción.

Regresa al baño entre vértigos.

Abre la puerta con el abdomen contraído y vomita una bilis brillante sobre las baldosas.

No desayuna, dice a Kawabata que se siente mal.

Por la noche, mientras el maestro ocupa su palacio de los sueños, Yukio sale de la habitación sin hacer ruido y baja al primer piso. El norteamericano lo espera desnudo tras la puerta y de inmediato se identifican el uno al otro. La verga de Yukio está erecta desde que llega a la habitación hasta que se marcha. El hombre lo convierte en un juguete de factura exótica y le dice que es la primera vez que está con un japonés. La tarde siguiente, de paseo con Kawabata, Yukio se mira en los espejos de las tiendas y en cualquier vidrio que se cruce en su camino: ha surgido en él una inusitada vanidad. Se da la vuelta y se acomoda los mechones de pelo que le sobresalen: cuando regrese a Tokio habrá que hacer una visita al barbero y pedirle un corte a la última moda. Se estira también la piel del rostro aunque falte mucho tiempo todavía para que empiece a decaer. Sabe que si le gusta al otro es quizá por esa piel de textura uniforme, pero incluso así, se pregunta cómo es posible que le haya gustado, por qué la fortuna ha sido tan buena con él. Frente a los vidrios, Yukio hincha también los bíceps, que son débiles y casi inexistentes. Se dice que cuando regrese a Tokio regresará también al box. Habrá muchas cosas que hacer entonces. Y se dice también que será complaciente cuando Dan —ese es su nombre, ahora lo sabe— se lo pida. Que se hincará, se dará la vuelta y arqueará la espalda baja. Que levantará la pierna cuando se lo indique. Que la retirará una vez que el otro haya terminado. Que no gemirá si el otro le dice que no lo haga. Y que contendrá la eyaculación todo el tiempo que sea preciso. A Yukio le fascina proyectar la imagen de ambos comiéndose al mismo tiempo sobre el futón, él recibiendo la erección de Dan y Dan, encima, estirando la cabeza para recibir la suya.

La noche del miércoles es Dan quien le pide que lo penetre. Todo se ajusta en el lugar preciso. Yukio piensa en el chico ahogado y las paredes de la habitación son rasgadas. Al terminar, Dan mantiene una distancia. Su cuerpo es grande e inspira a Yukio a transformar el suyo. Ha sido una suerte que no le haya roto una costilla o le haya dejado un moretón, cómo explicaría eso. A las dos de la mañana, Dan y Yukio hablan un poco más de Nueva York, Nueva York es un lugar que seduce. Yukio pregunta si hay bares ahí para personas *como nosotros*. Dan dice que sí, pero que son aburridos y lo mejor siempre acontece en la calle, en los baños públicos o en los vestidores de un gimnasio. En Yukio se forma una imagen precisa de Nueva York que irá cincelándose con los años, pero que ahora se instala en él como una masa informe, como la promesa de un lugar en el que probablemente nunca va a estar. La gran ciudad se le entierra como un gancho de pesca y le produce pequeños temblores. Dan dice que siempre es mejor cuando un hombre viaja y se arroja al mundo. Asegura haber estado en París, en Atenas y en Rio de Janeiro.

—Y siempre, a donde quiera que vas, llevas a chicos como yo a tu habitación.

—Sí —dice Dan—. Eso es lo que se debe hacer.

—¿Cuándo regresas a Estados Unidos?

—La próxima semana.

—¿Vendrás de nuevo?

—Es probable.

Yukio se ajusta la ropa.

—¿Quieres ir mañana a una de las colinas y explorar?

—Seguro —dice Dan—, ¿a qué hora?

—¿A las cinco?

—*Ok, big boy.*

Antes de marcharse, mientras Dan está en el baño, Yukio busca con desesperación un papel y un bolígrafo. No sabe bien por qué, pero en el papel anota su nombre, su dirección y le indica a Dan que, si quiere, le escriba una carta. Que estará esperando cuando regrese a Japón. Y sabe que, de verdad, estará esperando. Al ocultar el papel en la ropa de Dan, Yukio anticipa la distancia que va a separarlos dentro de poco.

Cae dormido en el futón de la habitación nueve unos minutos más tarde, no se limpia esta vez.

Por la mañana Kawabata y él hacen su equipaje, se marcharán en el tren de las veintiuna horas. Hay poca gente en el restaurante, los comensales roen la primera comida del día. Kawabata le pregunta a Yukio si ha podido escribir, Yukio responde que no.

—Siempre de flojo —suelta Kawabata—, siempre sin hacer nada.

El señor lo mira con desprecio.

El día es soleado y Yukio pasa la tarde con ansias. Mira el reloj, se muerde las uñas. A las cinco atraviesa el corredor del primer piso como un muñequito de cuerda, pero al llegar a la habitación dos, nota que la puerta está abierta y las mucamas sacuden las cortinas, frotan las ventanas y ordenan el futón. Todo quedará listo para quien venga después. Yukio siente un dolor en el vientre. Pregunta con voz alarmada *dónde está el señor norteamericano*. Una de ellas pregunta que cuál norteamericano. *El que está aquí, en esta habitación, señora.*

—Se fueron esta mañana —dice otra—. Todos ellos. Y menos mal.

Antes de marcharse, por la noche, el recepcionista de manos finas le dice que alguien le ha dejado una nota. Le entrega un sobre. Yukio lo abre ansioso y mira el mensaje, algunas palabras en tinta roja. Dan dice que le escribirá. Dice que esté listo para cuando regrese.

—¿Quién te escribe? —pregunta Kawabata tomando las maletas.

Yukio no se atreve a responder.

En el tren, sentados frente a frente, el señor Kawabata lo mira con ánimo glacial.

—Todas tus salidas, toda tu distracción —reclama.

Yukio baja la cabeza, avergonzado.

—Y creíste que no me daría cuenta…

400 METROS

del cuaderno de viaje, México, 1957

Me despierto y me doy cuenta de que Nelson no está. Más temprano fingí que dormía, lo espié de vez en vez, esperé el momento en que se quitara la ropa, pero terminé hundido en el colchón. Él ha tenido antes ese gesto: quitarse frente a mí zapatos, camisa y pantalones. Doblarlos con el mayor cuidado previo a acostarse. Yo lo he mirado, él ha pretendido que yo no lo miraba. Yo he cerrado los ojos sin atreverme a hacer sugerencia alguna.

Las luces de la habitación están encendidas y son las tres de la mañana. Las luces de la habitación, sin embargo, no deberían estar encendidas; él, de hecho, debería estar ocupando una de las dos camas que hay aquí. Me levanto enfurecido. No está en el baño, de sus pantalones ni el rastro, los zapatos tampoco están. ¿A dónde pudo haber ido a esta hora sin decirme? ¿Creyó que no me percataría?

Como si se tratara de un juego, busco un acertijo o nota entre las sábanas. También en el saco que dejó.

Hundo las uñas en la tela, angustiado.

Lo único que encuentro son las llaves del coche.

Las tomo y salgo de la habitación con la respiración entrecortada. Mis fosas nasales se abren al máximo y aspiran el olor añejo del motel. Camino por el pasillo con las manos en puño, doy la vuelta y me dirijo a la salida. No lo veo, no fuma a solas bajo ninguna lámpara. El aire es cálido y doy largos pasos hacia el automóvil, pero al echar un vistazo al horizonte, noto que el pueblo cercano está en llamas, que las casuchas y los árboles son consumidos por el fuego. La nube de humo es tan grande que empiezo a toser, las llamas tan altas que no se puede ver el cielo.

Corro en esa dirección.

Sé que Nelson está ahí.

Al acercarme al pueblo, no obstante, el incendio desaparece. Es confuso, no lo entiendo, podría jurar que la llanura se quemaba. Siento tanta rabia que gruño y pateo lo que encuentro a mi paso. Podría darle puñetazos a algo, talar árboles. En el pueblo hay una sola casita con la luz encendida. Entonces lo sé, no hace falta especular más.

Regreso al auto y me saco las llaves, quiero romperle las ventanillas y marcharme a toda velocidad, tocar bocina hasta el amanecer. Que los vidrios vayan cayéndose a lo largo del camino, que dejen un rastro para que él me busque. Entro al auto. Estoy demasiado herido, en exceso agitado, ¿cómo puedo tener este sentido de propiedad sobre él? ¿Cómo me atrevo a desear lo que no me pertenece?

Y pensar que ayer deseé con todas mis fuerzas que llegáramos a un sitio para descansar. Mirando al cielo, me dije que habríamos de encontrarlo. Porque para entonces ya habíamos pasado múltiples poblados de ancianos y niños, lugares con su iglesia y mujeres con pañuelo en la cabeza. Camas sucias, colchones con el resorte de fuera. Hallaremos un lugar así, me dije, pero el paisaje, tan monótono, negó mis esperanzas.

Después falló el motor y Nelson le pegó al volante. *Dame el mapa*, ordenó entre dientes. *Quédate aquí*, dijo. *Voy al pueblo*, informó, y desapareció en el horizonte, bajo el sol, en la llanura. Empecé a sentirme mal. Moví las perillitas de la radio, nada salió. Ni el reporte del clima ni la voz de mi padre. Busqué el vodka en la guantera.

Volvió al atardecer, pero acompañado de un muchacho alto y moreno, de brazos fuertes. *El mecánico*, informó. Nos plantamos a la orilla del camino y lo vimos hacer. Para romper el silencio, pregunté a Nelson si había escuchado noticias del Sputnik, el cohete de la Unión Soviética. Ese cohete se había convertido, de charla en charla, en nuestro código personal, en nuestro anhelo. *¿Qué estaremos haciendo cuando llegue el Sputnik más allá de la luna?*, nos decíamos. Pregunté al respecto, pero no hubo respuesta.

Nelson se concentró en el mecánico, que exhibía nalgas y piernas torneadas. Alucinado por el jovencito —uno de esos que nunca saldrá del pueblo, que irá siempre por ahí embruteciéndose, mordiendo palitos de madera— tomó la decisión de ignorarme.

Di otro trago al vodka.

Más tarde lo llevamos al pueblo y todo el camino no dejó de hablar con Nelson y reírse. *Qué están diciendo*, pregunté. *Nada*, respondió Nelson secamente, *no alcanzarías a entender*. Nelson vio el motel y *nos quedamos a pasar la noche*, dijo. Para entonces, yo ya no tenía voz ni cuerpo deseable. Al despedirse del muchacho, hubo un acuerdo furtivo: uno señaló hacia el pueblo, el otro asintió con la cabeza, uno dijo algo y el otro lo pensó un momento. Los dos rieron, después. Uno le dio al otro palmadas en el hombro.

El chico se mordió los labios al final.

Y bueno, así es esto. Ahora voy a rociar el coche con gasolina y le prenderé fuego. Porque estoy siempre en la frontera de las cosas. A punto de hacer, a un milímetro de soltarlo todo, pero conteniéndome, frenándome. Quizá Nelson llegó a alguna de esas casitas y se internó ahí, quizá la erección le fue creciendo en la marcha. Quizá el mecánico se bajó los pantalones a prisa y se dio la vuelta. O ya lo esperaba desnudo tras el portal. Yo sé de esas cosas, que me pregunten. Yo sé lo que pasa porque siempre es lo mismo.

Giro la llave, el motor se enciende con tanta fuerza como antes. El mecánico ha hecho un buen trabajo, tanto con el automóvil como en la habitación. Meto primera y enciendo las luces, pero en ese momento Nelson toca la ventanilla con el puño *y qué haces*, me grita. Lo vi venir, yo me percato de todo.

Bajó a prisa desde el pueblo aquel.

Piso el acelerador y me voy directo hacia el motel, pero freno a tiempo, antes de estrellarme contra el muro. Meto reversa y quiero pasarle encima. Vuelvo a frenar, él no muere, se levanta el polvo. Nelson abre la puerta del copiloto y se mete al coche enfurecido, me agarra del cuello y me suelta todo tipo de reclamos que no entiendo bien a bien. Por qué he tomado las llaves, a dónde quiero ir. No respondo. Quisiera olfatearlo, pero él me sujeta tan fuerte que bajar hacia su pelvis no es una posibilidad, reconocer el olor de la saliva y el del semen no será fácil. Cambio la velocidad con la boca torcida, pongo el pie en el pedal y amenazo con estrellarnos a ambos. Que no aguanto estar solo, dice él, y me aprieta con más fuerza, que soy *un demente*. Nos vamos a los puños y mi cabeza se estrella en la ventanilla.

¿No es así quererse, cuidarse el uno al otro, viajar en compañía?

Mi pie coquetea con el acelerador y está a punto de hundirse. *¿A dónde fuiste?*, pregunto como si tuviera el derecho de hacerlo. *¿A dónde?*, repito mientras nuestras frentes quedan pegadas una con la otra y jadeamos. No dice nada. Saca la lengua y me lame la nariz y el entrecejo. Sí, esto es quererse. Lo que me dice antes de que entremos al motel, en silencio y ya en calma —yo como un niño que acaba de hacer la rabieta, la cabeza gacha— me perturba con tanta fuerza que lo pensaré muchas veces, lo sé.

Lo que me dice, una vez que tiene sus llaves de vuelta y nos acostamos para dormir, es esto: *siempre huyendo, Yukio, ¿no es así?*

CABALLO CON ARCOS
en Tokio, 1948

Una angustia súbita lo obliga a detenerse. Los dedos se mantienen sobre las teclas, pero no conseguirán escribir una palabra más. La página quedó a medias, afuera llueve. En la cocina, a unos metros, Shiro acomoda las conservas y no se percata de que Yukio dejó de teclear, que ha volteado silencioso a verlo y que, de pronto, ha sentido una extrañeza frente a su imagen, como si fuera un desconocido, o una especie de invasor; no sospecha que ahora, tras echar un vistazo a la ceniza del tabaco y también a las plantas, Yukio se dice: *es imposible. Me tengo que ir.*

Hace dos días, en un kiosco, Shiro y Yukio miraron anuncios de casas a la venta. Sitios con jardín, amplias salas, baños para cada uno. En un barrio limpio, sí, en un sitio ordenado, ahí donde la gente viste ropa de lujo, distinta cada día. El sueño de una casa grande. No compraron el periódico y siguieron la marcha hacia la tienda de comestibles. Juntos, igual que siempre, con botellas de alcohol bajo el brazo. Eligiendo entre las dos únicas barras de jabón disponibles, llevando la más barata, mirándose cómplices con monedas en mano, diciendo *adiós, muchas gracias,* entre risas.

La marcha agitada de vuelta a casa, con algunos vegetales y la carne para la semana.

Yukio toma las llaves y le dice a Shiro que irá a comprar pan. Intenta decirlo de la forma más tranquila posible, como ha dicho otras veces: *iré a comprar pan, ¿quieres algo?* Espera que el otro no se dé cuenta de su agitación, que no alcance a escuchar las llaves tintinear al interior del bolsillo, que no sospeche de las manos nerviosas, del pánico que llegó sin aviso. *¿Quieres algo más?*, repite Yukio. *Está lloviendo*, dice Shiro, *¿por qué no esperas?* Yukio menciona que *no importa*, que se pondrá el abrigo. *Vuelvo pronto, solo tuve antojo.* Le besa la frente, pero no importa cuánto busque disuadirlo, Shiro quiere ir con él. Se dirige a la habitación a buscar su propio abrigo, probablemente el azul con botones de falso nácar. Lo hace a prisa, Yukio lo escucha deshacer todo el armario. Lo irrita: ¿por qué Shiro busca enlazarlo?, ¿por qué le cuesta tanto la distancia? No dejará que venga con él esta vez, que lo chantajee con sus ojos de ciervo.

Le dice determinante que quiere ir solo y que debe ir *justo ahora*, antes de que cierren.

Y que no se preocupe, agrega dirigiéndose a la puerta, que cuando regrese va a leerle aquello que ha estado escribiendo.

Yukio sabe que la frase *quiero ir solo* dejará a Shiro en duda, lo hará preguntarse si algo hizo mal —si lo interrumpió al escribir, si fue demasiado ruidoso—, pero le importa poco: va a salir, no importa a qué precio. Hará afuera lo que tenga que hacer.

Quince minutos, promete, *a lo mucho media hora.*

Pero Yukio no sabe si cumplirá la promesa. Apenas cierra la puerta tras de sí empiezan a temblarle las manos. No habrá casa grande y tampoco novela terminada. Habrá pan caliente al regresar, es probable, habrá que seguir toda la madrugada esforzándose en lo suyo mientras Shiro duerme. El abrigo lo refugia, pero no va a ninguna panadería.

Expulsa el aire con dificultad y se lleva las manos al rostro. No puede negarlo más tiempo: Dan lo ha citado. El médico de Nueva York lo ha contactado después de un año. Ha cumplido lo que dijo que iba a hacer.

Yukio se imaginó que la carta que recibiría sería otra, no una donde el americano daría un anuncio —*estaré en Tokio*—, acompañado de una fecha y una dirección precisas para encontrarse.

Las luces de la calle se duplican en el asfalto mojado; la lluvia dispersa el reflejo, levanta el agua estancada. Bajo el techo exterior de un local, Yukio saca la carta del pantalón. La palabra *repitamos*, las palabras *he pensado en ti*, trazadas con tinta roja. El chorro de agua cayendo por la frente, la calle vacía. Y el recuerdo atizando: sus manos sobre la pared del hotel, el calor de la habitación, el aliento entrecortado. La petición: *dame más, por favor*. El cuerpo del neoyorquino embistiendo, aflojando durezas.

No sabe si va a hacerlo, no sabe si acudirá. La lluvia para, él dobla la carta y por mera inercia termina en la panadería a la que acude una o dos veces por semana. Pide lo mismo que en otras ocasiones, la cena para ambos. Entrega monedas al dependiente y se guarda los panes en el bolsillo. Panes iguales, de vida breve: estarán duros para la mañana siguiente si nadie los come. Panes salados, de textura grumosa. Es preciso llevarlos a casa, hacer lo de siempre: cenar y escribir, acostarse de nuevo con quien ya conoce, dejar que Shiro le deslice los dedos hacia abajo y juguetee, decirle que no, que *hoy no*. No sentir nada. Súbitamente desear otro futón, una habitación más grande y una casa distinta.

El pensamiento provoca: Dan espera. Hay que elegir.

De vuelta a lo de Shiro mueve la cabeza de un lado a otro sin poder resolver a dónde dirigirse. Camina de forma automática hacia la vida que ya conoce, pero el otro rumbo lo incita más. El deseo es una enorme máquina de desmembramiento espiritual y corporal y lo sacude con frenesí. Un encuentro, solo un encuentro, ¿qué importa? Y, sin embargo, la imagen de Shiro con tos, con ojos lastimeros y brillantes en la cocina o el cuarto de baño, los achaques, Shiro frotando espejos, reparando cañerías. ¿Cómo dejarlo solo? ¿Cómo no llevarle el pan?

El vértigo detiene a Yukio. Una súbita falta de aire.

Poco después está sentado al fondo del tranvía dirección norte, una ruta que nadie toma pasadas las nueve, mucho menos los días laborales. Tras la ventanilla está la ciudad. Y la ciudad fascina: ciclistas nocturnos, cabinas telefónicas, salones de té.

El aire le da en el rostro y va secando su ropa.

En el abrigo van la carta y las llaves de un sitio al que no piensa volver.

Toma uno de los panes y lo muerde con tanta fuerza que le sangran las encías.

Siente una profunda excitación.

Adiós, Ginza. *Goodbye*, Shinjuku.

Cuando tira de la campanilla y se levanta no se molesta en llevar los panes consigo. Los abandona sobre el asiento, sin echarles un último vistazo.

Lo que no se consigue en casa, hay que buscarlo fuera.

Lo que no fue en un lado, será en otro.

Los panes, que los cene quien los quiera.

—Ve a limpiarte —ordena Dan.

Yukio obedece y va desnudo al baño. Es lujoso, hay bañera, productos de belleza recién comprados. Todo lo que se anuncia en los periódicos está aquí, una limpieza particular, un orden conseguido a fuerza de yenes y poder. Al mirarse al espejo de tres vistas, Yukio se encuentra un moretón en las nalgas y otro en la espalda, bajo los hombros. Dan lo ha mordido, pero no se dio cuenta de qué tan fuerte. Ni del tiempo que ha pasado desde que llegó. Cuatro, cinco horas, puede que más.

Bajo la ducha se limpia el semen que le humedeció el abdomen, pero imposible distinguir de quién provino, en qué momento, cómo. El agua es fría. Le duele el vientre.

Dan no se ha contenido.

Yukio sonríe con la cabeza recargada en los mosaicos.

Porque la segunda vez siempre es mejor que la primera. Dan le ha enseñado a arquear la espalda y a poner las piernas donde se debe, le ha dicho que se veía bien. Le ha dado la vuelta para verlo de frente, un giro rápido. Preguntó si aguantaba más y Yukio dijo que sí. Entonces hubo más, largo rato. Dan le ha hecho sentir algo al fondo de la garganta, una acidez muy distinta a la del vómito. Lo ha obligado a abrir la boca argumentando que las órdenes las daba él, porque así debía ser, sin objeciones. Lo ha intoxicado, adormilado. Y aunque por un momento, al raspar las sábanas, Yukio se preguntó por Shiro y lo imaginó mirar inquieto por la ventana o acudir a la botella de sake para bajarse los nervios, no le importó en lo absoluto. *Quiero verte de nuevo*, dijo a Dan.

—Haz méritos —respondió él con voz profunda—. Gánatelo.

Yukio creyó haberlos hecho.

Al regresar a la habitación Dan lo espera de pie.

—Mi chico —pronuncia sonriendo—, *good boy.*

Se acerca, le acaricia el abdomen, le dice que ya está limpio, *siempre que hagas esto tienes que venir sin cenar, no lo olvides.* Enseguida le avisa que le trajo un regalo de América. Algo especial que ha comprado, sí, *adivinaste, en la Quinta Avenida.* Mancuernillas de plata, un regalo indigno para alguien que no sabe vestir de forma elegante todavía, pero que aprenderá con los años. Yukio las acepta y permite que Dan se las coloque. La camisa que ha traído no es particularmente cara, pero a Dan no le importa nada de eso. Aquel japonés no vale por lo que se ponga, sino por lo que esté dispuesto a quitarse y a aceptar.

—Las elegí para ti.

El metal se siente frío al tacto. Harán perfecto juego con el reloj imperial. Quizá un día, piensa Yukio, pueda llegar a vestir tan bien como Dan y hacer lo mismo que él. Viajar, ver *Peter Grimes* en Londres, hospedarse en hoteles caros. Quizá solo esté a unos años de convertirse en alguien atractivo, en un hombre mirado. En un hombre admirado. Una presencia vigorosa en los callejones.

—¿Nos veremos de nuevo?

—No —responde Dan buscando su ropa en el suelo—. Me voy mañana.

—Gracias por el regalo.

—¿Vives cerca de aquí?

Entonces Yukio comprende que Dan quiere que se marche, que experimenta la desidia que viene tras terminar un encuentro fortuito, pero a esa hora no hay taxis y el primer tranvía sale dentro de un par de horas. Dice que no vive cerca, que se está quedando en Ginza ahora, pero que no se preocupe, *espero el tranvía en la calle*. Dan se carcajea, de ninguna manera hará eso, no dejará que vuelva solo.

—No vaya a ser que te escapes —dice—. Y entonces, ¿dónde te encuentro?

Yukio le da vuelta a esas palabras mientras están en el auto. Dan dice que es prestado igual que la casa. Que ambos, casa y auto, son de un amigo. Yukio pregunta, mirando de nueva cuenta las cabinas telefónicas y las casas de té —ahora cerradas—, cómo es el clima en Nueva York por estas fechas.

—Ahora va a entrar el verano. Es el sol.

—Entonces los pájaros saldrán —dice Yukio.

—Sí, es cuando son más visibles. A Nueva York se debe ir en verano.

Mientras se dirigen a Ginza, Yukio siente una mezcla de desilusión y emocionante efervescencia.

No volverá a ver a Dan. Nunca estará en Nueva York, pero nada pierde con imaginarlo.

—Aquí, da vuelta.

Dan lo interna en el barrio de Shiro. Pasan el local de la panadería, el parque, las tiendas de licor y dulces. El frío arrecia por alguna razón, se siente casi ártico, y eso que no es invierno. Yukio le pide que lo deje *aquí, justo aquí, en la esquina.* Es una cuadra antes, pero no le dirá eso. No se arriesgará a que Shiro escuche el motor y se asome. Llegará caminando como si solo hubiera dado un paseo de media hora, como si hubiera ido a comprar pan y nada hubiera sucedido. Dan dice *muy bien, my good boy.* Yukio le pone la mano en la entrepierna.

—La próxima vez será en América.

—Tranquilo —dice Dan apartándole la mano—. No voy a ser el último con quien estés.

Lo acaricia.

—Tendrás muchos más.

Yukio no quiere ver cómo el auto se aleja. Suspira y saca las llaves. Tiene la ropa interior manchada, las mancuernillas nuevas en su sitio. Las piernas y el abdomen le duelen por la intensidad del sexo, así como debe ocurrir tras una buena sesión de entrenamiento. Al acercarse al edificio nota que las luces de la habitación están encendidas. Y sabe que Shiro reclamará, o que no dirá nada. Que en la oscuridad morderá la almohada y habrá entonces un ruido salvaje, un gruñido. Yukio esconderá las mancuernillas antes de meterse al cuarto. Se fumará un cigarro junto a la máquina de escribir antes de confrontarlo. O de acostarse junto a él. Las piernas le tiemblan, andar es difícil, tan bueno ha sido. Y de verdad hace un frío inusual. No pedirá perdón, no dará explicaciones. Si acaso, le hará a Shiro una pregunta: *¿sabes lo difícil que es caminar por el hielo que está a punto de romperse?*

BARRAS ASIMÉTRICAS
en Tokio, 1949

Una tarde de enero, el padre de Yukio toca a la puerta de su habitación. Hace tiempo que ha perdido la costumbre de entrar sin permiso. Los años pasan y el hijo es cada vez más difícil de domar. El padre piensa que es un verdadero milagro que Kimitake esté en casa y no fuera, así que toca la puerta y le informa que hay alguien al teléfono. Por más que intente, los intercambios con él, casi siempre breves y distantes, no contribuyen —ni contribuirán, se dice— a formar algo cercano a la intimidad, a reconstituir una relación filial que nació quebrada. De cualquier manera hace lo que es su deber: decirle al hijo que lo llaman y que se dé prisa. Yukio está en ropa de dormir, no se ha bañado. El padre piensa que el hijo es una desgracia y niega con la cabeza cuando le pregunta quién lo llama. Da un sorbo a su taza de té.

—El señor amigo tuyo.

Cada detalle de este día —el último del mes— será recordado por Yukio años más tarde. Pensará que el instante en el que su padre tocó a la puerta y todo lo que ocurrió después estaba predestinado a llegar, como si la vida propia estuviera ya escrita en alguna parte y uno solo esperara a que los acontecimientos sucedieran, se fueran sucediendo, cada vez con más intensidad, en un orden determinado. Al sostener la bocina y al enredarse el cable del teléfono en el dedo índice, Yukio no sospecha lo que Kawabata va a contarle. *Escúchame, no digas nada hasta que yo termine*, pero Yukio no sabe con claridad lo que el señor quiere decirle, porque la voz se le entrecorta; la voz, al otro lado de la línea, es tartamuda y se desinfla. Y los ojos de Yukio, al escucharla, van concentrándose en un solo punto, en uno solo: las flores blancas sobre la mesa.

Hace falta una frase para medir la distancia entre un día cualquiera y un día que no lo es. La frase viene de tajo y corta el tallo de una flor, abre una puerta, transforma el mundo.

—Van a publicar tu novela.

El cable del teléfono es jalado con tanta fuerza que la llamada está a punto de perderse. El cuerpo se dobla como si le hubieran dado un puñetazo en pleno esófago. No dice nada, solo mira hacia las flores, sus pétalos frescos, su disposición.

—¿Cuándo?

—A mediados de año, Yukio.

El cable se suelta y libera toda su tensión.

Las flores se mantienen en su sitio. Narcisos.

—No debes contarle a nadie todavía. Te llegará una carta de la editorial la primera semana de febrero.

El padre ha mirado al hijo hacer la llamada. Le pregunta qué le han dicho, por qué está así. Se acerca a pasos largos. Yukio gira el cuerpo hacia él pero no informa nada, tan solo ríe. Y su risa, de repente, es tan amplia que da miedo, su rostro se contrae en un gesto desquiciado y el padre teme, teme en exceso, como tantas otra veces, haberlo perdido.

—¿Qué pasa, Kimitake?

A Yukio le da la impresión de que el padre ha rejuvenecido, que su piel es más luminosa y luce exactamente como en los años de crianza. La impresión, también, de que la casa se expande, que las estancias son más amplias y los techos más altos. Que del jardín brotan retoños atravesando la nieve. Y después, en un instante, todo queda inmóvil.

El brazo del padre se paraliza, los mares detienen su oleaje. Es Yukio el único que puede moverse y lo que hace es dar la vuelta y salir de casa, echar a correr hacia el fondo de la calle. No se escucha ninguna voz, el aire no sopla. La gente en las calles se mantiene en la misma posición que hace poco: alguien se quedó a media frase, alguien no alcanzó a ponerse el abrigo en una esquina. No respiran, no piensan nada. El mundo no va a continuar todavía. Los aviones se han quedado suspendidos en el cielo. Yukio corre un largo rato pero el tiempo ya no se puede contar. Y en la ciudad lo único que se percibe —pero quién lo percibe sino él— son sus pisadas triturando la nieve, sus jadeos al escalar la colina más alta de la urbe. Entonces, al llegar al mirador en la cima, hace lo que vino a hacer: se sostiene con fuerza de la baranda y, con la vista fija en la ciudad, con los ojos hacia el horizonte, ruge y expulsa lo que llevaba dentro. Del fondo de su cuerpo sale algo como la rabia, un sonido frenético e inestable, un grito que lo lleva a tensar todos los músculos. Y después, simplemente, un sollozo, la respiración cortada.

Las olas rompen, los aviones continúan la marcha, alguien termina la frase, alguien se pone el abrigo. El aire sopla. El brazo del padre se mueve y lo toma el hombro. La ciudad estalla con todo su sonido. En la casa, una sola pregunta:

—¿Qué te han dicho al teléfono?

Horas más tarde hace otra llamada, esta vez desde una caseta. Reserva una mesa para esa noche en un lujoso restaurante.

Enseguida se dirige al santuario Meiji, que no queda tan lejos de casa. Se levanta el cuello del abrigo y pasa bajo el torii, el arco de entrada al recinto sagrado. El suelo está húmedo y en el intersticio de los adoquines crecen pequeñas plantas, que muy pronto, la próxima madrugada, quizá, quedarán sepultadas por la nieve. Todo lo que crece debe llevar un peso encima, así ocurre, no hay otro orden que puedan seguir las cosas. Los visitantes atraviesan la explanada en el mayor de los silencios. Siempre el mismo templo, la misma pagoda verde, el crujir de las ramas y las aves picoteando. Siempre viene aquí cuando quiere saber la fortuna y hallar una confirmación. El templo se la dará.

En la caseta de los omikuji hace la ofrenda, unos cuantos yenes dispuestos específicamente para eso. Lo que sigue es abrir la caja de madera y extraer la tira de papel enrollada que le dirá el porvenir. Al sostenerla entre los dedos siente una profunda serenidad. Las fibras del papel están secas al tacto, los labios de Yukio no se mueven ni un poco. Hace la pregunta y entonces —tras exhalar, tras pestañear un poco— desenrolla el omikuji para saber lo que le espera. Al confirmarlo sabe que la decisión está tomada y que el porvenir lo ha dicho: le espera la buena suerte.

El omikuji dice que habrá un viaje importante en su vida, amplios paisajes, nubes. Que una persona nueva va a aparecer. Y no hace falta saber más ni preguntarse si ese viaje es real o será el viaje de la escritura. Las tiras de papel adornan un árbol cercano, los visitantes las atan ahí cuando terminan su consulta. Yukio elige la parte más alta de una rama y extiende los brazos, hace el nudo con mucho cuidado y lo aprieta bien.

El sol es débil, él cierra los ojos.

Una pareja de recién casados sale del edificio principal del santuario. La novia lleva puesto el blanco shiromuku y el wataboshi, que se alza sobre su cabeza y le enmarca el rostro. El novio lleva puesto el kimono negro y camina a pasos lentos marcando el ritmo. El cortejo de familiares cercanos viene detrás. Se han casado el día más frío del año. Y pasarán el resto de la vida juntos. Yukio los contempla con respeto, pero también, lo sabe, de forma agridulce. La novia mira hacia el frente, orgullosa. El novio no lo mira a él.

El novio, de hecho, no mira a ningún lado.

Yukio abandona el santuario.

En casa de Shiro mira por la ventana de la estancia principal. Una señora va a prisa temblando de frío, dos niños se sujetan de la mano de su padre. La gente cruza por el mismo sitio todos los días, el barrio no presenta muchas sorpresas después de tres años de conocerlo. Las ramas de los árboles, a ambos lados de la calle, están desnudas y han crecido de más. Cuando la primavera llegue serán cortadas por empleados del gobierno y abrirán paso a las flores. Todo está escrito, vendrán el verano y la lluvia, los niños habrán crecido también pero se seguirán sujetando del mismo padre de cara adusta. Luego otro mes, otra semana y *yo también cambiaré*, piensa, *todo seguirá su curso*. El cigarro lo sostiene entre el dedo índice y el medio, la ceniza la tira al vacío y se va deshaciendo con el viento helado. Está emocionado, sí, pero también lleno de temor y ansiedad. Apenas entró a la casa sintió un desierto en su interior, Shiro no estaba. Es probable que no tarde mucho en llegar. Fuma y lo espera. Cuando llegue va a hacerlo, va a decírselo aunque no sabe cómo. Hizo todo el camino a pie desde el santuario y llegó a Ginza con la cara gélida. Se quitó el abrigo, la lana empezó a quemarlo. Termina de fumar y gira el cuerpo: frente a él, no hay nada. Tan solo el escenario de una vida común.

Shiro entra media hora más tarde y se quita las botas de invierno.

Encuentra a Yukio sentado.

—No vas a creer lo que me contó Kioko, se va de viaje con Dai, ese tipo...

Deja algunas compras sobre el suelo y después besa a Yukio en la frente.

—¿Estás bien? Gracias por esperarme.

Yukio asiente.

—¿Comiste?

—No. Ya sabes que Kioko jamás come nada.

Se quita el abrigo, se lo da a Yukio.

Yukio lo sostiene un momento, enseguida se levanta y lo pone en otro sitio.

—Reservé una mesa en un restaurante esta noche.

—¿Por qué? —pregunta Shiro con sorpresa—. ¿Iremos a cenar? ¿Qué hora es? Tengo que bañarme y ordenar unas cosas, pero estaré listo, no te preocupes.

Shiro lleva las compras a la cocina.

—En la calle nos encontramos a un perro increíble, era enorme... ¿crees que Dai vaya en serio con Kioko?

—No.

Yukio flexiona las piernas y las sube a la silla.

—¿Tenemos algo de tomar?

—Sí, seguro.

—Solo un trago.

—Siempre dices lo mismo. Un trago. Yukio tomará un trago y luego, ¿qué pasa?

Mientras Shiro se baña, Yukio saca la llave del bolsillo del pantalón y la deja en la mesa junto a las plantas. Enseguida va a la habitación y toma una prenda de ropa interior de Shiro, la más sucia del canasto, la que estaba más al fondo. Junto al futón, con los hombros vencidos, le da la sensación de ser un infiltrado, de haberse colado en un teatro doméstico, en los resquicios más profundos de la vida del otro, pero va a necesitar esa prenda para mucho después. La oculta en el abrigo, bien doblada. Va a la cocina a lavar la copa de la que bebió y luego espera, sentado en la silla, igual que al principio. Como el día que llegó a este sitio por primera vez.

Cuando Shiro aparece ya vestido, Yukio se levanta, toma su abrigo y dice:

—Van a publicar mi libro.

Shiro sonríe, se adelanta hacia él, pero Yukio lo detiene en seco y abre la puerta.

—Tú no vendrás conmigo a la cena.

—¿Por qué, Yukio?

—Porque esta es la última vez que vengo aquí y no quiero verte más.

TENIS
del cuaderno de viaje, México, 1957

He estado pensando en aquella historia, en la desgracia de Kashio, el gran tenista japonés. Amberes, 1920. Kashio se prepara para la tercera ronda de competiciones en la modalidad individual. Irá contra el sueco: Malmström. En la grada, hombres y mujeres sujetan sus sombreros, el viento corre de manera atípica sobre la ciudad y amenaza con volarlos. Kashio se muerde las uñas y el sueco, que juega de local, se acomoda el pelo antes del partido. Kashio tiene veintiocho años y el sueco veintidós. Cuando el árbitro los obliga a darse las manos, el japonés se siente inseguro: pronto llegará a los treinta y el abismo de seis años que lo separa de Malmström podría trazar una diferencia: quién es más rápido, más enérgico, mejor jugador. Al iniciar el partido, Kashio se siente lejos de casa. El clima de Amberes ya lo ha afectado los días pasados y las ráfagas de viento, tan caprichosas, afectan su rendimiento y determinan, muy a su pesar, la dirección que habrá de tomar la bola. El partido es tenso y dura mucho, el marcador va cambiando poco a poco: 15-30, 15-40, alguien pierde su sombrero. Primer set, segundo set, tercero, Malmström vuelve a acomodarse el pelo, las esperanzas de Kashio van minándose: 1-4, 1-6, los números se modifican. Por más que intente, el japonés no alcanza a hacer contacto con la bola y sabe que el triunfo es ilusorio. El sueco lo aplasta, avanza a la siguiente ronda.

Como compensación, el gran tenista japonés recibe unas palmaditas en la espalda y sale de la cancha sin despedirse, sin mostrar emoción alguna. Es solo en el desierto vestidor cuando rompe en llanto. Uno podría creer que las oportunidades de medalla para mi país se han perdido por completo, pero hay un segundo tenista japonés en la carrera: Kumagae Ichiya. Tras sus lentes redondos, Kumagae —que terminará él mismo como medallista en la prueba individual— ha visto todo el partido y se ha apresurado al vestidor: ahí encuentra a Kashio, a quien consuela, a quien abraza y susurra algo al oído. El contacto, que ninguno de los dos se había permitido hasta entonces, determina una complicidad que se irá cincelando con los años. Dos días más tarde, Kashio y Kumagae juegan las clasificatorias en la modalidad de dobles y, poco después, se enfrentan en la final contra los británicos: 2-6, 7-5, 5-7, 5-7. No ganan el oro, pero el segundo lugar les sienta bien. El dos es el número que los define.

Porque vuelven a verse al año siguiente a pesar de que Kumagae vive en Nueva York y Kashio en Tokio. Porque juegan otros torneos como dobles y viajan por el mundo. Hoteles con vista, alfombras, raquetas que se lustran con un paño. Días soleados, nublados, los tenistas van formando un vínculo, algo visceral y entre ciudades, algo que no revelan a los otros. Llegarán a amarse, a gritarse en los parques y los restaurantes, pero será Kashio quien sobrepase a Kumagae con su fama y quien, tres años después de aquella tarde —la final de Amberes, su medalla de plata— decida dejarlo y empezar a jugar al tenis por su cuenta de nuevo.

Me he repetido esta historia múltiples veces. Pude haberla escrito, corregido y publicado, pero es ahora, en un país lejano, cuando llego finalmente a comprenderla. Lo que importa del relato no son los logros de Kashio, sino su pérdida. Dejó ir al tenista que era su pareja, al ser que entendía, como él, el gran deporte. Juntos crearon estrategias, se entrenaron, se dieron ideas. En la soledad de una habitación, por la noche —París, Wimbledon, Moscú— hablaron de los contrincantes y analizaron sus tácticas. Toda una vida, esa de jugar en compañía. Pero al competir solo, Kashio pudo compensar su vieja derrota contra el sueco. Al ir por su cuenta, el gran tenista japonés envió a Kumagae a su lugar primigenio: la grada.

Solo alejándose pudo ganar.

VIGA DE EQUILIBRIO
en Tokio, 1949

Han pasado seis meses y volvieron a encontrarse por casualidad. Lo hicieron de nuevo, qué desgracia, alcoholizarse hasta que estallara el nervio óptico, girar en círculos y olvidarse los nombres. Doce copas cada uno. Quizá porque estos días, después de todo lo que pasó, pretenden ser amigos, o porque es difícil dejar la costumbre. Durmieron juntos a pesar de los advertencias de los amigos de él —*ya basta, Shiro, no dejes que Yukio pase la noche en tu casa*—. Y por supuesto, no podía ser de otra forma, terminaron dominándose el uno al otro en el futón, mordiéndose en sitios ya roídos, cuánta muela se les fue, cuánto esmalte dental te quita el whisky. En determinado momento, mientras Yukio se ocupaba de sus nalgas, Shiro soltó un *te amo* entre jadeos. Enseguida dijo, con los ojos cerrados, *eres el mejor*, y esa frase encendió un foco rojo, una alerta, le dio a Yukio la certeza de que en efecto era así, de que Shiro decía la verdad, se perdonarían, volverían a estar. Por la mañana lo despertaron los ruidos: Shiro limpiaba su cuarto, sacudía y acomodaba la cerámica china, cambiaba los libros de lugar. *Debes irte*, fue la frase. Yukio preguntó si podía pasar más tarde a su fiesta de cumpleaños.

Ese tango que dice *qué importa que se rían y nos llamen los mareados*. Ese tango, que Kawabata les aseguró venía de

Argentina y, por lo tanto, estaba en español, suena ahora desde el gramófono y lo atraviesa como espada. Las palabras matan, son balas. El tango, dijo Kawabata, habla de *la experiencia del amor entre copas*, pero cómo saberlo. A él se lo contó un amigo que había estado en Buenos Aires y le dio el vinilo. El vinilo pasó del amigo a Kawabata, de Kawabata a Yukio, de Yukio a Shiro. Ahora suena desde el gramófono y Yukio se pregunta si el tango dice la verdad, lo que él cree que dice. Cómo diferenciar el discurso de un alcoholizado y el de un condenado a muerte. Nadie en la fiesta sabe qué dice aquella canción, nadie ha estado en Argentina. Puede que el contenido de la letra se haya perdido en el viaje oceánico, como los mensajes que se pasan de oreja a oreja en el juego del teléfono descompuesto, hasta que el último que escucha dice en voz alta lo que piensa que el primero dijo. Y no coincide.

Si Shiro puso ese disco fue quizá para hacerle una provocación, pero lo más probable es que no se trate de eso. Yukio está inclinado hacia delante en la silla de bambú, con un codo recargado en la pierna, fumando. Sabe que este sitio tuvo tiempos mejores: luz, decorados. Ahora las paredes amenazan con caerse y las ventanas acumulan el polvo.

Más allá, junto a la cocina, alguien abraza a Shiro. *Felicidades.*

Yukio no se anima a unirse al ánimo general. La fiesta ha explotado rápidamente. Él fue de los primeros en llegar, pero ahora hay gente por todos lados. A algunos los conoce, a otros no. Quiso sentarse en la silla como un desahuciado, hacerse una isla y beber el sake a sorbos.

Alguien se acerca a saludarlo. Es Kioko.

—Yukio —dice con sorpresa.

Él levanta la copa y sonríe.

—¿Cómo van los libros?

—Avanzando, ¿quieres sentarte?

—Sí, sí.

Él se levanta, está un poco mareado. Ella ocupa el asiento, el único disponible.

—¿Estás bien?

Los labios de Kioko, pintados de negro a la occidental, hacen juego con la falda. Al principio Yukio no entiende la pregunta. Se ha quedado, por un momento, mirando a Shiro, que se apresuró a la ventana y asoma la cabeza —la mitad del cuerpo, de hecho— como si quisiera arrojarse al vacío. A Yukio le preocupa verlo así, ¿le estará pasando algo extraño?

El instinto de salvar al otro y no poder.

Kioko insiste:

—¿Todo bien?

Él toma aire.

—Solo estoy un poco cansado.

—No puedes estar cansado en una fiesta de Shiro, ¿dónde te quedó el ánimo?

Kioko mira de un lado a otro buscando a alguien que pueda servirle algo de beber, pero no quiere dejar a Yukio solo.

—¿Me das del tuyo?

Mientras ella bebe, Yukio se pone en cuclillas y se le acerca, quizá porque piensa que Kioko y él todavía conservan algo de la complicidad que se fue dando con los años, y desde el principio, de trago en trago. Una amistad que no es suya propiamente, sino un préstamo de Shiro, que la conoce de antes. Se acerca emocionado y Kioko nota la emoción, los ojos vidriosos.

Como quien vende algo prohibido, Yukio se abre una parte del saco y extrae del bolsillo interior —pero no mucho, apenas exhibiéndolo— un gatito tallado en cedro.

—Se lo compré esta mañana, ¿crees que le guste?

—Es hermoso, Yukio, ¿por qué no se lo has dado? ¿No llevas rato aquí?

Él guarda la figura y se incorpora. Se cruza de brazos y suelta una risa:

—No sé, de repente siento vergüenza.

Suelta la risa como si estuviera relajado y la fiesta fuera cualquier fiesta, como si no estuviera al pendiente del gesto de Shiro, que sigue mirando por la ventana y no se ha despegado de ahí.

—Me encanta tu saco —dice Kioko—. Siempre tan a la moda.

—Muchas gracias —responde él balanceando el cuerpo—. Tú también, tan guapa, siempre tan asesina.

Kioko le devuelve la copa y se levanta.

—Será mejor que me busque una.

Antes de dejarlo le dice que se anime, que vaya y le dé el regalo.

Él asiente, dice que lo hará.

—Qué gusto verte.

El tango termina y Yukio se marea otra vez. Kioko desaparece por el pasillo.

Alguien pregunta *qué música es esa*.

—¡Cambia el disco! —grita Shiro girando la cabeza.

Sostiene su cigarro —siempre con boquilla— a una distancia considerable de su cuerpo, con la mano alzada, dramático. Como un gimnasta haciendo la pose, piensa Yukio, con una elasticidad que le es propia.

Quizá ahora sea un buen momento para acercarse y darle ese gatito de madera que vieron juntos en un escaparate unos meses atrás, durante un paseo por el barrio. Cuando Shiro dijo que lo quería sobre todas las cosas. Cuando lamió el vidrio del escaparate e hizo *miau* y mostró las garras. Cuando Yukio le dijo que no fuera ridículo, que estaban en público. Cuando Shiro le dijo que no tenía corazón.

¿Por qué le resulta tan difícil acercarse a alguien a quien le ha hecho el desayuno? El espacio de pronto parece ajeno. Shiro está a tres metros y él no puede aproximársele. La única opción es volver a la silla de bambú que, ahora recuerda, él mismo le ayudó a subir y que encontraron en la basura el invierno del cuarenta y siete.

Se termina el sake de un trago y se anima. Va hacia Shiro. El piso del departamento tiembla bajo sus pies, es inestable, un pantano.

—¿Podemos hablar?

En el rostro de Shiro hay una indiferencia que, Yukio sabe en el fondo, es una preocupación, o una emoción contenida. Lo identifica bien.

—Ahora no, Yuki, lo haremos más tarde.

Shiro se palpa el saco —es verde menta—. Suelta un gruñido y dice que no encuentra sus llaves, pero las encuentra poco después sobre la mesa.

—Estás despeinado —observa Yukio.

Shiro no responde, da largos pasos y sale de su hogar.

Otras personas se acercan a Yukio: conocidos, amigos de amigos. Todos aquí son del mismo círculo y la fiesta de Shiro es un buen pretexto para ponerse al tanto de los trabajos y los asuntos banales.

—Yukio, no te había visto, ¿estabas aquí? Beso, beso.

—Leí tu libro —dice otro—. Muy bueno.

Él no recuerda el nombre de quien le habla, pero le pregunta si le puede robar un poco de la botella de whisky que sostiene. Le sirven la mitad de la copa.

—Gracias, nos estamos viendo.

Y regresa a la silla con ánimo de fracaso, se tumba y saca la panza, pero de inmediato se recuerda que la casa está llena de gente y que cuando se sentaba en esa silla despreocupado era cuando estaba solo y Shiro había salido a comprar té o elegir tomates. Piensa que poca gente en la fiesta sabe del asunto entre Shiro y él. O quizá la poca gente que lo sabe es la más cercana. En realidad todos lo saben. Y el tema se ha vuelto, en el aire de Tokio —entre las callejuelas y los parques—, un secreto a voces que la gente, por mera indiferencia, prefiere ya no mencionar.

Él viene a la fiesta y escribió un libro que se vendió como pan caliente. Escribió el libro, algunas veces, echado ahí abajo, en el suelo que ahora pisan otros, que ensucian con su calzado extravagante. La máquina de escribir puesta donde hubiera luz, luego sus acrobacias del lenguaje, sus trucos; a ras del suelo las palabras, a raya. Ninguna de sobra. Se queda en la silla y alza la copa de vez en vez, sonriéndole a una que otra persona, hasta que escucha el rechinar de la puerta y aparece Shiro con un pastel en la mano y empieza a decir al que se cruce:

—Él es Haruki.

A decir:

—Haruki mi novio.

Volteándolo a ver con ánimo. Y Haruki empieza a saludar a todo el mundo. Da la mano para introducirse en ese círculo social a fuerza de simpatía. Shiro se lo presenta a casi todos pero no a Yukio; a él lo pasa de largo poniendo el pretexto de llevar el pastel a la cocina.

Es el mismo Haruki quien se le acerca y le da la mano, pero Yukio no se levanta.

—Mucho gusto…

Es probable, piensa, que el tal Haruki no sepa quién es él, ni lo que pasó anoche, ni dos semanas atrás, ni tres años antes. O es probable que sí y se haga el desentendido. Le suelta la mano y de inmediato Haruki se va a otra parte, pero el daño ya está hecho. Qué puede hacer un saco bien ajustado y de sastre contra ese atuendo informal y chispeante, contra la seguridad que tiene el otro para sonreír con la certeza de estar por primera vez en la fiesta de su pareja, de hacerse un hueco en la vida que ya fue de alguien.

Yukio se va al baño entre tambaleos, pero ya no es su baño. Se moja la cara como si pudiera cambiársela, se frota rabioso: *no debiste beber anoche, mira qué cara tienes, qué imagen vas a dar.* Y de pronto nota que la noche anterior había en el baño dos cepillos de dientes, el suyo y el de Shiro, pero que el suyo ya no está.

Al abrir la puerta del baño, Haruki espera su turno. El largo cabello le cae por la frente. Un cabello ideal para aquel que gusta de tirar las riendas y adoptar un papel dominante. Yukio le indica, extendiendo el brazo, que el baño está disponible y puede entrar. Haruki le echa una mirada amistosa, pasa a su lado como un hermoso tigre y le cierra la puerta en la cara. Yukio regresa al salón, la ropa ha empezado a apretarle, siente la cara grasosa y el ánimo decaído. Dos pies izquierdos. Y la gente baila, se carcajea: *ven acá, Yoko, amiga; cambien el disco otra vez, por favor.* Alguien más ocupa la silla de bambú, pero Yukio no sabe quién es. El aire se vicia. Toma el trago de un desconocido y se recarga en una pared. Algunos amigos se arremolinan alrededor de Shiro y le dicen *qué guapo, de dónde lo sacaste* y Shiro responde *aléjate, es mío,* entre carcajadas. Estos tipos se impresionan con cualquier cosa e insisten *feliz cumpleaños* entre alaridos y preguntan si fue Haruki quien trajo el pastel y Shiro dice *me lo preparó él mismo.* Yukio siente arcadas. Hay que cerrar los ojos, hay que contener la respiración. *Como si estuvieras al fondo del mar. Un tesoro está ahí, pero se aleja con la corriente.*

Pasa el rato y no deja de verlos. Aunque quisiera concentrarse en la fiesta, en el hecho de que, después de todo, ha sido invitado igual que el resto, no puede evitarlo. A veces los mira largamente y no hacen nada juntos, no interactúan. Solo atraen a los demás con su magnetismo y su luz.

La gente se posa a su alrededor, desea conocer a Haruki y está feliz por Shiro. Yukio se sujeta a la fantasía de que Haruki es el invitado de alguien más y se irá a casa pronto, pero gira la cabeza y su pequeño telescopio los pesca en un gesto íntimo: entrelazan los dedos. Enseguida, Haruki mueve la cadera y baila al ritmo de la música. Y peor: se estira para besar a Shiro.

Yukio desvía la mirada.

Pasa más rato y no se despega de la silla, una hora y media por lo menos, pero nadie se le acerca. ¿Con quién hablar si todos han perdido el juicio? Hay uno, por allá, sentado en el piso como si le fuera a dar un ataque psicótico. ¿Con quién hablar si la relación nunca fue cosa pública? La gente aparece, desaparece, vacían las botellas, entran con nuevas botellas. Es finalmente Kioko quien lo jala del brazo y le dice que vayan a fumar un cigarro al pasillo exterior, que tiene vista al patio central del edificio.

—¿Le diste el regalo?

—No.

—¿Por qué no?

—Pues ya viste —responde Yukio echando el humo.

Se quedan en silencio, Kioko no sabe qué decir, pensó que estaban bien, que se habían reencontrado de la mejor forma.

—No puedo creer que esta sea la última vez que vengo.

—¿Dónde está tu cabeza, Yukio?

—Aquí, capitana.

Se miran, sonríen. Todavía hay algo de complicidad.

—No puedo creer que no haya podido acercarme a darle el gatito, lo vimos hace dos meses.

—Me pasó lo mismo con Dai, nos separamos. Yo le di todo, Yukio, le di todo…

Yukio avienta el cigarro y deja a Kioko sola, con su falda y su monólogo. Irá ahora mismo y —Haruki mediante o no— le dará el obsequio. Se ajusta el saco y entra de nuevo. Alguien ayuda al deprimido, *tráiganle agua*, ha comenzado a llorar. Yukio busca a Shiro por toda la estancia, pero no lo ve por ningún lado. La estancia es un paisaje desértico, un cráter. Piensa que está en el baño, pero no es así.

Entonces lo nota: la puerta de la habitación de él está cerrada y la luz encendida.

Shiro y Haruki están solos.

Dentro.

Yukio se pega a la puerta y escucha. Nadie se da cuenta, a nadie le importa. *La oreja*, piensa, *pon la oreja*, tan intenso que comienza a enrojecer. Saber lo que ocurre allá adentro, lo que hacen. Si Haruki se aclimata poco a poco o si, desde anoche, sin que él lo notara, ya había prendas suyas ahí, una nota, la navaja suiza, el cinturón. Si se desvisten y se tensan, o si ya uno se metió en el otro, ¿quién lo hará en quién? O si duermen porque están cansados. O si comparten a solas el pastel que uno de ellos se pasó toda la mañana haciendo.

Podría dejarle el regalo ahí afuera, en el suelo, treinta y cinco yenes le costó. Dejarlo. El recordatorio de que sigue ahí y no piensa marcharse. Espía, operación, foco rojo, alerta máxima. Intentando descifrar el idioma que recién aprende la nueva pareja, ¿qué se habrán dicho primero? Los verbos, quizá los adjetivos. O los adverbios: *haces esto tan maquinalmente*, y eso no significará nada para nadie excepto para ellos. La habitación es un espacio vedado; la puerta, una muralla. Él pega la oreja, pero no capta nada. No hay pasos, no hay sonidos. Ninguna señal de vida.

Lo siguiente es no despedirse, bajar las escaleras, vomitar tres veces, una tras otra, sobre el asfalto. Al levantar la vista desde la calle nota que Shiro está en la ventana y lo mira.

Poco después ya lo tiene enfrente. Viste otra ropa. Más cómoda. Luce fresco.

—Te dije que él vendría, Yukio.

—Estaba ahí y no te acercaste. Estaba ahí en la silla de bambú que *yo te ayudé* a subir de la basura y no viniste.

—No era mi obligación.

—Te compré esto.

Shiro recibe el gatito de madera. No importa cuántas veces le haya dicho a Yukio que él ya no siente dolor, ni cuánta indiferencia pretenda mostrar. Por un momento su semblante se ilumina.

Yukio reclama:

—Dormimos juntos anoche.

—Ya hemos hablado de esto. Y mucho —responde Shiro con serenidad.

Haruki también baja las escaleras y le pregunta a Shiro, acomodándose el pelo, si se encuentra bien.

—Sí, mi amigo ya se va.

—Mucho gusto —dice Yukio alzando la mano y fingiendo una sonrisa.

—Mucho gusto —responde Haruki, jovial.

Shiro se da la vuelta. Sube con Haruki, hacia el hogar, sujetando su mano.

Remo
del cuaderno de viaje, México, 1957

Pocos días antes de zarpar empiezo a leer todos los libros
de barcos y viajes que tengo, quiero empaparme de experiencias ajenas porque temo el mar y perder su gracia, vivir
mi propio destino. Temo los mareos y el naufragio, pero
al mismo tiempo me emociona la idea de ir a contraco-
rriente, de sentarme en la cubierta y fumar. Una tarde
voy a la costanera del Sumida a ver los botes y pienso en
varios momentos romper mi pasaje, echar los trozos al río.
Quizá en el fondo estoy paralizado, me cuesta dejar atrás.
Shiro está siguiendo su vida, me digo, tú deberías hacer
lo propio. Para entonces ya han pasado otros nombres,
relaciones fugaces y furtivas que no afectaron para nada
mi imagen pública, pero que nunca tuvieron el mismo
nivel de emoción. Me siento a la orilla del río y pelo una
mandarina. Sus semillas ya no me prometen nada, yo ya
he crecido, ya tengo la edad que tengo, la estatura, ya he
vivido lo suficiente para abandonar al otro que fui. Tomo
uno de los botes y empiezo a remar solo, el día es nublado
y los últimos rayos de la tarde confieren a los árboles y a las
construcciones una iluminación particular, un tono entre
púrpura y naranja. Imagino que cruzo el océano Pacífico.
Me siento liviano y cierro los ojos, sin importarme si el

bote choca con algún otro. Al alejarme lo suficiente de la orilla suelto uno de los remos y se va hasta el fondo, eso me libera de una carga. Imagino que me echo al agua y me sumerjo para sacarlo, que minutos después doy una bocanada, heroico, levantándolo. No es así. Debo pagarle al encargado.

Al día siguiente recojo en la casa de diseño Mori un traje de baño rojo y a la medida, me hago de una maleta nueva. Los días pasan frescos, desanimados. Un día antes de la partida, mientras preparo el equipaje, encuentro unas llaves al fondo de mi armario. Son de la casa de Shiro. Pienso que se trata de una coincidencia extraña, porque recuerdo habérselas devuelto. Son dos: la de la entrada del edificio y la del departamento. Es muy probable que él ya se haya mudado, pero de todos modos quiero ir. Compro unas flores de paso y llevo conmigo uno de los libros de viaje que he estado leyendo, una travesía a América. Encuentro su edificio en Ginza. Le han cambiado el color de la fachada. Consigo entrar sin problemas. Subo las escaleras y llego a la puerta que tantas veces crucé. Escucho risas. Y una de ellas la reconozco, o creo reconocerla. Aunque he visto a Shiro la semana pasada en un restaurante de mariscos —por primera vez en varios años, por última vez, es probable— se me hace un nudo en el vientre al bajar a la calle. Echo a correr y de inmediato me arrepiento de haberlo hecho: en el suelo, frente a la puerta, dejé el libro y las flores. Siempre es terrible lo que ya marchito subsiste. Margaritas para decir adiós, pero también decir: no te he olvidado.

FALLO MUSCULAR
en Nueva York, 1957

Si a los veinte años se hubiera dicho que iría al Empire State, si se hubiera dicho *viajaré con lentes oscuros sentado en el metro de una ciudad norteamericana, anudaré mis cordones y caminaré por Brooklyn, por el SoHo y por Queens en solitario, practicaré inglés, conservaré los boletos de entrada a mis óperas favoritas, tendré recuerdos, muchos, memorias de viaje,* se habría burlado; de haber pronunciado para sí *seré un escritor con nombre*, no habría podido creerse. La luz de la tarde es naranja y revela los pórticos de un barrio residencial al que ningún turista llega. Último día en Nueva York y las horas se agotan. Tras varios días de paso, una ciudad tan grande va gastando sus promesas. Uno ha desayunado tantas veces en la misma cafetería, ha mirado el edificio de la Metropolitan Opera House desde fuera y se ha quedado, por tiempo indefinido, sentado en los parques y de pie en las duchas del gimnasio que, en algún momento, solo resta hacer lo que se ha evadido, lo que se ha querido hacer aquí desde el principio y que, por temor o por aplazamiento involuntario, no se ha hecho.

Tiene la dirección escrita en un papel y ha identificado la calle indicada tras varios minutos de búsqueda. Pasa la mano izquierda por los arbustos que crecen a la orilla del camino y les arranca las hojas. No va a flaquear ahora. No dará la vuelta y tomará el metro sin haberlo visto. No le avisó que iría y su llegada, por tanto, será imprevista, una sorpresa, una forma de cumplir con algo que él mismo pactó años antes, pero al entrar al edificio, las dudas lo aquejan: ¿cómo reconocer el rostro de un hombre con el que estuvo hace diez años? ¿Qué irán a decirse? ¿Y con qué motivo? No basta especular. Una curiosidad lo ha llevado hasta ahí y es preciso satisfacerla. El edificio huele a desinfectante y es oscuro por dentro, a pesar de que le dio, poco antes, la impresión de que sería lo contrario.

Se quita los lentes de sol y enfila hacia las escaleras. Aunque le gustaría subir los peldaños de dos en dos, lo hace lentamente, a pasos ligeros, con los zapatos que lustró a la entrada del metro por un dólar con cincuenta; despacio, sujetándose nervioso al barandal, con el traje beige que lo enfunda. De esto se trata infiltrarse en los edificios de los hombres con quien uno ha estado: se intenta reconocer, en sus muros y en su desgaste, algo familiar, como si los muros guardaran algo de ellos, una suerte de clave, un acertijo.

Se le hace un nudo en el estómago al llegar a la puerta indicada. Si Dan está en casa va a escuchar lo que vino a decirle: *estoy aquí, he visto por fin los pájaros de la ciudad. Y mira, llevo puesto un traje elegante como los tuyos, encontré finalmente el buen gusto, el amor por las líneas simples y esa sensación del viaje, tan ligera. Soy ahora como tú.*

Si Dan está en casa es probable, también, que no atine a decirle nada importante, que al verlo ponga una excusa en japonés: *lo siento, me equivoqué,* y que dé la vuelta hacia la calle, como un desertor.

Que esté acompañado es también una posibilidad: quizá tras la puerta haya una niña y una mujer —la esposa—, una escena familiar perfecta, tazas de té, juguetes. Aroma a vainilla. Si ese fuera el caso —piensa sin atreverse a tocar la puerta—, la mujer va a mirarlo con extrañeza y enseguida se preguntará, al escuchar la frase *buenas tardes, estoy buscando a Dan,* quién es él, qué lo ha traído hasta el hogar hasta hace poco tranquilo, qué suerte de triángulo malsano empieza a delinarse a su llegada. Y estará la hija, también: va a mirarlo con tanta atención y avidez que, mucho más tarde, tres décadas después, una vez que se entere por accidente de que su padre es homosexual —va a interceptarlo en un parque una noche, lo mirará sujetar las manos brevemente con otro señor de su edad—, recordará ese día, cuando un tipo raro y extranjero tocó a la puerta. Cuando preguntó, nervioso, por su padre, con un papel en la mano.

De tener una familia, la esposa se frotará los brazos nerviosa y preguntará su nombre. Yukio se lo dirá y ella cerrará la puerta un momento para llamar a su esposo. Ahí, piensa Yukio, bajaré las escaleras a toda velocidad, para que cuando él llegue no me encuentre, pero sepa que vine a buscarlo. O no bajaré las escaleras a toda velocidad: voy a quedarme muy firme aguantando la respiración —como cuando me cuelgo de la barra y hago dominadas— hasta que él llegue; y cuando él llegue, no vamos a reconocernos: él se habrá afeitado la barba, subido de peso, y lo miraré como si fuera a quitarse un disfraz y, enseguida, revelara al que conocí, al que me sedujo en la playa de Shimoda, el de cabello ralo. Y, por supuesto, se dice, él no sabrá qué hacer cuando me escuche hablar su idioma, una lengua que aprendí para este viaje, para abrirme los horizontes. Le diré *estoy buscando un pájaro* y él fingirá no entender, a pesar de que entre nosotros ya existe una clave común, un idioma, lo sé, lo recuerdo. O hablaré en japonés, mejor, le preguntaré si sabe quién soy para que él diga que no, que no sabe eso *ni sé quién le dio mi dirección, señor, pero dígame qué quiere.* Mi respuesta será: *dije que vendría a verte, ¿recuerdas? Tenía veintidós años entonces, cuando nos conocimos.* Y lo diré mirándolo directo a los ojos para que él no pueda creer lo que trajo el pasado, para que no reconozca en mí a aquel muchacho escuálido que llevó a su habitación de hotel. Sí, haré que me reconozca, diré que tengo su carta todavía, su tinta roja, sus kanjis bien trazados, su invitación. Así que pronuncia en voz alta:

—En Shimoda me llevaste esa tarde a tu habitación y dijiste que mi cuerpo era bello, que te sentías el más afortunado…

Pero en el pasillo de aquel edificio neoyorquino nadie lo escucha. Ni esa frase ni la siguiente:

—Desanudaste mis zapatos.

Y es Yukio el único que escucha, en su cabeza, la respuesta de Dan:

—No lo conozco, señor.

—Me quitaste los zapatos y yo creí… —dice levantando el puño para tocar la puerta— yo creí… que podía darte todo lo que un cuerpo de veintidós años podía dar.

Eso diré, piensa, diré *tu mano me arañó la espalda, me pusiste contra la pared, no lo he olvidado.*

—Me dijiste que en Nueva York iba a encontrar pájaros si miraba bien y entonces… los encontré.

Toca la puerta tres o cuatro veces. Con insistencia. Ya sin aliento. Una noche más, un último encuentro, qué más da. Toca de nuevo y escucha tras la puerta el sonido de unos trastes, ollas de metal, un carraspeo, pasos. Las ilusiones se atizan. Uno se acomoda el saco, sus mangas. Uno se para firme para el encuentro. Pero tras la puerta aparece una mujer mayor, una anciana encorvada y con suéter de *crochet* morado. Le pregunta qué quiere, quién es, pero él no le dará ningún detalle. Tras la puerta un desorden, años de vida, tela, un sofá raído. La anciana lo mira con la boca entreabierta. Él la mira también exigiendo una respuesta, deseando que desaparezca, que cierre la puerta para volver a intentar: tocar otra vez y que abra el indicado, el que vino a ver. La anciana y él se quedan mirándose sin atinar a decir algo, hasta que ella pregunta:

—¿Es usted el chico que viene a ayudarnos con la venta de la casa?

No hay respuesta.

—¡Dan!

Llama ella.

—Dan, llegó el muchacho.

Uno quiere desaparecer al escuchar ese nombre, uno quiere verse más alto, quizá, más joven. Y entonces dice *sí, estoy buscando al señor Dan* y ella asiente, *ahora llega*, dice, *gracias por venir*. Pero Dan es también un anciano y acaricia la espalda de su esposa al llegar al portal; un anciano de cabello ralo, igual que el del médico con el que jugó al boxeo, al deporte, al deseo nocturno. Los mismos ojos. El mismo porte.

—Hemos estado llamándolos toda la semana —dice el hombre—. No sabía que contrataban inmigrantes…

Y entonces Yukio sabe. Son los padres inmersos en una montaña de ajetreos, ya desgastados de su vida común. No hay aroma a vainilla. No hay hijo, sobre todo. Cuando Yukio se atreve a preguntar por él, por Dan Taylor, el médico, los ancianos no responden al principio, se miran entre sí con sospecha.

—¿Acaso no lo sabe? —pregunta la mujer—. ¿Cómo se atreve a venir a buscarlo?

Entonces Yukio toma aire y da la vuelta, baja las escaleras a toda velocidad. Sale corriendo del edificio, la luz naranja del atardecer es cada vez más débil, pero sigue revelando arbustos, pórticos, taxis que doblan en la esquina. Todo idioma que se habla con quien deseas se convierte en un idioma roto. Todo se transforma. ¿Qué más podía esperar después de diez años?

No alcanzará a escuchar lo que quiso escuchar, el diálogo que recrea en su cabeza mientras se dirige a la boca del metro. El *sé quién eres*, de Dan. Su voz pronunciando *Shimoda, luego Tokio*. Lo que él quiso decir: *me llevaste de vuelta a casa en un automóvil*. La respuesta en voz baja: *lo recuerdo*. El gesto que quiso hacer: sacar del bolsillo las mancuernillas de plata que le obsequió hace tanto y dárselas de vuelta. La pregunta: *¿a qué has venido?*

—A dártelas. Y a decir adiós —pronuncia internándose en la boca del metro.

Alcanza el tren antes de que se marche. Con los lentes de sol, Yukio mira su reflejo en el vidrio de la puerta y recarga la cabeza ahí.

Suelta el aire, todo el aire.

Todo muere. Todo viaje termina. Todo círculo se cierra.

Último día en Nueva York.

OLÍMPICA III
20 de octubre de 1957

Shiro:

Dicen que esta carretera se llama *La Rumorosa* y escribo el nombre en otro alfabeto, dicen que le cuenta secretos a los hombres perdidos. Son curvas. Despeñaderos. ¿Has visto una piedra basáltica? ¿Has visto un valle cretácico? Nelson dice que hace mucho, en la prehistoria, este paisaje fue el fondo de un océano, pero que lentamente la tierra tomó su lugar. Nelson dice que vayamos a ver el mar que hace frontera con los Estados Unidos y nos despidamos ahí. También que el mar me hará bien: no le creo. Es una suerte ver México desde sus dos mares: el Caribe primero y el Pacífico después. El Pacífico es el mismo océano que vi a los doce. Y a los treinta y dos veo por primera —y quizá única vez— estas formaciones rocosas, tan grandes como un rascacielos, monumentales como el Empire State. Montañas horadadas por hombres fuertes, musculosos, a pico y pala. Rocas de ochenta toneladas, en pico, convexas. Una planicie verde, allá abajo.

Escribo porque quiero recordar aquella vez que salí de casa de mi maestro y fui al bar donde nos conocimos, porque ese bar ya no existe y ahora, después de tantos años, te has cambiado de casa. También porque lejos, al horizonte, están las veces que yo escribía mi novela ahí, en tu casa. Me veo, desde este coche, a gran distancia. Cuando te decía *terminé otro capítulo* y tú decías *quiero leerlo*, te daba las hojas y me quedaba junto a la ventana, fumando. Los paseantes, el vapor de la lavandería. Y esperaba ansioso que dijeras algo. Nos íbamos a dormir y seguías en silencio, pero el silencio era quizá tu forma de darme una reacción, o tu aprobación, y yo seguía escribiendo la novela hasta que de repente, un día cualquiera, tomando un vaso de whisky —¿cuánto fue? ¿cuántos vasos?— o compartiendo del mismo plato porque no teníamos dinero para más —así nuestra precariedad—, o usando la mitad de la mascarilla facial tú y la mitad de la mascarilla facial yo —un tratamiento de belleza necesario—, era que decías: *quita la palabra "fuego", baja el párrafo.*

Yo bajaba el párrafo. Uno más, siempre uno más, *no te duermas.* Este valle frente a mí, el océano que supo ser, se me presenta como un campo de juegos, una cancha de tenis, de bádminton. La zona del *hockey* sobre césped.

Futbol. Esquiar sobre rocas.

Ir con un caballo por ahí, desbocado.

He dado mi cuerpo como ofrenda en las peores situaciones, lo he llevado al límite de sus capacidades. Ligamentos, vértebras, tendones, la regadera de un gimnasio en el Upper East Side. La ropa que más me gusta, siempre la desgarra alguien. Y he dejado que lo escupan, a mi cuerpo, porque pensaba que esa era una forma de ganar distancia.

Dicen que esta carretera se llama *La Rumorosa*, pero tú no entiendes ese nombre.

A mí han intentado explicármelo.

Me resultará difícil decirle adiós a Nelson, ha sido muy generoso. Podría contarte todo lo que ha pasado, pero prefiero que mi travesía con él sea un misterio. Que nadie sepa mucho de ella. Es probable que yo, con el tiempo, olvide los detalles. La cuerda que nos sujeta, esa complicidad que solo ocurre con pocos —y muy determinados seres— durante el transcurso de una vida.

Una relación, mi amor, no es cuestión de jerarquías. Eso fue lo que no entendiste. Que nunca fui superior a ti a pesar de que nos comparabas. Aquella vez, en la cena, cuando me pateaste bajo la mesa porque yo estaba hablando de sobra y, más tarde, me dijiste que iba a arruinar mi carrera con mi impertinencia, con mi timidez transformada en barbarie. O esa otra, la del hilo rojo. O cuando te grité por primera vez.

Escribir para volver a la temporada en la que te mordía de cuando en cuando, a pesar de que me pedías que no lo hiciera. Discúlpame, estaba demasiado perdido en mi estilo creyendo que eso era la vida y me di cuenta de que el asunto era otro.

He visto minas. He visto. Veo.

Pretendí conocer a Haruki en una cafetería, es buen momento para decirlo. Fui yo quien lo invitó. No para molestarlo, sino porque no quería quedarme con una idea equivocada de quién era. Necesitaba decirle que podía usar, con toda la confianza, las camisas que dejé en tu armario. Cualquier cosa mía, olvidada por ahí.

No llegó a la cita, pero en el fondo pienso que ambos tenemos más en común de lo que crees.

Quizá es cierto eso que dijiste: no éramos el uno para el otro.

Iré a Tijuana y acabaré con todo lo que he querido acabar, pero no te diré exactamente qué.

Escribo porque estoy listo para despedirme.

Imaginé de pronto el campo lleno de nieve. Deportes de invierno.

Le pregunté a Nelson si aquí cae y él dijo *sí, pero hacen falta meses para que ocurra.*

Esto que tengo enfrente.

Una espada.

El mundo.

Gimnasia artística, halterofilia, boxeo.

Aquella vez que te dije que en mi imaginación siempre había sido un campeón olímpico.

Yukio
Kimitake

La carta la tira al vacío.

DESCLASIFICATORIA

en Tijuana, 1957

Yukio empuja a Nelson al interior del baño. Sin advertirlo, se encuentra poseído por sí mismo. Tan necesitado de dejar en este hombre una marca suya. La espalda de Nelson se impacta contra el muro. Lo que podría ser una escena como las que Yukio ha presenciado antes —una camisa arrancada a toda velocidad, una lengua atravesando un rostro— se convierte, sin que Nelson lo advierta, en otra cosa: Yukio pretende pintarle los labios. Extrae su barrita y se apresura a él. Va sin contenerse, este ser, el maquillista de las palabras. Va a embellecerlo y después se embellecerá él. Nadie vendrá a molestarlos. Cuando tengan los labios pintados, ya podrán compartir enteramente un secreto. Algo mucho más profundo. Yukio arremete contra él y lo arrincona, pero Nelson no quiere ser pintado y se resiste. El labial, que había permanecido casi intacto desde su salida de la tienda, va estropeándose. Si el labial fuera un cuchillo, el rostro de Nelson tendría tajos de un lado a otro. Yukio le ha dejado una línea roja en la mejilla izquierda y otra más abajo. Nelson siente rabia, tironea del brazo de Yukio y busca arrebatarle el objeto, pero Yukio es también fuerte y sigue insistiendo. Él tan solo quiere pintarlo un poco, ¿por qué no habría de dejarse?

Nelson soluciona el asunto con una bofetada. El labial cae al suelo y termina de arruinarse al impactar contra las baldosas. En un súbito arranque, Nelson se encarga también de pisotearlo y hacerlo pedacitos, *¡te dije que no!* Al interior de Yukio, una lámina de vidrio estalla. Se hinca y va juntando poco a poco esos trocitos como si le hubieran destrozado una parte de la vida, las manos se extienden de aquí para allá.

Nelson se arranca el color, presa de la furia. *Qué te creíste*, reclama. Yukio pone la frente en el piso y se estremece, Nelson se avergüenza, cuenta hasta diez mordiéndose los labios. Si Yukio no termina de recoger lo suyo para entonces, él se marchará. Alcanzan a escucharse, desde dentro, los ecos de la música del bar al que llegaron horas antes. Yukio guarda en el bolsillo todo lo que recogió, cada fragmento de su máscara. Se sacude la ropa y *perdóname*, dice. Y al otro el coraje se le deshace al escuchar esa única palabra, dicha con un hilo de voz. *No hay nada que perdonar.*

Las luces de Tijuana se reflejan en el vidrio delantero del auto. Hace frío. La poca gente que hay a esta hora camina por las calles en solitario, envuelta en suéteres y gabardinas. Yukio intercepta los ojos de Nelson en el retrovisor. Creyó que sería distinto, que podría aproximarse. Una distancia crece. Pasan bajo puentes, dejan atrás casinos. En el espejo, la mirada de Nelson es turbia e imposible de descifrar. Nelson prende la radio. En el mundo siguen ocurriendo cosas, las noticias se anuncian sin cesar, pero Nelson ya no las traduce para él. Yukio echa un vistazo a ese rincón oscuro que es la ciudad. Y de pronto se siente todo gastado, demasiado lejano. *Escuché que el Sputnik llegó al espacio*, dice Nelson. Yukio no responde. *Habla conmigo, por favor.* Yukio sigue sin responder. Dentro de sí vuelve a sentirse niño. Cuando fueron muy lejos, con su padre, al mercado de cosas viejas a las afueras de Tokio. Cuando al mirar la ruta por la ventana, sintió que nunca más volverían a casa. Cuando su padre discutió con uno de los tenderos y se fueron a los puños. Esa demostración de fuerza, una precisa jerarquía.

Nelson acelera. Hunde el pie en el pedal y el auto corre a poca distancia de los acantilados, es una estrella fugaz, un bólido. Del lado contrario, los convoyes de gallinas y láminas de acero tocan el cláxon, pero Nelson no escucha. La nuca de Yukio se pega al asiento por la velocidad. Su boca se abre, las uñas se entierran en el tapiz. Yukio sigue recordando. Esa noche con Kawabata, el Año Nuevo del 46: la carretera congelada fuera de Tokio, el señor súbitamente triste ignorando las señales de tránsito haciendo derrapar las llantas concentrado en un solo punto las ganas de morir los árboles desdibujándose a los lados. Nelson acelera aún más y el viento entra con fuerza, revuelve los cabellos, tensa la piel. Los grandes faros los iluminan de frente. Las pupilas de Yukio se empequeñecen. Un animal descubierto. En él, todo se contrae.

De un volantazo, Nelson los interna por las cuadras. Cables de alta tensión, postes, kilómetros y kilómetros de casas a medio construir. Como las de Toyonaka tras la guerra: las mesas bajas, los cojines raídos. Vidas atrapadas para siempre en la misma posición. Yukio no teme. Él sabe que todo esto tiene un propósito. El camino a medio asfaltar termina y Nelson frena con brusquedad. *Bájate del coche*, ordena. Yukio lo hace. Él será la víctima y el otro también será la víctima. Si van a perder, que pierdan los dos. Nelson le ordena juntar sus cosas en un pequeño bolso. *Date prisa.* Yukio estira las manos hacia lo que lleva consigo, pero el bolso es demasiado estrecho y no queda sino meter lo más importante: el pasaporte, el cuaderno de notas, el dinero, dos trozos de tela que quizá nunca más pueda volver a lucir: una camisa y un pantalón. Toma también los brillantes lápices que Nelson le obsequió. *Vamos*, dice él. *Más rápido, suelta, te dije que más rápido.* Y su voz es la misma que la del viejo entrenador de boxeo de Shibuya aquellas tardes. *Concéntrate*, solía decir el veterano cojo cuando el cuerpo de Yukio era delgado, *la fuerza debe tener ritmo.* Un ritmo para caminar por la calle, un ritmo para la escritura, un ritmo para la vida. Una energía peculiar.

A trompicones, Nelson lo conduce a una zona donde ya no hay alumbrado público. *A esto vinimos*, dice, *a partir de ahora todo es a pie.* En sus mejillas, las marcas de color todavía queman. ¿Cómo esta voz puede conjugar todas las voces anteriores?, piensa Yukio. *La de papá, la del hombre que amé, la del que me animó a escribir.* Nelson le entrega una linterna, él lleva también una. Yukio no sabe de dónde las sacó, no se dio cuenta. Los zapatos se le han llenado de polvo en el corto tramo que separa el asfalto del inicio de la playa. *A esto vinimos*, repite Nelson, el viento corre con más fuerza que antes. Avanzan en la oscuridad, guiados por el sonido de las olas. Yukio es capaz de perdonarlo todo —el rechazo, el golpe y los silencios— si este hombre le entrega tan solo una pequeña parte de sí, algo que pueda llevarse. Iluminan la arena, van jadeantes. Durante mucho tiempo, Yukio va a recordar esto. Algunas mañanas despertará con la imagen de dos círculos de luz, dos linternas solitarias en medio de la noche.

No llegan a internarse en el agua, Nelson lo detiene, después dice: *cierra los ojos.*

Yukio lo hace.

Nelson lo sujeta por detrás.

Ábrelos, dice ahora con la voz cortada.

Mira.

Yukio mira.

Frente a él, el mar. La enorme penumbra.

A lo lejos, se escuchan detonaciones. Una falsa guerra.

—Un día —dice Nelson— voy a cruzar este océano para verte.

Yukio comprende entonces que el nudo está desatándose y que la fantasía agota sus recursos. Que muy pronto habrá de volver a Tokio, a la máquina de escribir y al gimnasio ya conocido, al barbero, al carnicero, a los paseos a la orilla del río, a la editorial y a casa del señor Kawabata. Al mismo bar donde ya saben quién es. Al mismo futón sucio. A ser él, si es que eso significa algo todavía.

Lo que Nelson le dice a continuación es inaudible, queda sepultado bajo las olas, es algo que solo Yukio escucha, un obsequio que el otro le da.

La frase de un condenado, cuatro o cinco palabras, un susurro.

—Yo también estoy solo, Yukio —dice después de un rato—. Todos los solitarios somos iguales. Nos delatamos.

Lo ilumina.

—Vas a llevar esa marca a donde quiera que vayas. Nunca te vas a deshacer de ella.

Nelson le pide que nunca escriba sobre lo que ocurrió con él, que no lo ponga en sus libros. El pacto se sella. Ni una palabra, acuerdan. Ni una sola. Brindan con copas imaginarias y ejecutan el saludo militar y asienten con la cabeza.

—Voy a hacer algo más por ti —dice Nelson—. Te ayudaré.

Le pide que lo espere, informa que irá al auto a buscarle algo. *Ahora vuelvo, no te muevas.* Antes de marcharse, se acerca y le da un abrazo. Yukio trata de decir una palabra, pero la lengua se le disuelve. Retiene a Nelson, lo sujeta del brazo, luego lo deja ir. La linterna de Nelson va alejándose a lo largo de la orilla. En Yukio hay un cúmulo de emociones. Alambres enredados, remolinos de los que será difícil escapar. Sujeta el bolso, ahí está toda la vida, el presente.

Alguien le dijo una vez que la necesidad de poseer tanta ropa es la necesidad de sentirse abrazado, rodeado. La de tener cerca un cuerpo que no existe y da cariño. Cómo explicar entonces los cuerpos desnudos que ha dejado a lo largo del camino. En los hoteles, Nelson tiró su ropa al suelo. En el automóvil, sus dientes relucían.

Yukio suelta el aire. La pequeña luz de Nelson va haciéndose cada vez más pequeña. Luego pasan los minutos y no vuelve. Luego Yukio, por mero instinto, echa a andar. Empieza a llamarlo. Pone los pasos donde él puso los suyos, mira las huellas que dejó. Se apresura, va cada vez más rápido, *no lo pierdas*. Lo único que encuentra es la linterna abandonada: ilumina el litoral y revela un zapato. El zapato es llevado y traído por las olas.

Al girar la cabeza, Yukio nota que en el automóvil —más allá, bajo los postes— nadie busca nada. Vuelve a llamarlo, pero la voz, en este caso, no es luz. Eso en lo que había confiado toda su existencia no ilumina nada, no trae respuestas, no convoca.

Entonces escucha un grito, un segundo grito:

—¡Las manos en alto!

Los ignora, avanza por la playa. Recuerda una tarde de juegos en Hokkaido, con su padre. El rol del soldadito, la voz del padre: *las manos en alto, cabo Hiraoka, las manos en alto, levántelas o le haré cosquillas, usted no puede escapar.* A los nueve años.

—¡Deténgase o no respondemos, haremos uso de la artillería pesada!

Es imposible. Lo que gritan lo gritan en japonés y ahora él está en otra parte. El pensamiento es lo que engaña, el recuerdo es lo que invade. A lo lejos, algunas luces sugieren lo que mucho después será otra gran ciudad: San Diego. Yukio toma esa dirección. Si se apresura, podrá cruzar la frontera antes de que amanezca, comprar el pasaje, subir al barco.

Detrás, sigue escuchando voces.
La del entrenador que dice:
No te distraigas.
La suya, que responde:
No se preocupe, lo haré de nuevo.
Voy a sacarle filo a mi espada.
Y cuando eso ocurra, entrenador.
Cuando el día preciso llegue.
Verá el sol entrar en mí.

IV

SPRINT

del cuaderno de viaje, México, 1957

En el puerto, es el señor Kawabata quien me despide. Nos tomamos un último trago y practicamos inglés. *Are you Mr. Mishima? Yes, I am. Are you Mr. Kawabata? Yes, sir, that's me.* Lo más elemental. Nos reímos. *Are you going to conquer the world?* Él lo pregunta, su acento es mucho mejor que el mío. Y no sé bien qué responderle, aunque quiero decirle *sí, por supuesto, eso haré.* No tengo certezas. El trasatlántico impone y los pasajeros, la mayoría estadounidenses, se apresuran al abordaje. Veo el Seiko que me dio el emperador, su hermoso grabado de crisantemo. *Es momento,* digo. La tarde amenaza lluvia. *Te ayudo,* dice el señor Kawabata. Sostiene mi maleta y me acompaña al punto de acceso. Es más fuerte de lo que creí. Me mira en silencio: su hijo ya creció, su hijo se va a América. Me abraza con fuerza, como si una parte fundamental de su vida estuviera a punto de extinguirse. Por primera vez siento un beso suyo. Sus labios azucarados sobre la cara. Y evito llorar cuando dice que estará esperándome.

No me atrevo a decirle que me voy lejos porque decidí morir.

What is your name?, pregunta.

No respondo, no le digo que adoptaré un nombre distinto en cada geografía, que el nombre se cambia a conveniencia. Camino con seguridad y entrego mi boleto al revisor. Busco mi camarote y me duermo inmediatamente. Paso los días con fiebre, atento. Tal vez me entrené toda la vida para dejar de ser. Pero lo que pueda ser, a partir de ahora, es lo que cuenta. Una mañana nos avisa un miembro de la tripulación que estamos a pocas millas náuticas de los Estados Unidos y que el viaje se dará por terminado. Guardo el abrigo, el clima es otro. Voy a cubierta, todo brilla, avanzo hacia lo que no sé. Y un momento antes de salir del barco y pisar otra vez tierra firme, tomo una larga respiración, aprieto la mordida.

Sostengo lo que poseo: este cuerpo.

No ofrezco más.

Nota del autor

La escritura y corrección de este libro tomó tres años. En el camino, múltiples personas me acompañaron. Nombro aquí, a pesar de que hay muchas más, a las siguientes: Alaide Ventura, Andrés Ramírez, Elisa de Gortari, Eloy Urroz, Eloísa Nava, Emiliano Monge, Fernanda Melchor, Francisco Goñi, Freja Cervantes, Geney Beltrán Félix, Hamlet Ayala, Iván Castañeda Salas, Jorge Volpi, Laura Sofía Rivero, Luis Ausías, Nora Cruz Flores, Olivia Teroba, Orlando Mondragón, Pedro Ángel Palou, Pierre Herrera, Roberto Abad, Rogelio Cuéllar, Sabina Orozco.

El lado izquierdo del sol de Cristian Lagunas
se terminó de imprimir en el mes de junio de 2023
en los talleres de
Grafimex Impresores S.A. de C.V.
Av. de las Torres No. 256 Valle de San Lorenzo
Iztapalapa, C.P. 09970, CDMX, Tel:3004-4444